ATRIUM

AF178250

Sōchirō Kaji, vorbildlicher Polizist und Polizeischullehrer, genießt bei seinen Kollegen der Präfektur W in der japanischen Provinz einen tadellosen Ruf. Doch eines Tages zeigt sich der 49-Jährige selbst an, offenbar hat er seine an Alzheimer erkrankte Frau auf ihren Wunsch hin getötet. Der Fall scheint eindeutig, allerdings lässt etwas Kriminalkommissar Kazumasa Shiki keine Ruhe: Im Geständnis gibt es eine rätselhafte Lücke von zwei Tagen, eine Zeitspanne, über die sich Kaji beharrlich ausschweigt. Auch scheinen die Polizeioberen kein Interesse an einer weiteren Aufklärung zu haben. Als Shiki auf eigene Faust weiterermittelt, stößt er in Kajis Wohnung auf eine Kalligrafie mit den Worten: »Der Mensch lebt fünfzig Jahre«. Plant Kaji, sich zu seinem fünfzigsten Geburtstag das Leben zu nehmen? Und wenn ja, warum?

Hideo Yokoyama, geboren 1957 in Tokio, arbeitete als investigativer Journalist und gilt als der japanische Stieg Larsson. Er veröffentlichte mehrere Romane und Kurzgeschichten-Bände, die mit zahlreichen Preisen ausgezeichnet wurden und regelmäßig die japanischen Bestsellerlisten anführten. In Deutschland wurde er mit dem Kriminalroman 64 bekannt, der ein Sensationserfolg wurde und den Deutschen Krimipreis 2019 gewann.

Nora Bartels studierte Japanologie und Sinologie an der Freien Universität Berlin und forschte anschließend zwei Jahre an der Universität Osaka. Sie arbeitet als Dozentin und freischaffende Übersetzerin aus dem Japanischen.

HIDEO YOKOYAMA

50

KRIMINALROMAN

Aus dem Japanischen
von Nora Bartels

Atrium Verlag · Zürich

Taschenbuchausgabe
1. Auflage 2021
© Atrium Verlag AG, Zürich, 2021
Alle Rechte vorbehalten
Die Originalausgabe erschien 2002 unter dem Titel
Han'ochi bei Kōdansha Ltd, Tokio.
© 2005 by Hideo Yokoyama
Publication rights for this German edition arranged
through Kōdansha Ltd., Tokyo.
Aus dem Japanischen von Nora Bartels
Lektorat: Claudia Jürgens, Berlin
Umschlaggestaltung: Hauptmann & Kompanie Werbeagentur, Zürich,
unter Verwendung eines Fotos von © Liyao Xie/Getty Images
Satz: Greiner & Reichel, Köln
Druck und Bindung: GGP Media GmbH, Pößneck
Printed in Germany
ISBN 978-3-03882-123-6

www.atrium-verlag.com
www.facebook.com/atriumverlag
www.instagram.com/atriumverlag

Personen

Glossar

INHALT

Der Polizeiapparat

Higashiyama, Vizeleiter des Dezernats I für Gewaltverbrechen der Zentralstation

Hisamoto, Abteilungsleiter in der Verwaltung

Ishizaka, Angestellter der Zentralstation

Iwamura, Leiter des Kriminaldezernats

Iyo, Leiter der Verwaltung

Kagami, Leiter der Zentralstation der Präfektur W

Kaji, Polizeihauptmeister, Vizedirektor der Ausbildungsabteilung

  Keiko, seine Frau

  Masao, sein Vater

  Shōsuke, sein Großvater

  Toshiya, sein Sohn

  Tsune, seine Mutter

Kamata, Leiter der ersten Einsatzgruppe

Komine, Leiter der Kriminalabteilung der Zentralstation

Kurita, Assistent des Chefs der Personalabteilung

Morozumi, Mitarbeiter der ersten Division im Shinjuku-Polizeirevier

Okonogi, Abteilungsleiter im Dezernat I

Sasaoka, Beamter in der Verwaltung

Shiki, Abteilungsleiter im Dezernat I

  Michiko, seine Frau

  Miki, seine Tochter

Tatsumi, Beamter im Dezernat I

Tsuchikura, Wachtmeister

Yamazaki, Polizeiobermeister in der Zentralstation

Die Justiz

Akita, Sekretär
Fujibayashi, Richter
  Masami, seine Tochter
  Sumiko, seine Frau
  Takashi, sein Sohn
Norio Fujimi, Anwalt
Taizō Fujimi, Anwalt
Iwakuni, Oberstaatsanwalt
Kawai, Richter
Kuwashima, Unterstaatsanwalt
Sase, Staatsanwalt
  Chizuko, seine Exfrau
  Minoru, sein Sohn
Suzuki, Sekretär
Tsujiuchi, Richter
Uemura, Anwalt
  Akiko, seine Frau
  Ken'ichi, sein Bruder
  Mami, seine Tochter

Die Justizvollzugsanstalt

Asada, Gefängniswärter
Karino, Leitender Beamter in der Abteilung Strafvollzug
Koga, Gefängniswärter
  Akihiko, sein Sohn
  Haruka, seine Schwiegertochter
  Misuzu, seine Frau

PERSONEN

Motohashi, Gefängnisleiter
Sakurai, Abteilungsleiter Strafvollzug
Takeuchi, Unterabteilungsleiter Strafvollzug
Yamamura, Leiter der Buchhaltungsabteilung

Die Presse

Akutsu, Mitarbeiter der *Tōyō*
Katagiri, Leiter der lokalen Zweigstelle der *Tōyō*
Kojima, Mitarbeiter der *Tōyō*
Emi Kuribayashi, Schreibkraft bei der *Tōyō*
Miyauchi, Mitarbeiter im Hauptstadtbüro der *Tōyō*
Nakao, Mitarbeiter der *Tōyō*
Shitara, Vizeleiter der lokalen Zweigstelle der *Tōyō*
Tatara, Mitarbeiter der *Kenmin Times*
Yamabe, Mitarbeiter der *Tōyō*

Weitere Zivilpersonen

Ikegami, Angestellter eines Nudelrestaurants
Yasuko Shimamura, Schwester von Keiko, Schwägerin von Sōichirō Kaji
Mitsugu Takano, Kunstdozent, Serienvergewaltiger
Tanuma, Augenzeuge vom Bahnhof
Yaeko Yamaguchi, ehemalige Angeklagte

1

Der kleine Stiel eines Teeblatts schwamm aufrecht in der Tasse.

Das bedeutete natürlich nicht automatisch Glück, war aber nicht unwillkommen. Die Wanduhr neben dem Hausaltar zeigte 5.40 Uhr. Bald. Bei Tagesanbruch würde jemand vom Dezernat I zur Ermittlung von Gewaltverbrechen, einen Haftbefehl in der Brusttasche versteckt, ins »Apartment Komori«, Wohnung Nr. 508, eindringen. Pädophiler Serientäter, Vergewaltigung von acht Mädchen, alle im Grundschulalter. Seit der Aufnahme der ersten Anzeige waren zwei Monate vergangen, und insgesamt dreitausend Ermittler hatten ein riesiges systematisches Fahndungsnetz geknüpft, um nur diesen einen Fisch zu fangen.

Gebt euer Bestes!

Kazumasa Shiki trank seine Tasse leer, das Teeblatt gleich mit. Abteilungsleiter des Dezernats I für Gewaltverbrechen der Zentralstation der Präfektur W. 48 Jahre. Im Frühjahr zum Hauptkommissar befördert, war er auf einem Spitzenposten der Kriminalpolizei gelandet – sonst würde er jetzt wohl gemeinsam mit den Leuten vom Dezernat I im Auto nahe dem Apartment seinen Atem anhalten. Allein und in absoluter Stille am Schreibtisch des Kripo-Dezernats I wartete er auf den Bericht der Truppe; eine nervtötendere Rolle als diese konnte es nicht geben.

Zehn vor sechs … Shikis Blick fiel auf das Telefon mit der

Standleitung. Er hatte den Schreibtisch so nah herangezogen, dass er den Hörer greifen konnte, ohne sich dafür nach vorn beugen zu müssen. Eine Festnahme. Bevor er nicht die Stimme von Kamata, dem Leiter der ersten Einsatzgruppe, gehört hatte, ging er nicht mal aufs Klo. Draußen war es noch dunkel. Der Fuß des Berges war in einem matten Orange gefärbt, doch für eine Razzia musste man früh raus. Furchtbar, dieses Warten. Die Erdumdrehung ging schneller voran als das hier.

Shiki zündete sich eine Zigarette an, zog daran und blies den Rauch nach oben in die Luft.

Der abgerissene Perlmuttknopf vom Poloshirt eines zehnjährigen Mädchens ... Eine winzige Menge Farbe daran ... Es hatte 62 Tage gedauert, bis diese dünne Spur schließlich zu dem Kunstdozenten einer Kurzzeit-Uni führte. Mitsugu Takano. 29 Jahre. Alleinstehend. Vor Shiki lagen Fotos. Ein ausgesprochen nichtssagendes Gesicht. Der dritte Sohn einer reichen Bauernfamilie mit vielen Zweigen. Aufgehoben im gemächlichen Leben seiner Familie musste er sich keine Sorgen um seinen Unterhalt machen und spielte sich als Künstler auf.

Das hatte heute ein Ende.

Shiki verglich die Zeit der Wanduhr mit der seiner Armbanduhr. Beide zeigten 6.07 Uhr.

Dann sind sie jetzt vielleicht drin. Als er sich das vorstellte, spannte sich sein ganzer Körper an. Sein Herz schlug schneller als damals, da er selbst noch an solchen Aktionen teilgenommen hatte. Er zündete sich eine zweite Zigarette an. Tagesanbruch. Vor dem Fenster sah man das erste Licht seine Strahlen voranschicken. 6.10 Uhr. *Jetzt sind sie wohl drin.*

Er starrte aufs Telefon. *Klingel schon!*, wollte er es drängen. Und dann:

»Herr Shiki!«

Shiki wandte seinen Blick in die Richtung, aus der die Stimme kam. Ganz hinten im weiträumigen Dezernat steckte Wachtmeister Tsuchikura sein kindliches Gesicht durch die offene Tür des Bereitschaftszimmers der Sonderuntersuchungsabteilung für Diebstahl. Neben der Wache am Eingang des Regierungsgebäudes hatte auch Tsuchikura im Dezernat übernachtet, als Kontaktperson bei nächtlichen Vorkommnissen.

»Was gibt's?«

Auf diesen lauten Zuruf erhob Tsuchikura ebenfalls seine Stimme: »Telefon!«

»Weiterleiten!«, schrie Shiki nun wirklich verärgert und schnalzte mit der Zunge. Dieser verdammte Kamata, dabei hatte er doch extra gesagt, dass er ihn über die Standleitung anrufen sollte! Er drückte die Zigarette aus und griff nach dem Hörer des internen Telefons. Es klingelte und vibrierte. Er schnappte es sich.

»Hier Shiki!«

»Entschuldigen Sie die Störung am frühen Morgen.«

Das war nicht Kamatas Stimme.

»Hier spricht Ishizaka von der Zentrale. Wir haben da ein kleines Problem …«

Es war der Wachdienstleiter der zentralen Polizeiverwaltung der Präfektur W. Er klang äußerst angespannt.

»Was ist passiert?«, fragte Shiki, die Augen immer noch auf die Standleitung vor sich gerichtet.

»Gerade ist Polizeihauptmeister Kaji von der Ausbildungsabteilung des Präsidiums hergekommen und hat sich selbst angezeigt.«

Wie bitte?

»Was sagen Sie da?«

»Mord. Er sagt, er hat seine Frau umgebracht.«

Shiki bekam eine Gänsehaut, angefangen vom Ohr, das den Hörer berührte, bis hin zum Nacken.

Sofort tauchte das Gesicht von Sōichirō Kaji vor seinem inneren Auge auf. Lehrer. Kalligraf. Freundlich. Ernst. Wie Pfeile durchdrangen die bruchstückhaften Erinnerungen und Eindrücke seinen Kopf. Vor Jahren war Kajis einziger Sohn an einer Krankheit gestorben. Kaji war ein Jahr vor Shiki in den Dienst getreten. Zwar hatten sie nie direkt miteinander zu tun gehabt, doch sie hatten im selben Hauptquartier gearbeitet. Wenn sie sich im Flur oder auf den Treppen trafen, grüßten sie sich stumm.

Dieser Mann hatte seine Frau getötet?

Es dauerte einige Sekunden, bis Shiki wieder sprechen konnte.

»Es ist ganz sicher er?«

»Ganz sicher. Ich kenne ihn gut.«

»Was sagt er?«

»Dass seine Frau an einer Krankheit litt und er sie erwürgt hat.«

An einer Krankheit …? Davon, dass Kajis Frau krank war, hatte er noch nie gehört. Nein, Shiki, der immer Polizeiinspektor hatte werden wollen, und Kaji, der langjährige Lehrer an der Polizeischule, waren zwar Mitglieder derselben Präfekturpolizei, lebten aber in verschiedenen Welten. Wenn Shiki keine persönlichen Gerüchte zu Ohren gekommen waren, war das nicht weiter verwunderlich.

»Und der Chef Ihrer Kriminalabteilung?«

»Ist informiert. Er befindet sich gerade auf dem Weg hierher. Ähm … was sollen wir bis dahin tun?«

Seine Stimme troff vor Unbehagen.

»Begleiten Sie ihn ins Zimmer für freiwillige Verhöre im Kriminaldezernat. Nehmen Sie auf jeden Fall zwei Leute mit. Lassen Sie ihn nicht aus den Augen.«

Fliehen wird er wohl nicht, aber nicht auszuschließen, dass er sich aus dem Fenster stürzt, dachte Shiki. *Erst verliert er seinen Sohn an eine Krankheit, und jetzt hat er seine kranke Frau mit eigenen Händen stranguliert. Er muss unglaublich verzweifelt sein, dass er sich jetzt selbst angezeigt hat.*

»Also ohne Verhaftung, richtig?«

»Wenn der Chef der Kriminalabteilung angekommen ist, wird erst einmal der Leichnam obduziert, und dann nehmen wir ihn in Gewahrsam. Sobald das erledigt ist, möge man mich kontaktieren.«

»Verstanden. Vielen Dank.«

Schichtleiter Ishizaka klang erleichtert und legte auf. Er war Chef der Verkehrsabteilung und hatte mit Skandalen wenig am Hut. Wahrscheinlich war er deswegen so verwirrt gewesen. Nein, ein Polizist hatte seine Frau umgebracht. Das würde jeden aus dem Konzept bringen.

Und dann noch ein Polizeihauptmeister, der sich selbst anzeigte. Leiter einer angesehenen Präfekturpolizei. Die Medien würden durchdrehen. Es würde die Polizei der Präfektur W erschüttern.

Shiki fühlte sein Herz beben.

»Tsuchikura!«

Kaum hatte er sich umgedreht und gerufen, kam schon von weit her eine Antwort, und wie ein Blitz stürmte der Mann mit dem Kindergesicht herein. Tsuchikura blieb so stramm vor Shiki stehen, dass sein Rücken sich wie ein Bogen durchdrückte.

»Sie hatten während der Ausbildung doch sicher bei Kaji Unterricht?«

»Jawohl!«

»Wie war Kaji als Lehrer?«

»Freundlich!«

»Freundlich? Gibt es solche Lehrer überhaupt?«

»Der Assistent, Polizeiobermeister Satō, war streng. Herr Kaji ist dagegen ein wirklich warmherziger Mensch; wir waren alle begeistert von ihm.«

»Woran machen Sie das denn fest?«

»Ah! Also, zum Beispiel … hat er uns geraten, wenn wir ausgesendet werden, um bei einem Zugunglück mit vielen Toten und Verletzten zu helfen, die Körper der Verstorbenen so zu behandeln, als wären es unsere eigenen Eltern oder Geschwister.«

»Verstehe. Sie können abtreten.«

Das entsprach ganz seinem eigenen Eindruck. Ein sanftmütiger Menschenfreund mit Sinn für gute Manieren. Warum sollte der seine Frau töten, selbst wenn sie krank war? Vielleicht gerade wegen seines Charakters? Einerseits häuften sich Shikis Zweifel, doch andererseits legte sich die Aufregung in seiner Brust merklich.

Es lohnte nicht, darüber zu grübeln. Vom Standpunkt eines Abteilungsleiters, der drei Gewaltverbrechen-Einheiten anführte, handelte es sich hier schlicht um den Mord an einer Ehefrau mitsamt einer Selbstanzeige von Sōichirō Kaji. Der hatte die Tat nicht nur gestanden, er war sogar bereits in Polizeigewahrsam. Aber ein Serienvergewaltiger, der bei helllichtem Tag die Türen von Wohnhäusern aufbrach, den Mädchen, die allein zu Hause waren, Spielzeughandschellen anlegte und sie mehrfach missbrauchte, lief noch frei herum. Nicht nur war der Anruf von Kamata bisher ausgeblieben, man musste sogar in Erwägung ziehen, dass der Täter Mitsugu Takano noch auf freiem Fuß war.

Shiki blickte zur Wanduhr.

6.28 Uhr. Zu spät. Der Himmel war doch längst strahlend blau.

Während Shiki die Standleitung mit bösen Blicken bedachte, rief ihn auf dem Apparat daneben Ermittler Okonogi, Abteilungsleiter im Dezernat I, aus dessen Dienstwohnung an.

Als Shiki von Kajis Selbstanzeige sprach, kam er ins Straucheln. Einen Augenblick brachte er kein Wort hervor.

»Verstehe. Ich werde es dem Polizeimeister selbst sagen. Ist die Sache mit dem Kunstlehrer erledigt?«

»Noch nicht, aber ich hoffe, es dauert nicht mehr lang.«

Mit diesem Wunsch legte er den Hörer auf. Gleichzeitig blickte er zur Uhr. 6.35 Uhr. Unwillkürlich ließ er die Faust auf den Tisch fallen.

Was war da los?

Irgendwas läuft schief. Dieser Gedanke durchfuhr seinen Körper wie Gift. War er entkommen? Undenkbar. Takanos Wohnungstür und alle Fenster wurden ununterbrochen durch Ferngläser beobachtet. Sollte er auf Kamatas Handy anrufen? Nein, er hatte es garantiert für die Zeit von Sonnenaufgang bis zur Razzia ausgeschaltet. Shiki schnalzte mit der Zunge. Seine Beine zitterten. Er streckte seine Hand nach der dritten Zigarette aus.

Ein Klingeln durchbrach die Totenstille. Die Standleitung …

Shiki atmete tief aus und nahm den Hörer auf.

»Er ist uns zuvorgekommen!«

Kamatas Stimme vibrierte an Shikis Trommelfell. Sofort verschwand der Glücksteestiel aus seinen Gedanken.

»Er hat Pestizide getrunken. Wir hatten zigmal gerufen, und als keine Antwort kam, sind wir eingedrungen. Da hat er sich schon auf dem Küchenboden gekrümmt.«

Hat er geahnt, dass er überwacht wird?

»Heißt das, er wusste, dass Sie kommen?!«

»Das weiß ich nicht.«

»Welches Pestizid?«

»Grand Kison!«

Ein hochgiftiges Schädlingsbekämpfungsmittel. Shiki wusste, dass er bleich geworden war.

»Unverdünnt?«

»Scheint so! Es lag eine alte Flasche herum. Wie viel er getrunken hat, weiß ich aber nicht.«

»Geben Sie ihm Salzwasser, damit er sich übergibt! Kippen Sie so viel in ihn rein, wie reingeht!«

»Wird gemacht!«

»Wenn er sich übergeben hat, sofort ins Kumano-Krankenhaus. Verstanden?«

Das war der beste Ort zum Magenauspumpen. Außerdem hatten die alles für die Dialyse. Und vor allem war es in der Nähe.

Aber dass es gerade Grand Kison war … Hauptbestandteil war Paraquat; wenn das in den Körper eindrang, schalteten sich die Organe über den Blutkreislauf eins nach dem anderen ab. Selbst wenn man den Magen auspumpte oder er sich einer Dialyse unterzog, wäre er nicht zu retten, wenn sein Körper bereits zu viel aufgenommen hatte. Die Frage war also, zu welchem Zeitpunkt er wie viel getrunken hat.

Scheiße!

Shiki trat gegen den Papierkorb.

Takanos Straftaten rechtfertigten natürlich seinen Tod. Wären die Eltern der Mädchen jetzt in Apartment 508 zugegen, würden sie sich wünschen, dass dieser Kerl einen qualvollen Tod starb. Auch Shiki hatte eine Tochter. Seine Gefühle waren also ganz ähnlich. Aber selbst wenn das so war, durfte Takano nicht auf diese Weise sterben. In letzter Zeit gab es viele solche Typen, die das machten. Erst begingen diese Bestien Straftaten, und dann, wenn sich abzeichnete, dass sie für ihre Taten würden einstehen müssen, brüllten sie hysterisch herum, dass sie nicht mehr leben wollten, und die Selbstherrlichkeit gipfelte dann darin, dass sie sich in die Sicherheitszone Tod flüchteten. Unverzeihlich. Die durfte man nicht sterben lassen. Man musste sie am Leben halten und der ganzen Welt ihre Schande aufzeigen!

»Herr Abteilungsleiter! Der Krankenwagen ist da. Wir fahren jetzt!«

»Gut. Ich komme zum Krankenhaus!«

Kaum aufgelegt, klingelte es noch einmal.

»Was ist?!«

»Hier Kagami.«

Für eine Sekunde blieben Shikis Gedanken stehen. Das war der oberste Chef. Yasuhiro Kagami, Leiter der Zentralstation der Präfektur W.

»Kommen Sie sofort in mein Büro. Ich will, dass Sie das Verhör von Polizeihauptmeister Kaji übernehmen.«

2

Im zweiten Stock saßen die Verantwortlichen aller Abteilungen. Shiki, dessen Büro im fünften Stock lag, war noch nicht oft in diese Korridore gekommen. Ganz zu schweigen vom Büro des Präsidiumschefs; hierher hatte es ihn erst ein Mal verschlagen, als er befördert wurde.

Aber er empfand keine Nervosität. Je weiter er lief, desto wütender wurde er. Warum wollte man ihn für diese Aufgabe einspannen? Auch wenn es sich für die Präfekturpolizei um einen gravierenden Fall handelte – Sōichirō Kaji stand schließlich unter strengster Beobachtung in der Zentralstation. Er würde da weder fliehen noch sterben.

»Guten Tag.«

Als Shiki eintrat, sah er auf einem luxuriösen Ledersofa drei Personen sitzen, denen die Müdigkeit ins Gesicht geschrieben stand. Es waren die Männer an der Spitze des Polizeipräsidiums der Präfektur W: Kagami, Leiter der Zentralstation. Iyo, Leiter der Polizeiverwaltung. Iwamura, Leiter des Kriminaldezernats. Kagami und Iyo galten als Karrierebeamte, von der Nationalen Polizeibehörde temporär hierher versetzt, und wahrscheinlich waren sie deswegen weniger entspannt als Iwamura, der aus der Präfektur stammte.

Doch jetzt sahen sie alle ernst aus, Iwamura eingeschlossen. Kagami, der gerade erst 40 geworden war, wirkte sogar etwas traurig.

»Sind Sie mit Polizeihauptmeister Kaji befreundet?«

Verwaltungsleiter Iyo hatte das Wort als Erster ergriffen.

»Nein. Ich kenne ihn vom Sehen, aber wir haben keine persönliche Beziehung.«

»Das ist gut.«

Iyo mit seinem fleischigen Doppelkinn nickte und schob eine dicke Mappe über den Tisch, direkt vor Shiki. Darin befanden sich Einträge aus Kajis Personalakte. Das erste Blatt war sein Lebenslauf. 49 Jahre alt. Seit 31 Jahren im Dienst. Nach Stationierungen in diversen Kōban, den Polizeihäuschen, und mehreren Revierverwaltungen hatte er seit neun Jahren als Ausbilder an der Polizeischule gearbeitet. Im letzten Frühjahr zum Vize der Ausbildungsabteilung aufgestiegen. Keine besonderen Vorkommnisse. Eltern bereits verstorben. Besitzer eines Eigenheims. Lebte mit seiner Frau Keiko allein.

»Uns bleibt keine Zeit. Wenn Sie das überflogen haben, gehen Sie zur Zentralstation und beginnen mit der Ermittlung.«

Moment mal. Wollte Shiki zumindest sagen. Er unterstand schließlich nicht der Polizeiverwaltung.

Shiki blickte auf Kriminaldezernatsleiter Iwamura hinunter. Der hatte die Augen geschlossen.

»Wissen Sie, dass ich gerade ...«, begann Shiki, die Augen wieder auf Iyo richtend, als er von ihm unwirsch unterbrochen wurde.

»Ja, ich weiß. Den Fall wird irgendwer anders übernehmen. Kaji hat jetzt erst mal höchste Priorität. Und Sie sind ja wohl derjenige mit den besten Vernehmungsfähigkeiten, nicht wahr?«

Shiki blickte erneut auf Iwamura. Immer noch geschlossene Augen.

Natürlich hatte er lange als Vernehmungsbeamter gearbeitet und während seiner Zeit als Polizeiobermeister auch den Beinamen »Geständnis-Shiki« erhalten. Aber gerade deswegen war er jetzt ratlos – Kaji hatte den Mord an seiner Frau selbst angezeigt. Das Motiv war eindeutig. Kurz, Kaji war von Anfang an komplett geständig. Es schien nicht nötig, ihn streng zu vernehmen und dafür extra Shiki zu holen, der schließlich schon in einen anderen Fall involviert war.

»In der Zentralstation gibt es auch Vernehmungsbeamte.«

Als Shiki das gesagt hatte, riss Iyo seine Augen auf.

»Das können wir nicht jemandem von der Polizeidienststelle überlassen! Begreifen Sie überhaupt, was für ein Skandal das ist! Ein Polizeibeamter hat einen Mord begangen!«

»Das verstehe ich schon. Aber mein aktueller Fall ist ebenfalls ...«

»Ich hab Ihnen doch gesagt, ich weiß, worum es geht. Was ist da das Problem? Irgend so ein Kunstlehrer, der Pestizide getrunken hat, bevor wir in seine Wohnung eingedrungen sind, richtig?«

»Richtig, aber ...«

»Na, dann gibt es doch kein Problem. Wenn er es getrunken hätte, nachdem wir eingedrungen waren, dann hätte das als unser Fehler ausgelegt werden können, aber so ...«

Das war also sein Maßstab.

Die eigenen Interessen fest im Blick, dafür war er bekannt. Und trotzdem trafen seine Worte einen Nerv. Jedes Mal, wenn dieser Elite-Boss, dieser Karrierebeamte von außerhalb, der noch nie eine Leiche schultern musste, alle bis hin zum Kriminaldezernat mit dem Wörtchen »wir« bedachte, pochte eine Ader auf Shikis Stirn.

Er starrte Iwamura unverhohlen an. Warum ließ der diesen Möchtegern-Kriminologen einfach so daherreden?

Plötzlich, als hätte er einen Einfall gehabt, wandte sich Iwamuras viereckiges Gesicht Shiki zu.

»Tatsumi soll den Künstler übernehmen.«

Shiki traute seinen Ohren nicht.

Machte der einfach das, was die Verwaltung verlangte?

Er beugte sich vor.

»Aber Herr Direktor, Takano wird gerade ins Krankenhaus gebracht, und wir brauchen einen Durchsuchungsbefehl.«

Iyo schnalzte mit der Zunge, aber Shiki fuhr einfach fort. Zur Hälfte, um Iyo dazu zu zwingen, sich das anzuhören.

»Selbst wenn sich dessen Zustand verbessert, hat Grand Kison Langzeiteffekte, und wenn es bis zur Lunge vorgedrungen ist, wird Takano binnen einer Woche sterben. Für sein Verhör muss auch ein Arzt einbezogen werden, weswegen es ein besonders schwieriges Unterfangen wird.«

»Wollen Sie damit sagen, dass Tatsumi das nicht kann?«

Shiki wurde von Iwamuras Blick durchbohrt und blieb an dessen Frage hängen. Tatsumi hatte dieselbe Stellung wie er selbst inne, ein Untersuchungsbeamter mit der Befugnis, landesweit zu ermitteln. Und Shiki hegte keinerlei Abneigung gegen ihn.

»Das nicht. Ich will damit sagen, Polizeihauptmeister Kaji könnte von jedem vernommen werden. Es ist nicht schwer, einen Verdächtigen zu vernehmen, der bereits ein volles Geständnis abgelegt hat.«

»Wir wissen nicht, ob es vollständig ist.«

»Was?«

»Dass Kaji seine Frau umgebracht hat, ist drei Tage her.«

Shiki fühlte sich wie nach einem Peitschenschlag.

Dann hatte er sich nicht sofort nach dem Mord selbst angezeigt?

»Auch die Autopsie hat ergeben, dass der Tod schon einige Tage zurückliegt. Diese zwei fraglichen Tage beschäftigen mich. Deswegen haben wir uns sicherheitshalber entschieden, Sie dafür auszuwählen.«

»Aber ...«

»Es geht hier auch um Rangfragen. Selbst wenn er ein Verbrechen begangen haben sollte; Kaji ist ein 49-jähriger Polizeihauptmeister. Den kann man nicht einfach von einem jungen Assistenz-Polizeiobermeister oder einem Polizeihauptmeister gleichen Ranges befragen lassen. Die lokale Staatsanwaltschaft will Sase mit der Untersuchung beauftragen, einen der drei ranghöchsten Staatsanwälte. Da können wir hier nicht irgendeinen Neuling ranlassen.«

Shiki wusste darauf nichts zu antworten. Ihm war durchaus klar, was er sagen wollte, aber da er mit Iwamura den Leiter des Kriminaldezernats gegen sich hatte, hätte weiterer Widerstand zur Folge gehabt, dass er seinen Posten als Abteilungsleiter an den Nagel hängen konnte.

»Shiki, bitte übernehmen Sie das.«

Zum ersten Mal meldete sich der Leiter der Zentralstation Kagami zu Wort.

»Und berichten Sie uns bis halb zehn von den Ergebnissen.«

Shiki blickte überrascht auf.

Bis halb zehn? Unmöglich.

»Da beginnt die Pressekonferenz«, ergänzte Iyo. Aber das würde Shiki nicht reichen. Er fragte zurück:

»Meinen Sie halb zehn abends?«

»Morgens natürlich.«

Er warf einen Blick auf seine Armbanduhr. Sie stand schon auf 7.30 Uhr. Noch zwei Stunden.

»Kaji wurde heute Morgen um sieben in Gewahrsam genommen. Wenn die Deadline für die Abendausgabe der Zeitungen überschritten ist und wir den Reportern mitzuteilen versuchen, dass wir die Verlautbarung zum Schutze der Angehörigen verschoben haben, wird das unweigerlich zu großem Aufruhr führen. Und was es noch schlimmer macht, ist, dass der Mord von einem Leiter der Präfekturpolizei verbockt wurde. Wir können nicht zulassen, dass ein einzelner Idiot unsere Organisation gleich zweimal beschämt.«

Verbockt? Ein einzelner Idiot?

Shiki dachte, dass so etwas nur jemand sagen konnte, der von außen kam. Wahrscheinlich hatte dieser Iyo Shikis vorherige Worte als Ungehorsam aufgefasst; er blickte jetzt auch nicht in seine Richtung.

Es blieb keine Zeit.

Shiki schob sich die Dokumente unter den Arm und stand auf.

Aus der Akte fiel ein Porträtfoto auf den Tisch. Freundliche Züge. Die Augen, die an ein kleines Tier erinnerten, blickten Shiki still an.

Lehrer. Ernst. Sohn verstorben. Frau schwer krank. Stranguliert. Zwei fragliche Tage. Selbstanzeige …

Als Vernehmungsbeamter stellte sich ihm die erste Frage: Warum hatte sich Sōichirō Kaji nach dem Mord an seiner Frau nicht umgebracht?

3

Shiki fuhr ins Hauptquartier, mit dem Fahndungsfahrzeug, wie es Abteilungsleitern vorbehalten war.

Da es zu lange gedauert hätte, den Fahrer dafür herbeizurufen, hatte er kurzerhand Wachtmeister Tsuchikura, der Nachtdienst gehabt hatte, das Steuer überlassen. Kaum eingestiegen, erzählte Shiki ihm auch schon vom Fall Sōichirō Kaji. Das Rot in Tsuchikuras Augen, das sich im Rückspiegel zeigte, kam vermutlich nicht allein vom durch Schichtdienst bedingten Mangel an Schlaf.

Mit dem Auto dauerte es etwa 15 Minuten bis zur Zentralstation von W. Shiki saß auf der Rückbank, hatte den Ton des Polizeifunks heruntergedreht und unterhielt sich übers Diensttelefon mit Gruppenleiter Kamata.

Mitsugu Takano war inzwischen im Krankenhaus Kumano angekommen, und sein Magen wurde ausgepumpt. Er war bei schwachem Bewusstsein. Bei der Untersuchung seines blutigen Urins ließen sich Paraquat-Bestandteile nachweisen. Keine vorteilhaften Umstände. Shiki erklärte dem Krankenhausdirektor die Situation und wies ihn an, im Behandlungszimmer stets eine verantwortliche Person zu belassen. Sicher war sicher. Nicht, dass Takano zu vollem Bewusstsein gelangte und sich womöglich noch die Zunge durchbiss; dann wäre alles verloren.

Den Selbstmord verhindern …

Warum hatte Kaji nicht den Tod gewählt?

Das dachte Shiki erneut, als er aus dem Auto stieg. Natürlich hatte Kaji völlig andere Gründe als Takano. »Dadurch, dass ich diese einem Polizisten unwürdige Handlung begangen habe, leidet das Vertrauen in die Präfekturpolizei erheblich. Ich möchte Verantwortung übernehmen. Mein Tod ist meine Entschuldigung.« Hätte Kaji Selbstmord begangen und solch einen Brief hinterlassen, wäre der Schock geringer gewesen als bei der Nachricht, dass er sich selbst angezeigt hatte. Das gehörte sich nicht für Polizisten. Zumal Kaji als Ausbilder ein Vorbild für junge Leute sein musste.

Shiki betrat die Zentralstation. Er warf einen Blick auf seine Armbanduhr. Exakt 8 Uhr. Im dritten Stock angekommen, öffnete er die Tür zur Kriminalabteilung, woraufhin alle Anwesenden gleichzeitig von ihren Sitzen aufsprangen und ernste Gesichter machten.

Egal, in welche Bezirksdirektion man ging, als Abteilungsleiter für Gewaltverbrechen wurde man mit Respekt empfangen. In der ersten Ermittlungseinheit des Hauptquartiers gab es, neben dem Chef und seinem Vize, die drei Funktionen: Abteilungsleitung, Gerichtsmedizin und die landesweit befugten Untersuchungsbeamten. Auch wenn die Zuständigkeit jährlich wechselte, hatte das Wort dieses Abteilungsleiters, sobald etwas vorgefallen war, höchstes Gewicht. Mord. Raub. Brandstiftung. Vergewaltigung. Nur jemand, der seit langer Zeit der Einheit angehörte, die sich ausschließlich mit solchen blutigen und gefährlichen Fällen beschäftigte und immer wieder Tatorte besuchte, konnte das Recht erwerben, in diesen Posten aufzusteigen. Doch im Verhältnis zu seinen Vorgängern war Shiki insofern ein »Sonderfall«, als er, neben seinen Erfahrungen am Tatort, außerordentliche Fähigkeiten als Vernehmungsbeamter bewiesen hatte.

»Uns bleibt keine Zeit.«

Shiki griff nach der Teetasse, die ihm angeboten worden war, und ließ sich von Komine, dem Chef der Kriminalabteilung, zum alten Amtsgebäude führen. Den kurzen Verbindungskorridor bis zum Verhörzimmer kannte Shiki gut; es war sein früherer »Pendelweg«, den er schon bis zum Erbrechen hin- und hergegangen war.

»Ist Yamazaki da?«

»Ja. Zimmer acht.«

Shiki hatte als Assistenten Polizeiobermeister Yamazaki von der Polizeistation W gewählt. Der war dafür verantwortlich, die Aussagen von Verdächtigen zu protokollieren, und dafür schien ein Sinn für die sich von Moment zu Moment ändernde Stimmung im Zimmer ebenso wichtig wie ein Gefühl für die Koordination der Abläufe mit den Kollegen außerhalb. Nicht jeder konnte das bewältigen. Yamazaki und Shiki hatten zuvor bereits fünf Jahre zusammengearbeitet und waren aufeinander abgestimmt wie Zahnräder einer gut geölten Maschine. Zimmer acht zu wählen war typisch. Verdächtige, die nur schwer zu verhören waren, hatten wundersamerweise schon oft in Zimmer acht gestanden.

Aber gerade heute war kein Tag für Aberglaube.

»Wir nehmen Zimmer drei. Sagen Sie das Yamazaki.«

Mit diesen Worten, an Komine gerichtet, drückte Shiki die Tür zu Zimmer drei auf.

Abgestandene Luft drang ihm entgegen. Hier war es auch nicht besser. Ein enges Zimmer von sechseinhalb Quadratmetern. Ein vergittertes Fenster auf Hüfthöhe. Stahltisch.

Zwei einander gegenüberstehende Stühle. Links ein langer Schreibtisch mit Stuhl für den Assistenten. Mehr nicht. In diesem kargen Zimmer stand man den Verdächtigen gegenüber. Das war früher Shikis »zentraler Kampfplatz« gewesen. Hier entschied sich im Psychokrieg, ob man jemanden durchschaute oder selbst durchschaut wurde. Er drehte sich beim Geräusch der Tür um und sah Yamazakis unbekümmertes Gesicht.

»Hey.«

»Lange nicht gesehen.«

»Du bist ganz schön alt geworden.«

»Das geb ich gern zurück.«

Ohne zu lächeln, hielt Yamazaki Shiki ein Bündel von Unterlagen hin.

»Hier erst mal der Haftbefehl und die Aufzeichnung seines Geständnisses.«

Plötzlich klopfte es, ein unerwartetes Gesicht erschien im Türspalt.

»Shiki, ich muss mal kurz stören.«

Es war Sasaoka aus der Verwaltung des Hauptquartiers. Shiki und er hatten zwar zur selben Zeit an der Polizeischule gelernt, doch Sasaoka war ein arroganter Mann, der eine unangenehm elitäre Ausdrucksweise pflegte. Da weder Shiki von Sasaoka noch dieser von ihm besonders nett dachte, konnte Sasaoka kein persönliches Anliegen haben, sondern musste im Auftrag der Polizeiverwaltung hergekommen sein.

Was will der denn?

Hinter Sasaoka stand ein junger Mann im Anzug. Ein Gesicht, das unter dem Seitenscheitel glatt und strahlend war wie das einer Bauchrednerpuppe.

»Das ist mein Untergebener Kurita. Assistent des Chefs der Personalabteilung.«

»Dann ist er … Polizeihauptmeister?«

»Ja, jung, aber fähig. Also benutzen Sie ihn ruhig.«

»Benutzen? Wie meinen Sie?«

»Wissen Sie nichts davon? Er wird Sie unterstützen.«

Wie bitte?

Das Mondgesicht von Iyo, dem Leiter der Polizeiverwaltung, tauchte vor Shikis innerem Auge auf.

»Soll das heißen, dass wir unsere Untersuchungen unter Ihrer Aufsicht durchführen sollen?«

»Nun regen Sie sich mal ab. Der Kollege ist nur als Kontaktperson da.«

»Wir haben selbst genug Assistenten. Ihr Auftritt ist erbärmlich. Nehmen Sie das Kind mit und verschwinden Sie.«

Sasaoka war bis zu den Ohren errötet.

»Das ist ein Befehl des Chefs.«

»Des Chefs welcher Einheit? Des Kriminaldezernats oder der Polizeiverwaltung?«

»Von beiden. Davon können Sie ausgehen. Der Chef des Kriminaldezernats hatte jedenfalls keine Einwände.«

Mit diesen direkten Worten hatte Sasaokas Gesicht einen siegesgewissen Ausdruck angenommen.

Shikis Blut kochte, so enttäuscht war er. Iwamura hatte keine Einwände? Wie weit reichte die Macht der Polizeiverwaltung? Wenn sie Kagami, den Leiter der Zentralstation, als Speerspitze einsetzen konnten, wurde die Polizeiverwaltung, der die Entscheidungen über Personal und Finanzen oblagen, wohl zu einer Ausnahmegewalt, die ihren ungewaschenen

Fuß sogar in der Tür zum »inneren Palastzimmer« des Kriminaldezernats, dem Verhörzimmer, hatte.

Sollen die doch machen, was sie wollen.

Shiki ließ sich auf den für die Vernehmungsbeamten reservierten Stuhl fallen.

»In zehn Minuten beginnt die Befragung, also entschuldigen Sie mich.«

»Ja, ich gehe, aber Kurita wird …«

»Hauen Sie ab!«

Es gibt eine bestimmte »Zeremonie« für Vernehmungsbeamte. Yamazaki, der sich dieser Gepflogenheit wohl bewusst war, entfernte sich sofort aus dem Zimmer. Sasaoka und Kurita folgten ihm mit befremdeten Gesichtern.

Das Verhörzimmer war komplett still.

Shiki schloss die Augen. Atmete tief ein und aus.

Vergiss es. Wahrscheinlich ist gar nichts …

Er durfte sich nicht ablenken lassen. Er musste sich konzentrieren. Autosuggestion. Er fing an, innerlich zu flüstern.

Genau.

Ein Verhör ist ein Buch. Der Verdächtige ist die Hauptfigur des Buches. Und diese Bücher erzählen viele verschiedene Geschichten. Aber ihre Gemeinsamkeit ist, dass die Hauptfigur nicht aus ihnen entkommen kann. Erst wenn wir die Bücher öffnen, werden sie uns etwas erzählen. Manchmal wollen sie uns zu Tränen rühren. Manchmal rufen sie Wut hervor. Sie wollen erzählen. Sie wünschen sich, dass man ihre Geschichte liest. Es genügt, wenn wir leise ihre Seiten umblättern. Sie warten. Warten ungeduldig. Denn wenn wir nicht umblättern, werden sie ihre Geschichte nicht erzählen können.

Shiki öffnete die Augen.

Es war nicht so wie früher. Aber trotzdem hatte er sich beruhigt. Jetzt ließ er sie rufen.

Etwa zehn Minuten später kamen Yamazaki und Kurita ins Zimmer und blieben am Assistentenstuhl stehen. Eine weitere Minute später öffnete sich die Tür hinter Shiki. Jemand wartete, dass er sich umdrehte.

In Shikis Sichtfeld rückte, den Tisch umrundend, ein Mann im Anzug und ohne Krawatte. Er stellte sich direkt vor Shiki, den Tisch zwischen ihnen, das Fenster im Rücken. Ein junger Gefängniswärter löste die Handschellen und Fesseln. Seine Finger zitterten leicht.

»Bitte setzen Sie sich.«

Kurita riss die Augen auf. Denn Shikis Stimme klang wie die eines anderen Menschen. Yamazaki reagierte nicht. Es war genau der »Geständnis-Shiki«, den er fünf Jahre lang erlebt hatte.

Doch innerlich war Shiki aufgewühlt: Als Sōichirō Kajis Gesicht nach seiner Verbeugung sichtbar wurde, war es noch ruhiger und ausgeglichener als Shikis eigenes. Seine Augen kristallklar. *Wie können seine Augen so klar sein, obwohl er einen Menschen getötet hat? Obwohl er seine Frau mit eigenen Händen getötet hat, wie können diese Augen …*

Shiki warf einen Blick auf seine Armbanduhr.

»Es ist der 7. Dezember, 8.23 Uhr. Wir beginnen jetzt mit dem Verhör. Mein Name ist Shiki, vom Hauptquartier, Dezernat I der Kriminalpolizei, Leiter der Abteilung Gewaltverbrechen.«

»Ich bin Sōichirō Kaji. Freut mich.«

Er sprach deutlich und ohne zu stocken.

Shiki klärte ihn über sein Recht zu schweigen auf und spürte dabei, wie sein Verhörer-Blut in Wallung geriet.

Welche Geschichte würde er jetzt lesen?

Die Zeit war begrenzt. Deswegen musste er zuerst das Schlusskapitel lesen und konnte nicht am Anfang beginnen, wie er, einen Moment enttäuscht, dachte.

4

Ihn beim Titel zu nennen gehörte zur Samurai-Ehre. In diesem Moment wurde im Hauptquartier ein Komitee für das Disziplinarverfahren einberufen, in dem über Sōichirō Kajis Entlassung entschieden werden würde. Man beeilte sich, damit man bei der Pressekonferenz nicht etwa von einem Angestellten, sondern von einem »ehemaligen Polizisten« reden konnte.

Andererseits rief es in Shikis Herz auch starken Widerwillen hervor, Kaji mit dem Titel »Polizeihauptmeister« anzusprechen. Er spürte, dass es ihm unangenehm war, einen Kollegen als Verdächtigen zu vernehmen. Es war eben doch wie eine Familie. Egal, ob man jeden Tag Kontakt miteinander hatte oder nicht.

Dennoch musste man zuerst an die gegenwärtige Situation denken.

»Die Tat, die Sie begangen haben, erschüttert die Polizei der Präfektur W.«

»Ja …«

Kaji senkte den Kopf in einer Geste der Scham.

»Ich habe dadurch alle Mitglieder der Präfekturpolizei in Schwierigkeiten gebracht, und mir fehlen die Worte, mich dafür zu entschuldigen.«

Shiki nickte ein Mal.

»Da die Tat von einem Polizisten begangen wurde, müssen wir uns auf die Reaktion der Massenmedien einstellen. Insofern wird dieses Verhör etwas anders als gewöhnlich. Ich werde Sie zuerst direkt zum Vorfall befragen.«

Es war gut, die üblichen einleitenden Fragen auslassen zu können, wie nach dem Geburtsort, den Vorstrafen, dem Lebenslauf und dem Rangregister. Das alles wurde dokumentiert, wenn jemand als Polizist eingestellt wurde.

Shiki warf einen Blick auf die Unterlagen vor sich.

Keiko Kaji. 51 Jahre.

»Also, dann beginne ich. Haben Sie Ihre Ehefrau Keiko Kaji umgebracht?«

Kaji richtete sich auf und fing nach kurzer Pause an zu sprechen.

»Weil sie … mir leidtat.«

»Ihre Frau war krank?«

Kaji nickte kurz.

»Bei Keiko wurde Alzheimer diagnostiziert.«

Das brachte Shiki ziemlich aus der Fassung.

»Es gab schon seit etwa zwei Jahren Anzeichen. Sie hatte immer häufiger Kopfschmerzen und Schwindel und hat ständig Medikamente dagegen genommen. Aber weil es nicht besser wurde, sondern sich sogar verschlimmerte, habe ich sie, obwohl sie sich gesträubt hat, im April ins Krankenhaus gebracht. Ich hab ihr die Diagnose nicht mitgeteilt, aber sie scheint etwas geahnt zu haben. Sie hat Medizinbücher konsultiert und sich immer öfter gefragt, ob sie nicht vielleicht Alzheimer haben könnte …«

Die Krankheit war also ungewöhnlich schnell fortgeschritten.

Man verwechselt Daten oder Wochentage. Manchmal kann man die Uhr nicht mehr lesen. Man verliert Dinge und vergisst wichtige Verabredungen. Um solche Verfehlungen zu reduzieren, macht man sich Notizen, vergisst dann aber, dass man sich etwas notiert hat. Und wenn man merkt, was man vergessen hat, ist das zutiefst verstörend. Man kämpft gegen die Angst. Fragt sich, wie lange man noch ein Mensch bleibt …

»Im Sommer war sie sich sicher, an welcher Krankheit sie litt. Sie hat immer wieder ›Ich will sterben, ich will sterben‹ zu mir gesagt. Ich habe ihr Mut gemacht. Ihr gesagt, dass ich ohne sie nicht weiß, was ich tun soll. Sie gefragt, wer, wenn sie stirbt, die Blumen auf Toshiyas Grab gießen soll …«

Shiki blickte auf die Unterlagen.

Toshiya Kaji. Vor sieben Jahren an akuter myeloischer Leukämie verstorben. Dreizehn Jahre zum Zeitpunkt des Todes.

»Aber das hat eher das Gegenteil bewirkt … Das war vor drei Tagen.«

Die Beschreibung des Verbrechens begann also.

»Am 4. Dezember, richtig?«

»Ja. An Toshiyas Todestag.«

Er hatte seine Frau am Todestag seines Sohnes umgebracht …

Shiki fühlte sich, als würde man ihm mit einem schweren Gegenstand aufs Herz schlagen.

»Mittags sind wir zusammen zum Friedhof gegangen. Keiko hat das Grab gefegt, den Grabstein gründlich gereinigt und lange Zeit gebetet. Wenn er nicht gestorben wäre, wäre er an dem Tag volljährig geworden. Sie hätte gern ein Foto von ihm in festlicher Kleidung gemacht. Ihr standen Tränen in den Augen, als sie das gesagt hat. Aber …«

Kaji hörte auf zu reden und blickte ins Leere. In seinen Augen spiegelte sich die Szene wohl gerade noch einmal.

Shiki wartete schweigend.

Kajis trockene Lippen bewegten sich.

»Am Abend war Keiko sehr aufgeregt. Dass sie noch nicht zum Grab gegangen sei. Ich sagte ihr immer wieder, dass sie schon gegangen war, aber vergeblich. Sie konnte sich nicht erinnern. Keiko ist fast wahnsinnig geworden. Dass sie Toshiyas Todestag vergessen habe. Dass sie keine Mutter mehr sei. Kein Mensch mehr sei. Sie hat geschrien, dass sie sterben will … mit Händen und Füßen um sich geschlagen, ist herumgetobt und gegen Dinge gestoßen, hat mit Gegenständen um sich geworfen … Ich hab verzweifelt versucht, sie aufzuhalten, aber Keiko hat nur laut geweint und immer wieder gerufen: ›Bitte bring mich um, bring mich um! Ich will sterben, bevor ich Toshiya vergesse … Ich will wenigstens als Mutter sterben …‹ Hat meine Hände zu ihrem Hals geführt und gesagt: ›Ich flehe dich an, ich flehe dich an!‹«

Shiki ballte seine Hände im Schoß.

»Ich habe sie erwürgt … sie tat mir so leid, … dass ich sie mit eigenen Händen erwürgt habe. Es tut mir so leid …«

Tötung auf Verlangen …

Dann ein Quietschen. Kurita hatte seinen Stuhl zurückgeschoben und war aus dem Zimmer geeilt. Viertel nach neun. Der wollte wohl in der Pressekonferenz Kajis Geständnis weitergeben.

Shiki drehte sich wieder um.

In Kajis Augen standen Tränen. Aber sie waren immer noch genauso klar wie zuvor. Er hatte seine Frau von ihrem Leid befreit. War das der Grund dafür, dass seine Augen so klar waren?

Shiki wollte dieses Buch erst einmal schließen.

Eine gewichtige Aussage. Mit einem Inhalt und einer Schwere, die seine Brust nicht tragen konnte. Es fühlte sich an, als würde Keikos Weinen und Schreien im Verhörzimmer widerhallen.

Doch bevor er eine Pause einlegen konnte, gab es noch eine Sache, die Shiki fragen musste. Und die hatte mit den »zwei fraglichen Tagen« zu tun, die der Leiter des Kriminaldezernats, Iwamura, erwähnt hatte.

»Polizeihauptmeister Kaji.«

Shiki blickte Kaji in die Augen.

»Was haben Sie nach der Tat gemacht?«

Kaji erwiderte Shikis Blick sofort.

Aber ... er antwortete nicht.

15 Sekunden ... 30 Sekunden ... eine Minute ...

Kaji war einfach still. Es war kein böser Wille zu erkennen. Keinerlei Widerstand. Nicht einmal seine Lippen zitterten. Der verkrampfte Körper von Protokollant Yamazaki sprach von seiner Anspannung. Die Stille war undurchdringlich.

Erstaunlich. Vor wenigen Minuten war Kaji noch ein Paradebeispiel für ein »volles Geständnis« gewesen.

Shiki beugte sich über den Tisch.

Kaji überlegte wohl, was die Frage bedeutete. Mit dieser kleinen inneren Hoffnung fragte Shiki ein zweites Mal.

»Nach der Tötung Ihrer Frau bis zu Ihrer Selbstanzeige sind zwei ganze Tage vergangen. Wo waren Sie währenddessen und was haben Sie getan?«

Kaji saß mit noch immer verschlossenen Lippen da.

Für einen Moment kreuzten sich Shikis und Yamazakis Blicke. Sie gaben sich ein Signal. Ihre Augen sagten:

Sōichirō Kaji ist »zur Hälfte geständig«.

5

Seit zehn Minuten saß Kaji wie ein Stein da.

Shiki hatte es nicht eilig.

Die »Nachbefragung« war, wie der Name schon sagte, lediglich eine Befragung zu den Ereignissen nach dem Verbrechen, etwas, das die Polizei der Form halber vor der gerichtlichen Verhandlung zu erledigen hatte. Und selbst wenn man nicht aufklären konnte, was nach dem Verbrechen passiert war, brachte das die Gerichtsverhandlung nicht ins Wanken. Kaji hatte bereits die Anbahnung des Verbrechens, die Tatzeit und den Verlauf gestanden. Der Inhalt seiner Aussage stimmte bis ins Detail, ließ keinen Raum für Unstimmigkeiten. Wollte man das Protokoll jetzt fertigstellen, gäbe es keinerlei Schwierigkeiten bei der Übersendung an die Staatsanwaltschaft, der Anklageerhebung oder dem Gerichtsverfahren. Kurz gesagt war die Nachbefragung nur eine Möglichkeit für den Verdächtigen, seine Geschichte zu Ende zu erzählen – nichts weiter.

Aber ihn als Vernehmungsbeamten hatte gerade dieser Punkt, man könnte ihn als »Verbrechens-Klatsch« beschreiben, aufmerken lassen. Wieso konnte er so locker über einen Mord reden, das schwerste aller Verbrechen, und dann in der Nachbefragung verstummen? Darüber brauchte man nicht lange nachzudenken. Für Kaji selbst war die wichtigere Story die, die nach dem Verbrechen passiert war; wichtiger als der Inhalt des Geständnisses.

Shiki nahm sich vor, erst einmal dieses Schweigen zu sezieren.

»Polizeihauptmeister Kaji … Ist Ihnen bewusst, dass Sie gerade schweigen?«

»…«

»Darf ich das so auffassen, dass Sie von Ihrem Recht zu schweigen Gebrauch machen?«

»…«

»Das bedeutet, dass Sie nicht über die Dinge sprechen wollen, die Sie zwischen dem Verbrechen und Ihrer Selbstanzeige getan haben, richtig?«

»Also …«, meldete sich Kaji zu Wort. Seine Stimme drohte wieder zu versiegen. »Muss ich es erzählen?«

Shiki verstand, was Kaji sagen wollte. Dass er seine Tat gestanden hatte und das Polizeipräsidium der Präfektur W den Fall an die Staatsanwaltschaft übergeben konnte.

Dass mehr nicht nötig sei.

»Sie müssen natürlich nicht.«

Als Shiki so antwortete, hob Kaji zum ersten Mal seinen Kopf.

»Ich habe nicht vor, es zu verschweigen. Aber kann ich Sie bitten, die Sache dann ruhen zu lassen?«

Ruhen lassen?

Im ersten Moment dachte er, die Tür sei eingetreten worden. Kurita kam mit ohrenbetäubendem Lärm ins Zimmer gestürmt.

»Herr Shiki! Bitte rufen Sie sofort bei der Abteilung für Öffentlichkeitsarbeit im Hauptquartier an! Der Leiter der Polizeiverwaltung wartet auf Ihren Anruf!«

»Aha …«, sagte Shiki desinteressiert und stand langsam auf.

»Wir machen hier um 13 Uhr weiter. Essen Sie in der Zelle zu Mittag und ruhen Sie sich etwas aus. Sie sind doch seit heut früh auf den Beinen.«

Kurita drängte weiter.

»Ich bitte Sie! Beeilen Sie sich!«

Sie verließen zu zweit den Raum. Im nächsten Augenblick hatte Shiki Kuritas zur Seite gescheiteltes Haar gegriffen und zog ihn daran den Korridor entlang. Zwei, drei Türen passierten sie, bis er ihn ins vierte Verhörzimmer brachte und ihn mit derselben Wucht zu Boden warf.

»Verdammter Scheißkerl! Wenn du noch mal so laut im Verhörzimmer rumbrüllst, brech ich dir das Genick!«

Kurita fiel vor Schreck über den plötzlich veränderten Shiki in sich zusammen. Er lag in Abwehrposition auf dem Fußboden, zusammengezogen wie eine Schildkröte, und sagte kein Wort.

Sasaoka kam hereingestürmt.

»Shiki, beruhigen Sie sich! Bitte beruhigen Sie sich. Iyo wartet am Telefon!«

»Der Bengel hier hat doch alles schon weitergeleitet!«

»Hören Sie. Der Leiter der Zentralstation hatte während der Pressekonferenz einen Totalausfall.«

Einen Totalausfall?

»Gerade eben. Die Fragen der Reporter konzentrieren sich alle auf die zwei fraglichen Tage.«

Shiki blickte auf Kurita, der noch auf dem Boden lag. Er nickte kaum merklich.

Alles über das Verbrechen war bekannt. Und natürlich hatte er gedacht, dass die Reporter das begreifen würden.

»Die Fragerunde hat sich unglücklich entwickelt. Ein junger

Reporter wollte wissen, was nach dem Vorfall passiert ist. Das hat Kagami verunsichert. Und darauf sind dann alle anderen angesprungen.«

Während er das sagte, zückte Sasaoka sein Handy. Shiki wehrte ab und holte sein eigenes Handy aus der Brusttasche.

Hauptquartier. Pressezimmer. Sofort hatte er Iyo am Apparat.

»Und? Hat er geredet?«

Seine Stimme klang gedämpft. Im Nebenzimmer wurde der Leiter der Zentralstation mit Fragen durchlöchert.

Shiki sagte, auf jede Reaktion gefasst: »Über die Zeit nach der Tat hat er nichts gesagt.«

»Wie bitte?! Irgendwas wird er doch wohl gesagt haben! Ist er denn nicht beim Leichnam seiner Frau geblieben, oder was?«

»Nein. Er hat nichts gesagt.«

»Ist er dann durch die Gegend gelaufen und hat einen Platz zum Sterben gesucht?«

»Das weiß ich nicht. Er hat fast nur geschwiegen.«

»Und was ist Ihr Eindruck? Haben Sie gar keinen ungefähren Eindruck?«

»Nein.«

»Sind Sie überhaupt ein richtiger Vernehmungsbeamter? War das alles Blödsinn, dass Sie angeblich ein Gespür haben?«

»So weit war ich in der Befragung noch nicht fortgeschritten. Berichten Sie das dem Leiter der Zentralstation.«

»Das kann ich ihn doch nicht verlautbaren lassen!«

»Aber die Wahrheit ist doch …«

»Er war geistesabwesend. Durch den Schock, seine Frau umgebracht zu haben, kann er sich kaum an die zwei Tage erinnern. Geht das so?«

Shiki ließ eine kurze Pause, bevor er sprach.

»Nein, das geht nicht.«

»Verdammter Idiot.«

Jemand schien Iyo zu rufen, und seine Stimme entfernte sich.

Hat der gerade »Idiot« …?

Nach kurzer Zeit kam Iyos Stimme zurück und klang erleichtert.

»Das müssen Sie wohl erst zum Abend rausfinden.«

Bald war es 10 Uhr vormittags. Die Reporter würden ihre Fragerunde unterbrechen müssen, um an den Artikeln für die Abendausgabe zu schreiben.

»Die nächste Pressekonferenz ist um 19 Uhr. Verstanden? Also befragen Sie ihn dieses Mal ordentlich!«

Das Gespräch mit Kaji ging ihm wieder durch den Kopf.

Muss ich es erzählen?

Sie müssen natürlich nicht …

»Ich werde mich bemühen.«

»Das Bemühen überlassen Sie mal den Wachtmeistern. Hauptkommissare liefern Ergebnisse. Klar?«

6

Auf dem Weg vom Verhörzimmer zur Kriminalabteilung begegnete Shiki niemandem. Sein früherer »Pendelweg«. Er empfand widerstreitende Gefühle. Ungeduld. Frustration. Erwartung. Unsicherheit. War er schon einmal diesen Gang entlanggelaufen und hatte sich dabei derart in die Enge getrieben gefühlt?

Das Ansehen der Polizeipräfektur W. Auf den Schultern eines Einzelnen.

Die Stimme von Leiter Iyo klang noch immer in seinen Ohren.

Beim Leichnam seiner Frau geblieben …

Durch die Gegend gelaufen und einen Platz zum Sterben gesucht …

Durch den Schock, seine Frau umgebracht zu haben, keine Erinnerung an den Tag …

Diese Art Antwort hatte Shiki selbst auch erwartet.

Aber nichts davon stimmte. Sōichirō Kaji trug eine Geschichte in sich, die mit dem Vorfall überhaupt nichts zu tun hatte. Deswegen war er nicht gestorben. Er hatte seinen Sohn verloren, seine kranke Frau mit eigenen Händen ermordet, hatte keine Verwandten, um die er sich sorgen musste, und hatte sich, anstatt seinem Leben ein Ende zu setzen, freiwillig gestellt. Kaji hatte sich entschieden zu leben. Ein Polizist, noch dazu ein Lehrer wie Kaji, der viele Schüler betreute, war hervorgetreten, im vollen Bewusstsein, wie sehr das sein Ansehen beschmutzte und welcher Schande er sich durch ein Leben in der Untersuchungshaft oder im Gefängnis aussetzte. Eine derartige Macht besaß seine Geschichte.

Die will ich lesen. Nein, die muss ich lesen. Mit der Gier eines ehemaligen Vernehmungsbeamten. Mit der Ehre eines Leiters der Abteilung Gewaltverbrechen. Und auch, um als eine Führungsperson der Präfekturpolizei zu überleben.

Egal, wie es läuft, heute Nachmittag entscheidet es sich.

Als er die Tür zur Kriminalabteilung aufdrückte, stieß er mit Komine zusammen. Der wollte gerade zu ihm, sagte er. Sein Gesicht war bleich.

Komine drängte ihn ins Empfangszimmer der Abteilung.

»Das hier haben unsere Mitarbeiter von der Hausdurchsuchung mitgebracht.«

In dem Beweisbeutel befand sich ein Päckchen Taschentücher, das mit einer auffälligen Werbung bedruckt war. »Private Videozimmer« in Großbuchstaben. Shikis Blick fiel auf die kleinere Schrift. »Tokio«, »Shinjuku-Bezirk«, »Kabuki-Viertel« …

»Wo wurde das gefunden?«

»In der Tasche des Mantels von Polizeihauptmeister Kaji. Der hing im Garderobenschrank bei ihm zu Hause.«

»In seinem Haus?«

»Weil er im Anzug war, als er sich gestellt hat.«

Er hatte keine Rückreise eingeplant. Sich zu stellen hieß, einige Jahre nicht nach Hause zurückzukehren.

»Und das ist der Mantel, den er immer trägt?«

»Jemand von der Ausbildungsabteilung, der bei der Durchsuchung dabei war, meinte, dass er den jeden Tag anhat.«

Es war eine unangenehme Vorstellung, aber auch nicht ausgeschlossen.

Kaji in einem privaten Videozimmer in Shinjuku.

Ein Päckchen Taschentücher als Werbeträger. Es konnte ihm einfach beim Vorbeilaufen in die Hand gedrückt worden sein, doch mit Sicherheit war Kaji im Kabuki-Viertel unterwegs gewesen. Aber wann? Und weswegen?

Ihm kam ein unbequemer Gedanke.

Wenn man seit 30 Jahren Fälle bearbeitet, begegnet man verschiedenen Arten von Straftätern. Man begreift, dass den Menschen, egal, wie sehr er sich als Heiliger inszeniert, letztlich nur wenig von einem Monster trennt. Vor allem Sexualstraftäter sind schwer zu fassen. Denn ganz unabhängig von Stand, Familie und Beruf – wo es Männer gibt, da gibt es auch potenzielle Verbrecher. Sex als solcher brachte offenbar so etwas hervor.

Kaji und das Kabuki-Viertel. Die Kombination mutete fremd an, konnte aber nicht ausgeschlossen werden. Respektable Männer in den Vierzigern oder Fünfzigern waren gefährlich. »Sex ist schlecht.« Je stärker die zu Kinderzeiten eingepflanzte Moral und je gewissenhafter sie sich dieser verpflichtet hatten, desto mehr fixierten sie sich auf das Sexuelle. Als brächen von allen Seiten Staudämme, und inmitten der Flut an Sex-Medien knirschten sie eines Tages mit den Zähnen. »Ich komme zu kurz.« Sie verfolgten das Sexuelle, als würden sie sich dadurch an der Zeit rächen, in der sie lebten, wurden gierig, zügellos. Die Zahl der Männer, die taten, als hätten sie weder Arbeit noch Familie, ging ins Unendliche.

Er hat seine Frau erwürgt, ihre Leiche liegen gelassen und sich zum Kabuki-Viertel begeben. Sich, bevor er sich anzeigt, noch einmal mit seiner »Lieblingsdame« getroffen ...

Weder Shiki noch Komine sprachen diese Schlussfolgerung aus.

»Schicken Sie zwei Kommandos nach Tokio. Ich gucke mir noch einmal die Familie von Polizeihauptmeister Kaji an.«

»Unten drängen sich die Reporter rein.«

»Ich weiß.«

Shiki bewegte sich in den hinteren Teil der Abteilung. Er öffnete die Tür, die dem Transfer von Verdächtigen vorbehalten war, ging die Außentreppen hinunter und auf den Parkplatz vor dem Polizeigebäude. Dort sah er einen jungen Mann in der Nähe des Fahndungsfahrzeugs stehen. Nakao von der *Tōyō*. Zu spät machte Shiki auf dem Absatz kehrt.

»Herr Abteilungsleiter!«

Der Zeitungsreporter, der sich seit seiner Zeit im Leichtathletik-Club an der Uni etwas auf seine Schnellfüßigkeit einbildete, war wie der Blitz an Shikis Seite aufgetaucht und hielt nun Schritt.

»Mussten Sie wohl wieder ran, was?«

»Ich bin nur kurz vorbeigekommen. Schon auf dem Rückweg.«

Shiki drehte sich erneut um und ging in Richtung des Wagens.

»Ist ja schlimm, wie das gelaufen ist, was?«

»Ja.«

»Das hat mich wirklich überrascht. Also, dass der Vize seine Frau ermordet hat.«

»Kannten Sie ihn?«

»Nein. Aber ich hab mal über ihn geschrieben. Kaji hat doch einmal ein Schönschrift-Lehrbuch veröffentlicht und das an Nachwuchspolizisten ausgeteilt.«

»Ja, das hat geholfen! Wenn beim Rotieren der Protokolle falsche oder schlecht leserliche Schriftzeichen auftauchen, wird man zum Gespött der Straftäter.«

»Und? Was war jetzt? Hat der Vize über die Zeit nach der Tat gesprochen?«

»Keine Ahnung.«

»Er scheint sich bei der Ausbildungsabteilung für zwei Tage abgemeldet zu haben. Hat wohl am ersten Tag gesagt, dass er sich schlecht fühlt, und am zweiten, dass er was Wichtiges vorhat.«

»Ach ja?«

Das klang zunächst einmal eigenartig, aber Shiki wurde sofort klar, was passiert war. Hätte er unentschuldigt gefehlt, wäre jemand von der Ausbildungsabteilung zu ihm nach Hause gegangen, um sich nach seinem Wohlergehen zu erkundigen, und hätte gemerkt, dass etwas faul war.

Aber diese Geschichte von seiner gewissenhaften Abwesenheitsmeldung am zweiten Tag rief die Erinnerung an etwas wach, das Shiki in Kajis Gesichtsausdruck zu lesen geglaubt hatte. Wenn jemand daran dachte, sich abwesend zu melden, ließ das zumindest schon einmal darauf schließen, dass er nicht vollkommen neben sich stand. Aber was war danach geschehen? Was hatte er getan, nachdem er seine Abteilung hatte glauben lassen, er sei krank oder habe etwas Wichtiges vor? Seine Wohnung in Ordnung bringen? Dann hätte er das sicher gesagt. Also war er wirklich irgendwo hingegangen. Zum Beispiel ins Kabuki-Viertel.

»Was ist eigentlich mit dem Serienvergewaltiger, Herr Abteilungsleiter?«

Shiki drehte sich ruckartig um. Das war es also, worauf

Nakao eigentlich lauerte. Natürlich war die Nachricht darüber, dass sie heute Morgen in die Wohnung von Mitsugu Takano eingedrungen waren, vor den Medien geheim gehalten worden.

»Tja ...«

»Ist das ein ›Tja‹ des Triumphs?«

Zum Glück war in Nakaos Gesicht kein Hinweis darauf zu sehen, dass er die Konfrontation suchte. Es war schließlich Nakao selbst, der aufgedeckt hatte, dass das Dezernat I die Serienvergewaltigungen an jungen Mädchen untersuchte. Aus diesem Grund hielten sich die Mitglieder des Dezernats jetzt fern von ihm, und er hatte keinerlei Möglichkeiten, an Informationen über die Vergewaltigungen zu kommen.

Shiki ließ sich auf die Rückbank des Wagens fallen und befahl Tsuchikura, während er noch durchrutschte, abzufahren. Er blickte auf die Digitaluhr des Autos. 11.05 Uhr. Durch den Funk wurde das Kennzeichen eines gestohlenen Autos durchgegeben. Als sie durch das Hintertor des Präsidiums fuhren, blickte Tsuchikura Shiki im Rückspiegel an.

»Ins Hauptquartier?«

»Zur Privatwohnung von Polizeihauptmeister Kaji.«

Tsuchikura verkrampfte sich einen Moment lang, sagte aber nichts und wendete. Die Adern in seinen Augen sahen nicht normal aus. Er hatte wohl nicht geschlafen, obwohl Shiki ihn dazu aufgefordert hatte.

Shiki wählte die Handynummer von Gruppenleiter Kamata.

Mitsugu Takano hatte das Bewusstsein wiedererlangt. Gerade wurde er mit einem Medikament behandelt, das seinem Körper das Grand Kison entzog, das dann, über ein Abführmittel, ausgestoßen werden sollte.

Gleich würde die Blutreinigung beginnen. Kamata war noch genauso aufgeregt wie in den frühen Morgenstunden, und seine Stimme klang so laut, dass Shikis Ohren schmerzten.

Er legte auf und atmete kurz durch.

Kamata schien beinahe in einer anderen Welt zu sein. Shiki fühlte, wie die Verbrechen des Mädchenschänders in ihm schnell verblassten. Polizist zu sein bedeutete nicht, immer nur für die Gerechtigkeit oder aus Pflichtgefühl zu arbeiten. Es gab Fälle, die man lediglich bearbeitete, um seinen Lebensunterhalt zu verdienen, und es gab immer Ärger durch internes Kompetenzgerangel oder gegenseitige Behinderung. Aber dieses Mal war es anders. Alle zogen an einem Strang. Alle waren Eltern. Diesem Vergewaltiger konnte niemand verzeihen. Er musste gefasst werden. Alle damit beschäftigten Einsatzkräfte hatten gebeten, keine freien Tage nehmen zu müssen, um ihn suchen zu können, und 62 Tage lang war das auch umgesetzt worden.

Shiki war in Gedanken in Verhörzimmer drei.

Ob er gegen Kaji siegte oder verlor, würde über seinen eigenen Job entscheiden.

Aber nicht nur das. Er war wie wachgerüttelt. Eine Jetzt-oder-nie-Lage. Waren diese sechseinhalb Quadratmeter abgeschlossener Raum der Ort, an dem er wirklich er selbst sein konnte? Er hatte einen Fall nach dem anderen bearbeitet, wollte, wie jeder andere, nach oben und war, eh er sich versah, bis zum von allen Kommissaren beneideten Leiter des ersten Dezernats aufgestiegen. Hatte den Sitz im Mittelpunkt der Division, führte die zahlreichen Untergebenen zusammen und konnte mit einem einzigen Telefonat die gesamte Division zu einem großen Netz flechten, das ihm zu Willen war.

Aber die Frage blieb: Wollte er das überhaupt?

Der Polizeifunk gab keine Ruhe. In der Stadt hatte wohl jemand Fahrerflucht begangen. Ein Notfalleinsatz.

Shiki schloss die Augen und vertraute sich dem Schaukeln des Wagens an.

Er sah einen Maronenbaum vor sich. Den, der früher im Garten seiner Familie gestanden hatte.

Er hatte sich nicht an seine neue Mutter gewöhnen können. Sich im engen Geräteschuppen verkrochen, im Arm die Bücher, die ihm seine verstorbene Mutter gekauft hatte. Hatte sie Tag für Tag gelesen. Ihre Figuren erzählten viele verschiedene Geschichten. Nur während er die Buchseiten umblätterte, war er für kurze Zeit aus seiner Isolation befreit.

Shiki ließ seine Augen geschlossen.

Das angespannte Hin und Her des Polizeifunks hörte sich an wie der Zikadenchor eines heißen Sommers.

7

Die zweite Befragung fand, wie geplant, genau um 13 Uhr statt.

Zunächst wurden noch einmal die Vorgeschichte und der Tathergang wiedergegeben. Innerhalb von 48 Stunden musste Sōichirō Kaji der Staatsanwaltschaft übergeben werden.

Shikis Plan war, möglichst viel Zeit für die »Nachbefragung« zu gewinnen und das Geständnisprotokoll daher so weit wie möglich abzuschließen.

Kaji, der ihm gegenübersaß, zeigte keine sichtbare Veränderung. Auch der Protokollant Yamazaki ließ sich, wie üblich, keinerlei Emotion anmerken. Nur Kurita war wie ausgewechselt. Vielleicht hatte die Standpauke gewirkt, denn angefangen bei den Geräuschen, die er beim Laufen machte, bis zu denen, die sein Stift verursachte, spürte man seine Nerven. Doch derjenige im Raum, der am weitesten entfernt davon war, sich selbst im Griff zu haben, war wohl Shiki selbst.

Bei seinem Besuch in Kajis Privatwohnung hatte er einige wichtige Informationen erhalten. Während er sein Essen herunterschlang, las er sich in das Dokument der Revierverwaltung ein, grübelte dann aber erfolglos, wie er die dort erhaltenen Informationen nutzen könnte. Befragungen beruhen normalerweise auf Schlussfolgerungen. Von Anfang an steht der Ort fest, an dem der Befragte »fallen«, also gestehen soll, und dann wird der Weg immer weiter eingeengt, bis er dann dort auch tatsächlich fällt. Dieses Mal war dieser Ort nirgends zu entdecken. Wenn man als Anhaltspunkt »hat im Kabuki-Viertel eine Frau getroffen« nahm, sah das, in Anbetracht von Kajis klaren Augen, ganz und gar nicht wie ein Ort aus, an dem er fallen würde.

Und dazu kam, dass es eine Befragung war, bei der Shiki durch die Revierverwaltung beide Hände gebunden waren. Sein Zeitlimit war 19 Uhr. Das wog schwer auf Shikis Brust; Ungeduld und Ärger breiteten sich in ihm aus wie ein Gas.

Um 15 Uhr waren sie von der »Befragung« zur »Nachbefragung« gewechselt, doch deren Verlauf war noch undurchschaubar.

»Alzheimer ist wirklich eine schreckliche Krankheit. Und Ihre Frau war erst 51 Jahre.«

»Ja … das kam wie ein Blitz aus heiterem Himmel.«

»Sie sind 49. Ich bin 48. Das ist wohl ein Alter, in dem man mit solchen Krankheiten rechnen muss.«

»Das stimmt. Ich habe gehört, das durchschnittliche Alter für eine Alzheimer-Erkrankung liegt bei 51 Jahren.«

Es gab einen Grund, aus dem Shiki das Alter ins Spiel brachte.

»Ich war vorhin kurz bei Ihnen zu Hause. Da gibt es eine Kalligrafie in Ihrem Arbeitszimmer, mit den Worten *Der Mensch lebt fünfzig Jahre.*«

Kajis Augen bewegten sich zögernd hin und her.

»Das ist von Oda Nobunaga, nicht wahr? Wenn man nur fünfzig Jahre hat, vergehen die wirklich wie im Traum.«

»Früher war das normal.«

»Die Kalligrafie war wunderschön fließend.«

»Ich danke Ihnen.«

»Sie sah ganz frisch aus. Wann haben Sie sie denn geschrieben?«

»…«

»Sie verfassen seit 15 Jahren Kalligrafien?«

»Ja.«

»Auf der Präfektur-Kalligrafie-Ausstellung wurden Sie elf Mal nominiert. Und letztes Jahr haben Sie endlich den Preis für sinojapanische Zeichen gewonnen.«

»Das war nur Glück.«

»Als Sie sich gestellt haben, haben Sie Ihren Mantel zu Hause gelassen, nicht wahr?«

»Was …? Ah, ja.«

»Wahrscheinlich weil Sie sich dachten, dass Sie nicht zurückkehren würden?«

»Richtig.«

»Kein Zurück. Das ist wohl so ein Moment, in dem der Kalligraf zum Pinsel greift.«

»…«

Er hatte die Kalligrafie direkt vor seiner Selbstanzeige geschrieben. Das schien sicher.

Der Mensch lebt fünfzig Jahre …

Was hatte sich Kaji gedacht, als er diese Worte wählte?

Shiki nahm ein kleines Risiko in Kauf. Er ließ die Fragen auf die Grenze zwischen »Befragung« und »Nachbefragung« hinauslaufen.

»Wie haben Sie sich gefühlt, nachdem Sie Ihre Frau umgebracht hatten?«

Kaji reagierte.

»Erst mal war ich wie benommen. Ich hatte etwas Schreckliches getan … Und während ich das dachte, sagte ich mir andererseits immer wieder, dass es besser für Keiko war, dass sie so glücklicher ist.«

»Am nächsten Tag, dem 5. Dezember, haben Sie bei Ihrer Abteilung angerufen und sich freigenommen, weil es Ihnen nicht gut ging, richtig?«

»Ja …«

»Ging es Ihnen tatsächlich nicht gut?«

»…«

»Also nicht körperlich, sondern vielleicht seelisch.«

»…«

»Ich habe eine Trittleiter benutzt und mir mal die Ahnenleiste in Ihrer Wohnung angesehen.«

Kajis Pupillen weiteten sich.

»Nur an einem Platz gab es keinen Staub. Da konnte ich Spuren von einem Seil sehen, vielleicht einem Stoffgürtel.«

»Ich wollte sterben«, sagte Kaji abrupt. »Das ist doch verständlich. Erst ist Toshiya gestorben, dann habe ich sogar Keiko ermordet. Ich kann doch nicht als Einziger weiterleben. So konnte ich nicht den Kollegen gegenübertreten. Ich hätte mich mit meinem Tod entschuldigen müssen … dass ich Abschaum bin … aber nur noch ein Jahr …«

Kaji erstarrte. Rührte sich nicht mehr.

Nur noch ein Jahr?

Kaji hatte diese Worte blinzelnd ergänzt, als hätte er sich an etwas erinnert.

»Dann haben Sie es … bereut, am Leben zu sein?«, sagte Shiki mit einem Mal. »Nur noch ein Jahr … was meinen Sie damit?«

Kaji schwieg.

Er war 49 Jahre alt und hatte sich entschieden, nur noch ein

Jahr zu leben. Bis zur Fünfzig. *Der Mensch lebt fünfzig Jahre.* Das war also ein Entschluss, den er da aufgeschrieben hatte. Aber Shiki verstand ihn nicht. Jetzt nicht zu sterben, sondern alles zu ertragen, um dann mit fünfzig Jahren zu sterben?

»Hat das mit Toshiya zu tun?«

»...«

»Sie sind der Einzige, der sich noch um sein Grab kümmern kann.«

Shiki sprach das aus, während er noch selbst darüber nachdachte. Auch Kaji würde nicht zum Grab gehen können. Von nun an viele Jahre lang nicht.

Kaji antwortete ruhig.

»Keiko ist nun drüben. Ich glaube, Toshiya ist jetzt nicht mehr einsam.«

Shiki hatte nicht lesen können, was Kaji wirklich dachte.

Aber eines immerhin war klar geworden.

Kaji hatte sich entschieden zu sterben. Und es sich dann anders überlegt. Hatte einen festen Entschluss gefasst und das Leben gewählt. Entschieden, dass er nur noch ein Jahr leben wollte. Was hatte ihn dazu bewegt? Der Schlüssel zu diesem Rätsel lag möglicherweise im Kabuki-Viertel.

Shiki warf einen Blick auf seine Armbanduhr.

15.15 Uhr. Der Abend rückte näher. Er hörte eine Stimme »Hauptkommissare liefern Ergebnisse« sagen. Andererseits hatte sich sein Bedürfnis, die Geschichte, die Kaji in sich trug, zu lesen, ins Unerträgliche gesteigert.

Shiki zog seinen Stuhl näher zu Kaji heran.

»Waren Sie in letzter Zeit im Kabuki-Viertel von Shinjuku?«

Er merkte, wie es Kaji den Atem verschlug.

»Sie waren dort, nicht wahr?«

»…«

»Wann war das?«

»…«

»Immer wenn es um die Ereignisse nach der Tat geht, schweigen Sie. Daraus schließe ich, dass die Dinge, über die Sie schweigen, nach der Tat passiert sein müssen.«

»…«

»In meiner Abteilung gibt es einen jungen Kriminalbeamten, der Sie zutiefst schätzt. Er hat mir erzählt, was Sie ihn gelehrt haben, das er tun solle, wenn er bei einem Zugunglück eingesetzt wird. Dass er die Toten behandeln soll, als wären es die eigenen Eltern oder Geschwister. Stimmt das?«

»Ja.«

»Wie konnten Sie dann den Leichnam Ihrer Frau einfach liegen lassen und Ihre Wohnung verlassen?«

»Das kann ich Ihnen nicht sagen.«

»Warum nicht? Ist es, weil Sie sich schuldig fühlen?«

»…«

»Offen gestanden war ich erst ein wenig misstrauisch. Aber jetzt denke ich, dass Sie nicht im Kabuki-Viertel waren, um sich zu amüsieren.«

»…«

»Ich glaube, dass Sie jemand sind, der nicht lügt. Es ging Ihnen wirklich nicht gut am Tag nach dem Vorfall. Und am Tag darauf hatten Sie wirklich etwas Wichtiges vor. Irre ich mich?«

»…«

»Was war das Wichtige, das Sie vorhatten?«

»Bitte hören Sie auf. Ich kann das nicht erzählen.«

»Aber Sie wollen es erzählen. Sie wollen jemandem Ihre Gedanken mitteilen. Ist es nicht das, was Sie in Ihrem Innersten denken?«

Kaji starrte Shiki an. Shiki starrte zurück.

Die Seite schien sich umzublättern. In diesem Moment gab es sichere Anzeichen, dass die Wahrheit ans Licht kommen würde.

Doch Kaji blickte zu Boden. Als er wieder aufsah, waren seine Augen zum ersten Mal getrübt.

»Hauptkommissar Shiki … bitte sagen Sie es mir. Wie soll ich aussagen?«

»Was meinen Sie?«

»Ich will nicht für noch mehr Ärger sorgen. Weder für Sie noch für die Präfekturpolizei noch für meine Schüler …«

»Was wollen Sie damit sagen?«

Als Shiki erneut fragte, fühlte er, wie sein Körper sich versteifte.

Kaji antwortete: »Ich hab einen Ort zum Sterben gesucht … wäre es gut, das auszusagen?«

Fühlte Shiki Ärger? Oder war es Trauer?

Seine Brust war so heiß, als würde sie in Flammen stehen.

Er wählte seine nächsten Worte genau.

»Darüber müssen Sie sich keine Gedanken machen. Ich will nur wissen, was Sie wirklich denken.«

8

17 Uhr. Shiki unterbrach das Verhör und machte sich auf den Weg in die Kriminalabteilung. Er wollte die Abendausgaben der verschiedenen Zeitungen überfliegen. Das hatte er jedenfalls so geplant.

Als er die Tür zur Kriminalabteilung öffnete, blieb sein Blick an Sasaokas Profil hängen, der einen Hörer in der Hand hielt. Kurita war an seiner Seite. Ein paar Minuten bevor Shiki die Pause angesetzt hatte, war Kurita leisen Schrittes dem Verhörzimmer entwichen. Auf dem Tisch am Ende des Zimmers sah Shiki einen Stapel Abendausgaben liegen. Als er gerade dachte, Sasaoka entkommen zu sein, drückte der ihm den Telefonhörer in die Hand.

»Der Polizeimeister.«

Der will wohl drängeln.

»Hier Shiki.«

»Gut haben Sie das gemacht!«

Verwunderlich. Iyo war frohgemut.

»Was habe ich gut gemacht?«

»Nun seien Sie mal nicht so bescheiden. Das mit der Ahnenleiste! Der versuchte Selbstmord. Sie haben ihn zum Reden gebracht. Das können wir gut für die Pressekonferenz um sieben nutzen. Er hat also einen ordentlichen Selbstmordversuch unternommen. Da werden diese Reporter dieses Mal nichts zu meckern haben.«

Hat er gerade »ordentlich« gesagt?

»Allerdings ist noch unklar, was am zweiten Tag passiert ist.«

»Ist es nicht. Er war verzweifelt und hat sich zu Hause eingeschlossen. Hat sich einmal fast umgebracht. Das ist genug für die Reporter und die Öffentlichkeit.«

Die Krise war abgewehrt. Shikis Gefühle normalisierten sich.

Doch die Erleichterung in seiner Brust knirschte, als wäre Sand daruntergemischt, und deswegen legte Shiki den Hörer nicht beiseite.

»Ich denke, es besteht kein Zweifel daran, dass Polizeihauptmeister Kaji das Haus verlassen hat.«

»Wagen Sie nicht, das noch einmal laut auszusprechen«, drohte Iyo, der Ton plötzlich völlig verändert. »Das Wort ›Kabuki-Viertel‹ ist tabu. Wenn so etwas bekannt wird, kann gleich der gesamte Polizeivorstand Harakiri begehen!«

»Ich denke nicht, dass er zum Vergnügen da war.«

»Allein die Erwähnung würde reichen. Wenn Sie Kaji weiter befragen, lassen Sie ab sofort die Sache mit dem Kabuki-Viertel außen vor! Das wird unnötiger Ärger, wenn er zugibt, da gewesen zu sein. Vergessen Sie die Sache. Verstanden?«

Shiki fühlte seine Ohren schmerzen.

Wie konnte dieser Mann, obwohl er Polizist war, seinem Untergebenen befehlen, die Wahrheit zu ignorieren?

»Wenn ich mir eine Bemerkung gestatten dürfte …«

»Nein!«

Sasaoka, der neben ihm stand, nahm den Hörer und redete mit fröhlicher Stimme hinein, Shiki den Rücken zugewandt.

Kurita war etwas zurückgetreten. Sicherlich weil er erwartete, dass Shiki explodierte. Diese Angst wirkte unheimlich komisch, sodass Shiki unwillkürlich lächeln musste.

Kurita ging noch einen Schritt weiter zurück.

»Bringen Sie mir die Abendausgaben«, wies Shiki einen Mitarbeiter an und setzte sich auf einen Stuhl. Der Wutkreislauf war nicht geschlossen, es fühlte sich an, als hätte sein Gehirn einen Kurzschluss.

Die Artikel in den Abendausgaben waren nicht so sensationsheischend geschrieben, wie er erwartet hatte. Alzheimer-Erkrankung. Tötung auf Verlangen. Als hätten die Reporter auch etwas Mitleid. Aber alle Artikel endeten ähnlich: »Zwischen der Ermordung seiner Frau Keiko und dem Zeitpunkt, als er sich selbst angezeigt hat, liegen zwei Tage, für die nicht geklärt ist, was der Verdächtige Kaji getan hat, weswegen er weiterhin intensiv von der Präfekturpolizei vernommen wird.«

Staatsanwalt Sase hatte die Zeitungen gelesen und rief deswegen an. Er hatte wohl zum ersten Mal von diesen zwei fraglichen Tagen gehört und wollte nun alles bis ins letzte Detail wissen. Shiki und Sase waren befreundet und trafen sich gelegentlich auf ein Glas. Fast wäre es ihm rausgerutscht, aber er verschwieg ihm gerade noch, dass Kaji das Haus verlassen hatte, und erzählte nur von seinem versuchten Selbstmord. Auch wenn Sase ebenfalls ermittelte, gehörte er doch nicht zur Polizei. Shikis übliches Misstrauen hatte ihn dazu gebracht, nicht mehr zu verraten, aber im Ergebnis, dachte Shiki, nachdem er aufgelegt hatte, war es genau das, was Iyo von ihm verlangt hatte: Manipulation von Informationen.

9

Um 1 Uhr nachts kam Shiki zurück in die Dienstwohnung. Das war noch verhältnismäßig früh.

Er ging durch den dunklen Flur in die Küche. Irgendwann hatte er sich abgewöhnt, Mikis schlafendes Gesicht zu betrachten. Seit sie über 15 war, nahm sie Blicke in ihr Zimmer als »schnüffeln« wahr.

Auf dem Tisch standen drei von Frischhaltefolie bedeckte Teller. Michiko entschied über das Abendessen-Menü für Shiki, während sie abends im Fernsehen die Nachrichten sah. Weil die Information, dass der Mädchen-Vergewaltiger gefasst werden sollte, sich am Ende als Fehlschlag herausgestellt hatte, stand der festliche Fisch samt Kopf und Schwanz wieder im Kühlfach.

Mitsugu Takanos Blutreinigung war beendet, und er befand sich in einem Krankenzimmer. Er würde sich wohl nicht mehr bewegen können, aber sicherheitshalber hatte Shiki Kamata angewiesen, ihn unter ständiger Beobachtung zu belassen.

Shiki bewegte still seine Essstäbchen, als lieferte er sich mit dem Sekundenzeiger der Wanduhr einen Wettkampf.

Die Background-Untersuchung hatte nichts ergeben. Die Angestellten des Videoladens, denen Sōichirō Kajis Porträtfoto vorgelegt wurde, machten nur fragende Gesichter. Auch von den Angestellten der Ausbildungsabteilung konnte man nichts Wichtiges erfahren. Alle waren sich einig, dass Kajis

Charakter sich mit »milde« beschreiben ließ, aber kein Einziger von ihnen wusste, dass seine Frau an Alzheimer erkrankt war.

Die abendliche Presseveranstaltung war offenbar ganz nach Iyos Vorstellungen verlaufen. Es wurde bestätigt, dass Kaji versucht hatte, sich umzubringen. Kagami, der Leiter der Zentralstation, hatte es mit stolzgeschwellter Brust verkündet.

Kajis klare Augen tauchten auf Shikis Netzhaut auf.

Beim abendlichen Verhör waren sie wieder zur Fertigstellung des Geständnisprotokolls zurückgekehrt, denn Staatsanwalt Sase hatte sie gewarnt, dass Kaji morgen im Laufe des Vormittags in die Staatsanwaltschaft überführt werden sollte. Es könne nicht zugelassen werden, dass er, als Angehöriger der Präfekturpolizei, von seinen Kollegen geschützt werde. Sase sprach das nicht aus, aber es war überdeutlich.

Doch selbst wenn Kaji bei der Staatsanwaltschaft saß, hieß das nicht, dass die Polizei ihre Finger aus dem Spiel nehmen würde. Bis zur Anklageerhebung würde Kaji sich in einer Arrestzelle der Zentralstation von W aufhalten. Morgen würde er zur Staatsanwaltschaft überstellt werden und für zehn Tage dort in Untersuchungshaft bleiben. Die Untersuchungshaft konnte um weitere zehn Tage verlängert werden. Also insgesamt zwanzig Tage. Wenn man für die Untersuchung bei der Staatsanwaltschaft etwa fünf oder sechs Tage veranschlagte, rechnete sich Shiki rund zwei Wochen aus, ihn zu befragen.

Ich werde dich lesen!

Shiki dachte scharf nach, als er sich im Bad das Gesicht wusch.

Die Aufregung in den Medien hatte sich gelegt. Die Verwaltung würde sich nicht noch einmal einmischen. Wohin war

Kaji gegangen, und was hatte er dort getan, den Leichnam seiner Frau einfach zurücklassend? Warum hatte er seinen Tod, den er schon geplant hatte, nicht gefunden und sich entschlossen zu leben?

Im Spiegel blickte ihm ein 48-jähriges Gesicht entgegen.

Seine Erschöpfung zeigte sich normalerweise in seinen Augen oder Schultern, doch heute Nacht kamen auf seinem gesamten Gesicht Falten zum Vorschein.

Der Mensch lebt fünfzig Jahre …

Bei diesem Gedanken fühlte er hinter sich eine Präsenz.

Die tapsenden Füße eines kleinen Körpers näherten sich mit einem schleifenden Geräusch der Tür zum Bad.

Er sah einen längst vergessenen Traum.

»Mama, da bin ich wieder.«

Der leise Gruß erhielt, wie immer, keine Antwort.

10

Das Läuten des Telefons riss Shiki aus dem Schlaf.

Er griff aus Gewohnheit zum Polizeitelefon auf dem Nachttisch, aber was klingelte, war das normale Festnetztelefon im Wohnzimmer.

5.50 Uhr morgens …

»Hier Sasaoka.«

Die Stimme aus der Polizeiverwaltung, mit der er, nach gestern, nicht gerechnet hatte.

»Was ist?«

»Welche Zeitung haben Sie abonniert?«

»Alle sieben. Auf Firmenkosten.«

»Gucken Sie sich die *Times* an. Ein unmöglicher Artikel.«

»Unser Briefkasten ist draußen. Was steht drin? Reden Sie!«

»Dass Kaji am Tag vor seiner Selbstanzeige auf dem Shinkansen-Bahnsteig am Bahnhof K gesehen wurde.«

Sofort verflog die letzte Spur von Müdigkeit.

»Wer hat ihn gesehen? Gibt es handfeste Beweise?«

»Sie kennen den wahrscheinlich. Der Krawattenverkäufer, der bei dem Laden vor der Abteilung für Soziales im Hauptquartier öfter vorbeischaut. Dieser Idiot, noch mal wird der nicht mit der Polizei Geschäfte machen!«

Zehn Minuten später rannte Shiki aus der Dienstwohnung.

Im Kriminaldezernat, im zweiten Stock der Zentralstation, traf er unerwartet auf das aufgedunsene Gesicht von Iyo.

Er wurde ins Empfangszimmer gezogen. Sasaoka und Kurita rannten ebenfalls herein. Nein, Kurita trat völlig geräuschlos ein.

Auf dem Tisch lag die Gesellschaftsseite der *Kenmin Times* aufgeschlagen.

Am Tag bevor Kaji sich gestellt hatte, dem 6. Dezember gegen 7 Uhr morgens, wurde Kaji in seinem Mantel auf dem Shinkansen-Bahnsteig des Bahnhofs K gesichtet. Der Krawattenverkäufer habe ihn begrüßt und Kaji ihm zugenickt. Auf die Frage, wohin er unterwegs sei, habe er nicht geantwortet, und er wirkte irgendwie eigenartig, weswegen das Gespräch versiegte ...

Shiki atmete schwer. Die perfekte Exklusivnachricht. Das war's jetzt mit der Irreführung.

»Das wird schon irgendwie. Wir bekommen das hin!«, sagte Iyo mit einem Stöhnen. »Am 5. hat er seinen Selbstmordversuch unternommen, am 6. ist er durch die Gegend gelaufen, um einen Ort zum Sterben zu suchen – wie klingt das?«

Sasaoka, der gefragt worden war, verzog das Gesicht.

»Aber geht das denn, wenn er Richtung Tokio fahren wollte?«

»Der stand doch nur rum. Wer weiß schon, in welche Richtung er fahren wollte.«

Iyos scharfer Blick traf Shiki.

»Jedenfalls ist das unser Ende, wenn sein Spaziergang mit dem Kabuki-Viertel in Verbindung gebracht wird.«

Shiki dachte, zumindest zur Hälfte, dasselbe. Da Kajis Absicht nicht klar war, würde die Neuigkeit, dass er allein ins Kabuki-Viertel gegangen sei, die Massenmedien dazu bringen, die Polizei der Präfektur auseinanderzunehmen.

»So, jetzt beginnen Sie aber schleunigst die Befragung; dafür sind Sie doch wohl hier!«

Von Iyo so gedrängt, warf Shiki einen Blick auf die Wanduhr. 6.20 Uhr.

»Um sieben gibt es Frühstück in den Zellen.«

»Egal. Befragen Sie ihn ohne Frühstück!«

»Wenn sein Anwalt davon Wind bekommt, wird das zum Problem.«

»Das wird doch ein staatlicher Pflichtverteidiger. Der wird ja wohl keinen Ärger machen. Bringen Sie ihn auf jeden Fall vor der Deadline für die Abendausgaben zum Reden! Dass er am 6. durch die Gegend gestreift ist, um einen Platz zum Sterben zu finden.«

Shiki starrte Iyo abschätzig an.

»Wollen Sie etwa, dass ich ihm diese Aussage vorgebe?«

»Vorgebe? Was meinen Sie?«

Sie haben das Folgende getan. Der Vernehmungsbeamte gibt eine konkrete Geschichte vor, die dann, wenn der Verdächtige zugestimmt hat, so zu Protokoll gegeben wird. Für einen Vernehmungsbeamten die schändlichste Art von Verhalten.

»Das bedeutet, dass ich ihn dazu bringen soll, zu lügen.«

»Mir egal, ob Lüge oder nicht, bringen Sie ihn zum Reden!«

»Aussagen, die über Suggestivfragen entstanden sind, können nicht vor Gericht verwendet werden. Wenn das später bekannt wird, wird das Verfahren eingestellt.«

»Ha! Haben Sie etwa Angst um Ihren Job? Kaji wird seine Aussage nicht nachträglich revidieren. Dem tut das alles doch aus tiefstem Herzen leid.«

»Das ist richtig.«

»Dann sagen Sie dem Typen, dass er den Beweis dafür erbringen soll! Wenn er wirklich bereut, wird der ja wohl auch lügen können. Ihretwegen werden hier 1300 Polizeibeamte mit Beschimpfungen überschüttet – sagen Sie das diesem Idioten!«

»Aber ...«

»Denken Sie dran!«

Iyos Gesicht war hässlich verzerrt.

»Wenn Sie Ihren Job verlieren, dann sicher nicht, weil das Verfahren eingestellt wurde.«

Shikis Gehirn war wie durchgeschüttelt.

Kein Wort kam aus seinem Mund.

Er verließ das Empfangszimmer. Nahm sich ein Telefon von einem Schreibtisch.

Er rief die Dienstwohnung des Leiters des Kriminaldezernats an. Iwamura war sofort am Apparat. Shiki erklärte ihm die Situation.

Nach einer kurzen Pause antwortete Iwamura: »Denken Sie daran, dass Sie es für Kaji machen. Manchmal gibt es auch zwei Wahrheiten.«

Shiki fühlte sich wie versteinert.

Er legte den Hörer auf und rief durch den Raum: »Kurita!«

»J... jawohl!«

»Holen Sie Yamazaki aus dem Nordflügel!«

11

6.45 Uhr. Verhörzimmer drei …

Die seltsame Stimmung, die von Shiki ausging, übertrug sich, und auch Sōichirō Kajis Gesicht hatte sich etwas verhärtet.

Shiki setzte sich nicht.

»Es tut mir leid, Sie so früh am Morgen zu stören. Wir würden jetzt fortführen, was wir gestern Mittag abgebrochen haben.«

»…«

»Polizeihauptmeister Kaji, wo waren Sie am 5. und 6. Dezember und was haben Sie dort gemacht?«

»Das kann ich nicht sagen.«

»Am Morgen des 6. waren Sie auf dem Shinkansen-Bahnsteig des Bahnhofs K. Ist das richtig?«

Kaji wurde schlagartig blass.

»Wohin sind Sie mit dem Shinkansen gefahren?«

»Das kann ich nicht sagen …«

Also war er wirklich eingestiegen.

»Die Präfekturpolizei steckt jetzt in einem ziemlichen Dilemma.«

»Das tut mir sehr leid …«

»Dass Sie am Bahnhof K waren, steht in der heutigen Tageszeitung.«

»Was …!«

»Und dort stellt man sich auch die Frage, was Sie am Morgen des 6. vorhatten.«

Kaji blinzelte mehrfach. Er sah aus, als würde er die Bedeutung dieser Frage abwägen.

Es war einfach gewesen, ihn zum Reden zu bringen. Shiki wurde bei dem Gedanken ungeduldig. Kaji hatte gestern von allein eine Falschaussage gemacht. Die hatte Shiki zurückgewiesen. Gesagt, dass er sich darüber keine Sorgen zu machen brauche. Und Kaji hatte sich diese Worte sicherlich zu Herzen genommen.

Ohne dass man ihm Aussagen vorgab, würde man ihn nun nicht mehr zum Reden bringen.

Es war Shikis letzte Option. Aber jetzt, da das Verhör zum Stillstand gekommen war, war es noch schäbiger, wenn Kaji indirekt Shikis Pläne mitbekam und von selbst das Gewünschte wiedergab, als wenn Shiki ihm die Aussagen direkt vorgab.

Nein, falsch. Jetzt war jedes Mittel recht. Hauptsache, er konnte seine Pflicht erfüllen.

Für diesen Mann vor ihm, der keinerlei Freunde oder Familie mehr hatte, würde Shiki die Polizeikarriere, die er sich bisher aufgebaut hatte, nicht zerstören.

Shiki setzte sich.

»Polizeihauptmeister Kaji. Sie haben sich vom Tod angezogen gefühlt.«

Er konnte nicht glauben, dass es seine Stimme war, die da sprach.

»Auch nach Ihrem Selbstmordversuch konnten Sie an nichts anderes denken als den Tod.«

Kaji machte ein Gesicht, als hätte er endlich gefunden, wonach er gesucht hatte.

Yamazaki legte seinen Stift zur Seite und blickte Shiki an. *Hör auf damit.* Ohne dass er sprach, drang seine Stimme an Shikis Ohren.

Shiki fuhr fort.

»Sie sind am 6., weil Sie einen Ort zum Sterben gesucht haben, durch die Präfektur gelaufen. Ist das richtig?«

Kajis Lippen bewegten sich langsam.

»Ja ... das ist richtig.«

Ausgelöscht. Diese Geschichte.

Tief in seinem Kopf spannte sich eine Sommerlandschaft auf. Der Geräteschuppen war völlig zerstört. Vater redete. Du bist doch ein Mann! Sei nett zu deiner Mutter. Unter den zerbrochenen Holzlatten waren die Bücher. Zerrissen. Verdreckt. Vater nahm sie mit seinen Arbeitshandschuhen in die Hand und warf sie in eine Tonne, steckte sie in Brand ...

Er hörte Insekten zirpen.

Nein ... Das war das Geräusch eines Kugelschreibers. Kurita schrieb Protokoll.

Shikis Körper zitterte leicht.

Er versuchte aufzustehen, aber schwankte.

Seine Brust fühlte sich eng an. Er hätte am liebsten Hemd und Anzug zerrissen, um sich zu befreien.

»Aufhören!«

Das war seine eigene Stimme.

»Aufhören!«

Shiki war zum Protokolltisch geeilt und hatte sich das linierte Papier von Kurita geschnappt. Zerriss es. Zweimal, drei-, vier-, fünfmal. Von Kajis Aussage war nichts mehr übrig, und die Schnipsel lagen auf dem Tisch verstreut.

Kurita hatte seine Schildkröten-Abwehrhaltung eingenommen, Yamazaki die Augen geschlossen und das Gesicht zur Decke gewendet.

Nur Shikis schwerer Atem erfüllte das Verhörzimmer.

Die Tür öffnete sich, und Iyo kam mit vor Wut zuckendem Gesicht hereingestürmt. Er hatte von Raum vier nebenan durch die verspiegelte Scheibe alles mitangesehen.

»Sie sind gefeuert! Sie sind nicht mehr länger Vernehmungsbeamter! Hauen Sie ab!«

»Das hier ist mein Zimmer! Also hauen Sie lieber ab!«, schrie Shiki, ohne nachzudenken, zurück.

»Wa… Wie bitte? Sagen Sie das noch einmal! Sagen Sie's noch mal, ich hab's noch nicht ganz verstanden!«

Nun war es zu spät. Es gab kein Zurück.

»Ja, ich sag das, so oft …«, begann Shiki seine Antwort.

»Herr Shiki!«

Der Zwischenruf kam von Kaji.

»Bitte hören Sie auf, Herr Shiki.«

Kaji sank von seinem Stuhl und stützte sich mit beiden Händen auf dem Fußboden ab.

»Ich flehe Sie an. Bitte hören Sie auf. Ich sage die Wahrheit. Ich sage, wie es wirklich war. Also hören Sie bitte auf …«

Alle Augen ruhten auf Kaji. Shikis. Iyos. Yamazakis. Kuritas. Und auch Sasaoka, der in dem Moment das Zimmer betreten hatte, starrte Kaji an.

Kaji schloss die Augen. Seine Tränen benetzten den Fußboden.

»Es ist wahr, am 6. bin ich zum Shinkansen-Bahnsteig gegangen. Aber eingestiegen bin ich nicht. Ich bin den ganzen Tag in der Präfektur umhergelaufen, um einen Ort zum Sterben zu suchen. Der Park … ein Kaufhaus … der Fluss … ich bin immer weitergegangen, um einen Ort zu finden, an dem ich sterben kann.«

Shiki öffnete seine Augen mit einem Ruck.

»Herr Kaji, Sie …«

»Das ist die Wahrheit!«

Kajis Stirn berührte den Fußboden.

»Es ist wirklich wahr! Bitte glauben Sie mir, Herr Shiki. Es war genau so! Genau so …«

Kajis Stimme erstarb, und in Verhörzimmer drei wurde es still.

Kaji hatte »ein halbes Geständnis« abgelegt.

Die Geschichte war zu Ende, das Buch geschlossen.

12

Die Morgensonne schien gleißend.

Als Shiki von den Außentreppen auf den Parkplatz trat, kam vom Fahndungsfahrzeug her Tsuchikura angerannt.

Weil der eigentliche Fahrer des Fahndungsfahrzeugs mit einer Erkältung im Bett lag, hatte Shiki ihn auch heute wieder eingesetzt.

»Gruppenleiter Kamata möchte Sie dringend sprechen!«

Shiki wählte noch im Gehen Kamatas Nummer. Sofort schlug dessen laute Stimme auf seine Trommelfelle.

»Takano hat sich durchs Fensterglas geworfen. Er blutet wie verrückt!«

»Wie bitte?!«

Die Realität holte Shiki ein. Sein Kopf, der gerade noch völlig leer gewesen war, wurde von seiner Erfahrung als leitender Beamter und seinem Pflichtbewusstsein bestürmt.

Shiki setzte sich auf die Rückbank.

»Abfahrt. Ins Krankenhaus Kumano.«

»Was? Aber …«

»Hier bin ich fertig. Als Vernehmungsbeamter entlassen. Fahren Sie!«

Tsuchikura gab Gas.

Da sah Shiki plötzlich aus dem Autofenster Kaji, an einen Wachmann gefesselt, den Gang entlanggehen.

»Halt!«

Shiki stieg aus.

Er fixierte Kajis weit entferntes Profil. Der bemerkte es. Abrupt drehte Kaji das Gesicht zu ihm.

Shiki verbeugte sich mit dem gesamten Oberkörper.

Kaji antwortete damit, dass er seinen Kopf tief neigte.

Gefühle waren schmerzhaft. Der sich entfernende Rücken erinnerte an ein kleines Gepäckstück, das auf einem Förderband davonfuhr.

Der Mensch lebt fünfzig Jahre …

Er hatte das Rätsel nicht lösen können.

Fühlte sich wie ein Verlierer. Nein, das waren andere, komplexere Gefühle, die in seiner Brust durcheinanderwirbelten.

Nur noch ein Jahr. Warum hatte Kaji das gesagt? Sterben mit fünfzig. Ein Leben mit begrenzter Laufzeit wählen …

Shiki sah, wie Kajis Rücken in das Amtsgebäude verschwand, und machte kehrt. Er hatte dabei das Gefühl, ebenfalls auf einem Fließband zu stehen, das aber in eine andere Richtung fuhr.

Als er wieder im Auto saß, sah er im Rückspiegel ein Paar fragende Augen.

»Der Polizeihauptmeister hat mich gerettet.«

»Ja …?«

»Ihr Ausbilder Kaji ist genau so, wie Sie ihn beschrieben haben.«

»Verstehe.«

Das Fahndungsfahrzeug fuhr aus dem Tor.

Über Funk kam eine Eilmeldung: Diebstahl in einem Convenience Store.

»Eilmeldung! Eilmeldung! An alle beweglichen Einheiten des Polizeihauptquartiers W! Es folgt die Beschreibung des mutmaßlichen Täters! Körpergröße zwischen 170 und 175 Zentimetern. Trägt eine schwarze Windjacke. Alter schätzungsweise ...«

Shiki griff sich das Funk-Mikro.

»Die erste Einsatzgruppe bleibt, wo sie ist. Gruppe 2 und 3, machen Sie sich bereit!«

Als Shiki die Anweisung rausgab, fühlte er, wie er sich einen weiteren Schritt von Kaji entfernte.

1

8. Dezember, vormittags, 10.30 Uhr. Lokale Staatsanwaltschaft der Präfektur W, Zimmer von Staatsanwalt Sase …

»Herr Staatsanwalt, soll ich ihn langsam reinbitten?«

»Nein … noch nicht«, antwortete Morio Sase, ohne aufzublicken.

Seine Augen waren auf den zehn Seiten langen Brief gerichtet, jedes Blatt mit 28 Zeilen beschriftet. Er brach die Betrachtung ab und notierte sich etwas. Blickte auf die angehefteten Bilder und schließlich wieder auf den Brief.

Er merkte selbst, wie sein Gesichtsausdruck immer wütender wurde.

»Aber Herr Staatsanwalt …«

An der anderen Seite des L-förmigen Schreibtischs saß Sekretär Suzuki. Mit finsterer Miene.

»Er ist jetzt schon seit einer Stunde hier. Geht das denn?«

»Egal. Die haben es ja selbst gewagt, drei Stunden zu spät zu kommen.«

Die Polizei hatte sie auf den Verdächtigen warten lassen, der von der Zentralstation von W in die provisorische Zelle des Amtsgebäudes verlegt werden sollte. Und das war kein kleiner Fisch. Sōichirō Kaji. 49 Jahre. Hatte zwar gestern die Disziplinarentlassung erfahren, aber war zum Tatzeitpunkt ein leitender Polizeihauptmeister gewesen, der als Vize der Ausbildungsabteilung des Präsidiums fungierte. Verdacht auf Tötung auf Verlangen. Seine Frau erwürgt, die ihn unter Tränen darum angefleht hatte, sie zu töten.

Sase studierte das Geständnisprotokoll von Kaji, das etwas früher eingetroffen war als Kaji selbst. Das Verhörprotokoll einer Person, die Teil der Präfekturpolizei war, angefertigt von Angestellten der Präfekturpolizei. Je länger Sase es las, desto mehr wandelte sich der Verdacht in seiner Brust zu einer Gewissheit.

Vertuschung ... Die Präfekturpolizei versuchte, die Fakten über diesen Vorfall zu verhüllen.

Hinter Sases Augäpfeln kräuselte sich ein kleiner Schmerz. Ein Anzeichen für Zorn. Zuerst immer bei den Augen.

Kaji hatte in der Nacht des 4. Hand an seine Frau gelegt. Der 4. Dezember.

Das war der Todestag seines einzigen Sohnes, der genau sieben Jahre vorher an akuter myeloischer Leukämie gestorben war. Sie hatten tagsüber gemeinsam sein Grab besucht, aber in der Nacht hatte seine Frau Keiko sich aufgeregt, dass sie nicht zum Friedhof gegangen seien. Ihre Alzheimer-Erkrankung war so weit fortgeschritten, dass ihr Gedächtnis nur noch unzureichend funktionierte. Keiko wurde halb verrückt dadurch. Wollte sterben, solange sie sich noch an ihren Sohn erinnerte. Wenigstens als Mutter. Zog Kajis Hände an ihren Hals und flehte ihn immer wieder an. Kaji hatte reagiert. Keiko aus Mitleid erwürgt ...

Bis dahin war alles in Ordnung. Kein Raum für Zweifel an der Beschreibung des Tathergangs. Auch das Protokoll selbst war hier präzise, enthielt genug Überzeugungskraft, dass sich die Aussage realistisch und glaubwürdig las.

Das Problem lag bei der »Nachbefragung«.

Kaji hatte Keiko in der Nacht des 4. umgebracht und sich drei Tage später, also gestern, um 7 Uhr morgens, in der Zentralstation gestellt. Der 5. und 6. Dezember, diese zwei fraglichen Tage, warfen jede Menge Zweifel auf. Dem vorliegenden Protokoll zufolge war Kaji am 5. wie benommen gewesen und hatte in einem Anfall versucht, sich selbst zu erhängen. Am 6. war er in der Präfektur umhergestreift, um einen Platz zum Sterben zu finden. Aber Sase glaubte das nicht. Er spürte, dass der Text in Kajis Aussage über den 6. von der Präfekturpolizei erfunden war.

Die Abendausgabe der gestrigen Zeitung hatte den Vorfall im Detail beschrieben, und der Artikel endete mit: »Zwischen der Ermordung seiner Frau Keiko und dem Zeitpunkt, als er sich selbst angezeigt hat, liegen zwei Tage, für die nicht geklärt ist, was der Verdächtige Kaji getan hat, weswegen er weiterhin intensiv von der Präfekturpolizei vernommen wird.«

Das hieß, bis zum Redaktionsschluss der Abendausgabe hatte die Präfekturpolizei noch keine Aussage von Kaji zu den fraglichen zwei Tagen. Das war eigenartig. Ein Polizeihauptmeister im Dienst hatte seine Ehefrau ermordet. Da schien es wahrscheinlich, dass die Chefetage der Präfekturpolizei in der Kommunikation mit den Massenmedien äußerste Vorsicht walten ließ. Aber trotzdem hatten sie keine Antwort auf die Frage nach den zwei Tagen dazwischen vorbereitet, obwohl es logisch war, dass die Reporter sich darauf stürzen würden. Oder von einer anderen Seite aus betrachtet musste Kaji, der so detailliert über den Tathergang gesprochen hatte, im Verhörzimmer kein Wort über die zwei Tage danach verloren haben. Beide Varianten äußerst rätselhaft. Umhergestreift, um einen Ort zum Sterben zu suchen. Wenn das stimmte, warum konnten sie Kaji darüber nach seiner Festnahme kein Wort entlocken?

Diese eigenartige Situation, für die es keine rationale Erklärung zu geben schien, hatte sich auch einen halben Tag nach Kajis Festnahme, bis gestern Abend, nicht verändert. Sase, der durch die Abendausgabe zum ersten Mal von den zwei fraglichen Tagen erfahren hatte, fragte bei der Zentralstation zur Lage des Verhörs nach. Am Telefon saß Kazumasa Shiki, Leiter der Abteilung Gewaltverbrechen des Dezernats I der Kriminalpolizei des Hauptquartiers. Ein unbestechliches Ass der Kriminalpolizei, und auch die Staatsanwaltschaft erkannte seine überragenden Fähigkeiten an. Daraus, wie er darüber redete, ging hervor, dass er die Ermittlung selbst leitete. Kajis Handlungen am 6. wurden, laut Shiki, »zurzeit noch untersucht«. Bei Erscheinen der Abendausgabe, in der von diesen zwei fraglichen Tagen berichtet wurde, war Kajis Aussage, umhergestreift zu sein, einen Ort zum Sterben zu suchen, noch völlig unbekannt gewesen.

Und dann heute Morgen. In der Regionalzeitung *Kenmin Times* berichtete der Leitartikel der Gesellschaftsseite von einer Sensation: »Am Morgen des fraglichen 6. wurde Kaji auf dem Shinkansen-Bahnsteig des Bahnhofs K gesichtet.« Eine Meldung von erstaunlichem Wert. Wenn stimmte, was dort stand, hatte Kaji Keikos Leichnam zurückgelassen und war Richtung Tokio gefahren.

Sase konnte sich die Panik, die das in der Chefetage der Präfekturpolizei ausgelöst hatte, lebhaft vorstellen. Zugleich erkannte er genau darin die Gefahr, Kajis Zeugenaussage könnte so gefälscht worden sein, dass sie den Absichten der Polizeibehörde zupasskam. Sase, der in seiner Dienstwohnung die *Times* gelesen hatte, rief sofort in der Zentralstation an und befahl, dass Kaji mit sofortiger Wirkung in die Lokale Staatsanwaltschaft überführt werde. Diese Maßnahme sollte verhindern, dass die Präfekturpolizei weiter in Aktion trat. Doch Kaji wurde erst um 9.30 Uhr in die Staatsanwaltschaft gebracht, fast drei Stunden nachdem der Befehl ausgesprochen worden war. Während dieser Zeit hatte Sase immer wieder am Telefon versucht, die Zentralstation zu drängen; jedes Mal nahm jemand anders den Hörer ab und nannte plausible Gründe wie »Er isst gerade« und »Es wird noch mal ein Foto von ihm aufgenommen«, mit denen die Überführung immer wieder hinausgezögert wurde.

Wahrscheinlich wurde genau während dieser Zeit Kajis Aussage gefälscht, oder er wurde zu einer falschen Aussage gedrängt. Am Ende des Geständnisprotokolls, das kurz vor Kaji selbst eingetroffen war, schien die Entdeckung der *Times* auf Biegen und Brechen eingebaut und an dieses »Geständnis« angehängt.

Zu lesen stand da Folgendes:

»Am Morgen des 6. Dezembers gegen 5.30 Uhr habe ich das Haus verlassen und bin mit dem Auto zum Bahnhof gefahren. Ich glaube, ich habe dabei einen Ort zum Sterben gesucht. Am Bahnhof kaufte ich ein Ticket Richtung Norden und ging auf den Shinkansen-Bahnsteig. Ich schaffte aber nicht, meinen Wohnort und Keiko zu verlassen, so bin ich nicht in den Shinkansen gestiegen und zurück auf die Straße gegangen. Ich bewegte mich kreuz und quer, zum Kaufhaus, zum Spielplatz, zum trockenen Flussbett. Am Ende konnte ich mich nicht für den Tod entscheiden. Ich weiß nicht mehr, wie und wo ich gelaufen bin. Als ich wieder zu mir kam, war ich bei mir zu

Hause angelangt. Ich dachte, dass mir nichts bleibe als eine Selbstanzeige. Also ging ich am darauffolgenden Tag zur Zentralstation, um mich zu stellen.«

So was wollten die ihm tatsächlich auftischen.

Sase stieß die Spitze seines Kugelschreibers in das Protokoll.

Die diffusen Schmerzen hatten sich von der Stelle hinter seinen Augen bis zur Stirn vorgearbeitet. 43 Jahre. Vor anderthalb Jahren von der Sonderuntersuchungskommission der Tokioter Staatsanwaltschaft hierher versetzt. In der Präfektur W war er nach dem Oberstaatsanwalt und dem Unterstaatsanwalt auf dem dritthöchsten Platz der Hierarchie. Und diesem Sase widersetzte sich die lokale Polizei, indem sie den Verdächtigen verspätet übergab, und sie wagte es auch noch, ein gefälschtes Geständnisprotokoll zu senden.

So verzweifelt waren sie also, sich selbst und ihre Organisation zu schützen. Das Protokoll trug nicht die Unterschrift von Shiki, sondern von Yutaka Tatsumi. Ein Untersuchungsbeamter aus dem ersten Dezernat der Kriminalpolizei mit der Befugnis, landesweit zu ermitteln. Posten mit unklarer Aufgabenverteilung, wie Sase gehört hatte. Darunter gab es einige, die direkt aus der Kriminalabteilung stammten, und zum anderen Karrierebeamte aus dem Management oder der Verteidigung, denen eine große Zukunft versprochen wurde und die sich darum bemühten, einen Begriff von Kriminologie zu bekommen.

Tatsumi war wohl einer der letzten Kategorie. Pendelte ständig zwischen Polizeiverwaltung und öffentlicher Sicherheit – das hatte Sase mal in Form eines Scherzes von Tatsumi selbst gehört.

In jedem Fall hatten die einen polizeiinternen Wechsel des

Vernehmungsbeamten inszeniert, Shiki, das Ass aus der Kriminalabteilung, entfernt und durch Tatsumi ersetzt, der mit einem Bein in der Verwaltung stand. Das allein schon war Ausdruck des internen Chaos und der Krise. Dass darüber hinaus grünes Licht gegeben wurde, die Aussage von Kaji zum Schutz der Organisation zu fälschen, bezeugte die Durchsetzungskraft der Chefetage in der Polizeiverwaltung.

»Herr Staatsanwalt.«

Suzukis Stimme hallte im Zimmer. 32 Jahre. Er hatte eine solide Arbeitshaltung, aber seine Stimme war nervtötend.

»Was?«

»Machen Sie das …, weil Sie mit der Präfekturpolizei auf Konfrontation gehen wollen?«

Sase verstand, dass Suzuki nervös war.

Von der Sonderuntersuchungskommission der Hauptstadt abgesehen war es selten, dass solche Prüfungen als Einzelermittlungen durchgeführt wurden. Viele Fälle wurden allein von der Polizei bearbeitet, die das erste Ermittlungsrecht besaß, und bei der großen Mehrzahl an Verdächtigen, die sie mit dem Vermerk »Schlucken!« schickte, bestand die übliche Pflicht der Staatsanwaltschaft darin, das alles einmal durchzukauen und dann herunterzuwürgen.

Mit der Polizei auf Konfrontation zu gehen bedeutete nicht nur, dass der Fall erst einmal zum Stillstand kam, es hieß vor allem, dass die alltägliche Arbeit erschwert würde. Im Distrikt war diese Furcht groß. Man wollte so wenig Reibung wie möglich. Einerseits das Gesicht wahren als höhergestellte Ermittlungsbehörde, andererseits großzügige Kooperationsbeziehungen pflegen. Für Beteiligte der lokalen Ermittlungsbehörde war das zweifellos der Hauptgrund.

Und gerade deswegen nicht entschuldbar. Eben weil die Polizei von W diese Intentionen durchschaut hatte, konnten sie leichtfertig solche offensichtlich fabrizierten Aussagen vorlegen.

Dachten die, er würde verdorbenes Futter schlucken?

Sase drückte seinen Finger fest auf die Stirn. Der kräuselnde Schmerz hatte sich im gesamten Schädel ausgebreitet.

»Reinholen!«

Er glaubte daran, dass in diesem einen Wort der Geist des Verhörs steckte. Egal, wer das Gegenüber war, selbst wenn er sich im Hintergrund vorbereitet hatte, würde Sase sich nicht besiegen lassen, wenn er erst einmal jemanden »reingeholt« hatte. Sase betrachtete Suzukis Rücken, der sich aus dem Zimmer entfernte, und spürte seit langer Zeit wieder das Blut durch seinen ganzen Körper fließen.

2

Einige Minuten später kam, Sekretär Suzuki folgend, Sōichirō Kaji ins Zimmer. Handschellen. Ein Seil um den Körper. Zwei Wärter im Schlepptau.

Sase kannte alle Wärter der Zentralstation. Er starrte den Mann an, der rechts stand. Mitte dreißig. Seine rosig glänzenden Wangen erinnerten an die Marionetten aus der alten Fernsehserie *Thunderbirds*. Den kannte er nicht.

»Wie heißen Sie? Welche Einheit?«

Wie durch Sases scharfen Blick durchbohrt, zeigte das Puppengesicht nun menschliche Regungen.

»Ich heiße Kurita. Gehöre zur Revierverwaltung des Hauptquartiers.«

»Wo genau in der Verwaltung? Verwaltung von Festnahmen?«

»Nein … Personalverwaltung.«

»Dann ziehen Sie sich zurück. Das hier ist nicht Ihr Aufgabenbereich.«

Er hatte sofort gewusst, dass der dafür da war, Kaji zu beobachten. Das gab es ja oft. Kriminalbeamte, die beim Verhör im Rücken des Verdächtigen saßen und wortlos Druck ausübten. Aufpassten, dass der Staatsanwalt nicht etwa eine andere Geschichte zu hören bekam, als vorher bei der Polizei festgehalten wurde.

Dieser Kurita gab also an, von der Polizeiverwaltung zu sein.

Kajis Vernehmungsbeamter wurde auch durch Tatsumi ausgewechselt, der der Verwaltung nahestand. Diese zwei Fakten waren kein Zufall, die Fälschung des Protokolls war dieses Mal kein Werk der Kriminalabteilung, sondern der Leitung der Polizeiverwaltung.

»Was ist? Nun gehen Sie schon!«

»Aber ...«

Dem wurde wohl befohlen, dass er die Stellung halten soll.

»Das wurde von euch selbst so eingerichtet. Sagen Sie das Ihren Vorgesetzten. 1980. Die höchsten Tiere der Nationalen Polizeibehörde haben im Legislativrat die Aufteilung der Bewachungsaufgaben beschlossen.«

Zögerlich räumte Kurita das Feld. Beim Gehen signalisierte er dem jungen Wachmann etwas mit den Augen. »Übernimm du das«, wollte er damit wohl sagen.

Sase richtete seinen Blick wieder auf Kaji.

Er saß gerade aufgerichtet auf dem Klappstuhl gegenüber. Von mittlerer Statur. Ein freundliches, helles Gesicht. Augen, deren tiefe Klarheit beeindruckte.

Bis vor wenigen Tagen noch ein angesehener führender Beamter der Präfekturpolizei. Älter als Sase. Aber durch den Tatverdacht nun gänzlich ohne Rang.

»Ich beginne jetzt mit dem Verhör«, sagte Sase mit Nachdruck. »Ihr Name?«

»Sōichirō Kaji.«

»Geburtsdatum?«

»23. März 1952.«

Seine Stimme war so ruhig wie seine äußere Erscheinung.

Laut Protokoll kam er aus einem gottverlassenen kleinen Dorf im Norden der Präfektur. Wurde direkt nach dem Abschluss zum Polizisten der Präfektur W ernannt. 31 Jahre Dienst. Lange als Ausbilder an der Polizeischule tätig, mit kalligrafischen Fähigkeiten auf dem präfekturweit höchsten Level. 49 Jahre. Eltern bereits tot. Hatte einen älteren Bruder, der aber vor drei Jahren an Lungenkrebs aus dem Leben geschieden ist. Sein einziger Sohn starb vor sieben Jahren an einer Krankheit. Vor vier Tagen tötete er seine Frau Keiko.

Sase seufzte unwillkürlich.

»Wer gehört gegenwärtig zu Ihrer Familie?«

»Die ältere Schwester meiner Frau. Sie lebt hier in der Stadt.«

»Sie ist die Einzige?«

»Ja …«

»Sie geben zu, Ihre Frau getötet zu haben?«

»Ja.«

»Auf welche Weise haben Sie sie getötet?«

»Ich habe Sie … mit meinen Händen … gewürgt.«

Im Obduktionsbericht stand »Erstickungstod durch Strangulieren«. In diesem Punkt bestand auch kein Widerspruch zwischen Protokoll und angehängten Fotos.

»Warum haben Sie sie getötet?«

Kajis Körper krümmte sich zusammen.

»Sie haben Ihre einzige Angehörige umgebracht. Dadurch haben Sie niemanden mehr.«

»Aus Mitleid … meine Frau war völlig gebrochen …«

Gebrochen … Die Gefühle dabei waren sicher unerträglich.

Doch egal, welche Gründe er gehabt haben mochte, der Mann vor ihm hatte ein anderes Leben genommen. Auch wenn er Reue zeigte, musste man dazu etwas sagen.

»Aber selbst wenn sie gebrochen war, war sie doch ein Mensch. Und wenn jemand durch zum Beispiel Alzheimer

bettlägerig wird, dann gibt es dafür in ganz Japan Pflegehei-
me. Dort hätte man für sie gesorgt.«

»Es tut mir so leid … daran habe ich nicht gedacht …«

Kajis Stimme klang heiser, und er hatte den Blick gesenkt.

Sase war überrascht.

Weinte er …?

Er bemerkte ein schwaches Rot an Kajis Augenlidern. Das
war nicht jetzt erst passiert. Als er genauer hinsah, bemerkte er auch, dass sie nicht nur rot, sondern etwas geschwollen
waren.

Kaji hatte geweint, ehe er herkam. Aber wo? Etwa im Ver-
nehmungszimmer der Zentralstation? In den Tiefen von Sases Hirn tauchte ein Bild von Kaji auf, der zur Falschaussage
gezwungen wurde, als hätte er es selbst beobachtet. Umhergelaufen, um einen Ort zum Sterben zu suchen. Damit alle
zufrieden waren, wurde Kaji zu dieser berechnenden, betrü-
gerischen Aussage …

Der Schmerz war aus seinem Schädel verschwunden.

Nein, ein neuer Schmerz begann in den Tiefen seiner Aug-
äpfel, und der kräuselte sich vor zu seiner Stirn, breitete sich
wieder im gesamten Kopf aus.

Sicherlich weil er hinter Kaji seine eigentlichen Gegner aus-
machte.

Der Wachmann sah auf die Armbanduhr.

Bestimmt dachte er, dass sie langsam zum Ende kommen
würden. Man nannte diese Übersendung an den Staatsanwalt
auch »Vorstellungsgespräch«. Der Staatsanwalt fertigte ein
einfaches Verhörprotokoll an, indem er das polizeiliche überflog und dem Verdächtigen einige ergänzende Fragen stellte.

Danach wurde nur noch vor Gericht entschieden, ob er

in staatsanwaltliche Untersuchungshaft kam oder nicht. Ein richtiges Verhör gab es normalerweise erst danach.

Es musste heute geschehen.

Sase traf eine Entscheidung.

Wenn er die Chance jetzt verstreichen ließ, war nicht absehbar, wann er Kaji wieder verhören könnte. Üblicherweise wurden Verdächtige in einer Gefängniszelle untergebracht. Selbst wenn er vorgeladen wurde, würde die Präfekturpolizei wie heute Morgen allerlei Gründe erfinden, um Kaji bei sich zu behalten. Und nach und nach würde das Protokoll zu diesen zwei fraglichen Tagen vervollkommnet und Sase erst so wieder vorgelegt werden. Ein stillschweigendes »Schlucken!«.

Dann wären ihm die Hände gebunden. Egal, wie die Präfekturpolizei jetzt auf Kajis Gefühlen herumtrampelte, er war einmal einer von ihnen. Er würde sicher nicht die Seiten wechseln und seiner Organisation mit seiner Aussage Schaden zufügen.

Aber jetzt …

Das vor ihm liegende Protokoll war flüchtig dahingeschrieben. Gleich, was Kaji wollte oder nicht wollte, Sase musste jetzt durch Fragen den Faden zu fassen bekommen, aus dem dieses fabrizierte Protokoll gesponnen war.

Sase hatte sich im Kopf schon ausgemalt, wie er die Vernehmung gestalten würde.

»Darf ich Sie dazu befragen, was nach der Tat geschah?«

Suzuki, der am Seitentisch Notizen aufgenommen hatte, hielt inne.

Er blickte verstohlen zum Wachmann. Dessen Veränderung war offen sichtbar. Sein Gesicht färbte sich zusehends rot, und er schluckte mehrere Male.

Was soll's.

Sase war darauf vorbereitet, ausspioniert zu werden.

Er warf der Wache einen strengen Blick zu und wandte sich dann wieder an Kaji.

»Dem Polizeibericht zufolge haben Sie am Bahnhof K ein Ticket in Richtung Norden gekauft. Ist das richtig?«

»Ja …«

»Zu welchem Bahnhof?«

»Das …«

Kaji blickte ins Nichts.

»… weiß ich nicht mehr.«

»Aber Sie wissen noch, dass es nach Norden gehen sollte?«

»Nein … eigentlich nicht …«

»Dann wollten Sie vielleicht nach Süden fahren? Richtung Tokio?«

»…«

»Sie standen auf dem Shinkansen-Bahnsteig. Das hat wohl ein Augenzeuge bestätigt.«

»Ich kann mich nicht erinnern …«

Jetzt blitzschnell der Angriff.

»Welches Kaufhaus war das denn?«

»Was?«

»Der Name des Kaufhauses. Sie waren doch in einem?«

»Ah, ja … das vor dem Bahnhof, das Mitsumaru.«

»Was haben Sie da getan?«

»Ich bin aufs Dach gegangen.«

»Und die Spielgeräte?«

»Was …?«

»Die Geräte auf dem Dachspielplatz, was waren das für welche?«

»… Ich kann mich nicht erinnern.«

»Und auf welchem Spielplatz waren Sie?«

»Auf einigen … ich war in verschiedenen Parks …«

»Welches Flussbett war es, an dem Sie entlanggelaufen sind?

»Vom Kasumi-Fluss.«

»Wie war der Wasserstand?«

»… nicht hoch, glaube ich. Aber ich erinnere mich nicht genau.«

»Das Wetter?«

»Es war … sonnig, glaube ich.«

Sase ließ eine Pause entstehen. Er vergewisserte sich, dass Suzuki weiter Notizen aufnahm, und drang zum Kern vor.

»Sie sind ziellos umhergelaufen, und als Sie wieder zu sich kamen, standen Sie vor Ihrem Haus. Richtig?«

»Richtig.«

»Und Ihr Auto?«

»Auto …?«

»Sie sind doch mit dem Auto zum Bahnhof K gefahren. Ich frage Sie, was nun mit dem Auto war.«

Kajis Gesicht sah gequält aus. Seine Lippen zitterten sacht.

»Ich bin … mit dem Auto nach Hause gefahren …«

»Sie sind also ziellos umhergelaufen und zum Bahnhof K zurückgekehrt?«

»Ja …«

»Da waren Sie ja ziemlich gefasst.«

Mit diesen Worten verschränkte Sase die Arme.

Der »Ausdruck der Selbstlosigkeit« – den sah man jetzt auf Kajis blassem Gesicht. Während seiner Zeit in der Sonder-untersuchungskommission hatte Sase solchen Gesichtern zur Genüge gegenübergesessen. Viel komplizierter als der selbstgefällige »Ausdruck des Selbstschutzes«. Er sah ein Gesicht, das den festen Willen zeigte, jemanden zu beschützen …

Über Kajis Gesicht legte sich wie ein Filter das Gesicht einer Frau.

Herr Staatsanwalt, für wen leben Sie …?

Sonderuntersuchungskommission der Tokioter Staatsanwaltschaft. Büro von Staatsanwalt Sase. Langes schwarzes Haar. Unruhige Augen. Eine zitternde Stimme …

Sase schüttelte das Phantom ab.

»Ab wann wurden Sie heute Morgen befragt?«

»Ich habe nicht auf die Uhr geguckt.«

»Sie haben erst heute Morgen über den 6. geredet. Richtig?«

»Ja …«

»Warum haben Sie gestern geschwiegen?«

»…«

Also hatte er tatsächlich geschwiegen.

Jetzt wusste Sase: Kaji hatte seine Handlungen vom 6. auch vor der Polizei geheim gehalten.

Sase sah Kaji fest in die Augen.

»Ich bin umhergelaufen und habe einen Ort zum Sterben gesucht – sind das in etwa Ihre Worte?«

»Ja.«

»Und Sie wurden nicht dazu gebracht, sie zu sagen?«

»Nein.«

»Warum haben Sie sie dann gestern nicht gesagt?«

Diese Frage traf Kaji an seinem wunden Punkt.

Sie stand im Widerspruch zum »Ausdruck der Selbstlosigkeit«.

Kaji hatte eine falsche Aussage abgelegt, um die Organisation zu schützen. Aber warum hatte er das dann nicht schon gestern getan? Nein, wenn sein wahres Ziel wäre, der Organisation keinen Schaden zuzufügen, dann hätte er nach dem Mord an seiner Ehefrau andere Wege einschlagen müssen. Für die Organisation wäre es viel besser gewesen, wenn er sich nicht gestellt, sondern sich selbst umgebracht hätte. Das wusste Kaji natürlich ebenfalls. Es stimmte sicherlich, dass er am 5. versucht hatte, in seinem Haus Selbstmord zu begehen.

Aber Kaji war nicht gestorben. Er hatte sich entschieden, zu leben und sich selbst anzuzeigen.

Für wen leben Sie …?

Sase fühlte sich etwas schwindelig.

Wenn es nicht seine Organisation war, wer dann?

Wer?

Seine Eltern waren bereits tot. Sein einziger Sohn an einer Krankheit gestorben, seine Frau hatte er selbst getötet. Es gab niemanden.

Kaji konnte für niemand anderen als sich selbst leben.

Nein … Das war zu kurz gedacht. Es musste ja nicht Familie oder Verwandtschaft sein. Es war nicht auszuschließen, dass es da »jemanden« gab, von dem nur Kaji selbst wusste.

Kaum hatte er den Gedanken gefasst, kam ihm die Frage schon über die Lippen.

»Für wen leben Sie gerade?«

Kaji riss die Augen auf, und dann, mit einem Mal, als würde er jegliche Gefühlsregung daraus ausschließen wollen, schloss er sie fest.

Sase fühlte sich erschaudern.

Es gab jemanden.

Jemanden, den nur Kaji kannte.

»Herr Staatsanwalt!«

Gleichzeitig mit dem schrillen Einwurf war der Wachmann aufgestanden.

»Ich denke, der Verdächtige würde jetzt gerne zu Mittag essen. Ich bitte darum, ihn zurück in die Gefängniszelle zu lassen!«

Das war mit Todes-Gewissheit gesagt worden. Der Wachmann, der am ganzen Körper zitterte, sah aus, als würde er die 1300 Polizisten der Präfektur W vertreten.

3

Da er den Krieg angezettelt hatte, brauchte er nun einen Plan, wie er ihn gewinnen konnte.

»Laden Sie den Augenzeugen vom Bahnhof K und die Schwester seiner Ehefrau vor. Das, und machen Sie einen Termin mit dem Leiter der Abteilung für Gewaltverbrechen, Herrn Shiki. Und finden Sie das Wetter des betreffenden Tages heraus. Fragen Sie bei der Wetterwarte nach dem von hier und dem vom Raum Tokio.«

Nachdem er Suzuki noch einige weitere Aufträge gegeben hatte, verließ Sase das Zimmer und ging die Treppe hoch.

Dritter Stock. Ins Zimmer des Unterstaatsanwalts …

Er klopfte und öffnete die Tür, da fiel ihm neben Unterstaatsanwalt Kuwashima, der auf dem Sofa saß, noch ein weiterer, beleibter Mann ins Auge.

Sase hielt abrupt auf der Schwelle inne. Es war Iyo, Leiter der Polizeiverwaltung von W.

»Hallo, Herr Sase, tut mir leid, dass wir Ihnen da wieder mal Umstände bereiten. Bitte entschuldigen Sie.«

Iyo stand nicht auf, sondern neigte nur übertrieben den Kopf. Sarkastische Höflichkeit. So ein Typ war das.

Was will der jetzt hier?!

Die Fälschung von Kajis Aussage war auf dem Mist der Polizeiverwaltung gewachsen. Und Iyo war an deren Spitze. Er kam als Drahtzieher infrage.

»Ah, kommen Sie ruhig herein«, forderte ihn Kuwashima mit seiner üblichen lockeren Art auf. »Und, wie machen wir das jetzt? Erst einmal noch keine Entscheidung?«

»Ja. Morgen werde ich einen Antrag auf Untersuchungshaft stellen.«

Sase war hergekommen, um die Zustimmung dafür einzuholen. Je nachdem, wie das Gespräch verlief, hatte er auch seinen Verdacht ansprechen wollen, dass die Aussage erfunden sein könnte, und um Erlaubnis bitten wollen, das Schwert der Gerechtigkeit über der Präfekturpolizei zu schwingen. Doch jetzt …

Sase setzte sich in einer bedachten Bewegung auf das Sofa. Der kräuselnde Schmerz beherrschte seinen Schädel. Iyo saß mit einem gezwungenen Lächeln auf dem Sessel gegenüber. Dieser Verwaltungsangestellte Kurita hatte sicherlich davon berichtet, dass Sase ihn ausgeschlossen hatte. Die Zeit war zu knapp, als dass er bereits Informationen von dem anderen Wärter hätte erhalten können. Wenn er gehört hätte, welche Fragen Sase an Kaji gerichtet hatte, wäre er jetzt wohl kaum so entspannt.

Nein, er tat nur so friedlich. Genauso, wie die Staatsanwaltschaft ein gutes Verhältnis zur Polizei aufrechterhalten wollte, wollte das die Polizei umgekehrt auch. Sich für einen Fall aufzureiben, den Verdächtigen mit Verspätung an die Staatsanwaltschaft zu schicken und dann ständig darum zu bitten, das Verfahren einzustellen, erhöhte nicht gerade den Punktestand der Polizei. Deswegen – solange nichts Unerwartetes passierte, würde die Polizei versuchen, bei der Staatsanwaltschaft gute Miene zu machen. Und Iyo versuchte genau das. Innerlich kochte er. Da Sase Kurita, der alles überwachen sollte, fortgeschickt hatte, war Iyo bestimmt ihm gegenüber misstrauisch geworden.

Kuwashima hatte sich ein Bonbon in den Mund geworfen und etwas gesagt.

»Bitte?«

»Ich meine … da wird's doch sicher keine besonderen Probleme geben, beim Polizeihauptmeister?«

Sase traute seinen Ohren nicht. Ausgerechnet der Unterstaatsanwalt verlangte, dass er vor jemandem, der auf der Seite des Verdächtigen stand, etwas über den Inhalt des Verhörs erzählte. Nein, das konnte der nicht im Sinn haben. Kuwashima dachte wirklich, dass es »keine Probleme« gab. Denn Sases Zweifel an Kajis Aussage hatten noch nicht den Weg in dieses Büro gefunden.

»Hm? Gibt's doch irgendwas?«

Sase antwortete nicht, sondern lenkte seinen Blick mit hängenden Lidern zu Iyo.

»Dann werde ich jetzt wohl mal langsam«, sagte Iyo mit verständnisvoller Miene und erhob sich. Als er mit seinem feisten Gesicht aufsah, sprach Sase ihn an.

»Herr Iyo.«

»Ja? Was ist?«

»Möglicherweise habe ich nachher noch etwas mit Ihnen zu besprechen.«

Sie beäugten sich kritisch.

»Dann seien Sie bitte milde mit mir.«

Iyo machte eine freundliche Verbeugung zum Abschied, sein gezwungenes Lächeln war verschwunden.

Als sicher war, dass er sich entfernt hatte, setzte Kuwashima seinerseits ein bitteres Lächeln auf.

»Nun seien Sie mal nicht so streng. Das ist nicht so einfach für die, und wir sollten die immer so behandeln, wie wir das von denen auch erwarten.«

»Wofür zur Hölle ist der hergekommen?«

Als Sase den Kreuzverhör-Ton anschlug, antwortete Kuwashima unbekümmert: »Für einen Gefallen.«

Das konnte er nicht ignorieren. Sase wurde wütend.

»Was für ein Gefallen?«

Kuwashima machte eine Geste, die sagen sollte: »Kein Grund zur Aufregung«, und spuckte das Bonbon in ein Taschentuch.

»Er hat gefragt, ob wir es in diesem Fall nicht bei einer Runde Untersuchungshaft belassen können.«

Es fühlte sich an, als würde der kräuselnde Schmerz in seinem Hirn Kreise ziehen.

Morgen würde er beim Landgericht staatsanwaltliche Untersuchungshaft von zehn Tagen beantragen. Die konnte danach noch einmal um zehn Tage verlängert werden. Natürlich hatte Sase vor, diese zwanzig Tage voll zu nutzen. Aber Iyo war hergekommen, um darum zu bitten, dass die Anklageerhebung in der ersten Untersuchungshaft stattfinden, Kajis Befragung also innerhalb der zehn Tage abgeschlossen werden solle.

Der hatte Nerven.

»Die Polizei hat sich da nicht einzumischen. Der Haftanspruch liegt im Ermessen der Staatsanwaltschaft.«

»Das stimmt natürlich schon.«

»Und der Grund … welchen Grund hat er genannt?«

»Na, bestimmt, dass er einer von ihnen ist. Iyo tat das sicherlich leid, dass Kaji zwanzig Tage lang verhört werden soll.«

Falsch. Die Präfekturpolizei zielte darauf ab, dass nicht genügend Zeit blieb. Dass Sases Chancen, Kaji zu verhören, sanken und die Sache ohne Informationen über die zwei fraglichen Tage abgeschlossen wurde.

Genau, wie er gedacht hatte. Iyo war erschienen, um ihm zuvorzukommen.

Die Präfekturpolizei macht sich behördenweit daran, das Recht zu unterlaufen. Fast wäre Sase das herausgerutscht, doch er schluckte es hinunter, weil er Kuwashimas Ansicht dazu ausloten wollte.

»Und? Wie haben Sie geantwortet?«

»Ja, natürlich habe ich nicht zugestimmt. Ich habe ihm gesagt, dass wir das prüfen werden. Allerdings …«

Kuwashima warf einen Blick auf den Wandkalender.

»Heute ist ja Kriegsausbruch-Gedenktag. Das werden so oder so nicht exakt zwanzig Tage. Sowohl bei uns als auch im Landgericht sind zum Jahreswechsel dann ja Schließtage.«

Das hatte Iyo wahrscheinlich auch schon gesagt.

Kuwashima war Polizeifürsprecher. Nein, Kuwashima war lange bei der öffentlichen Sicherheit gewesen und hatte schon eine Art Polizei-Neurose. Natürlich war die öffentliche Sicherheit sowohl auf zentraler als auch auf lokaler Ebene das unbestrittene Wirkungsfeld der Polizei. Bei Personal, Informationen und Budget war die Staatsanwaltschaft nicht in der Lage, da mitzuhalten. Ohne die Kooperation mit der Polizei konnte die Staatsanwaltschaft die öffentliche Sicherheit nicht aufrechterhalten – das war Kuwashimas Überzeugung, und deswegen waren seine Worte und Taten der Polizei gegenüber immer etwas zögerlich.

Von diesem Mann konnte er nichts erwarten.

Sase gab die Sache als hoffnungslos auf, und Kajis Aussage lag ihm dabei schwer im Magen.

Das war jetzt der Moment, das Büro zu verlassen.

»Ach übrigens, das wegen vorhin …«, sagte Kuwashima mit gerunzelter Stirn. »Sie wissen doch: Es kann einen jederzeit selbst treffen.«

Als er das hörte, begriff Sase plötzlich.

»Die Sache mit der Bezirksstaatsanwaltschaft?«

»Ja, genau.«

Sekretär Suzuki war das Gerücht zu Ohren gekommen, dass bei einem Staatsbeamten der Bezirksstaatsanwaltschaft Verdacht auf Unterschlagung bestand. Dass ein Finanzverwalter des Bezirks S im Westen der Präfektur Strafgelder von Verkehrsvergehen in die eigene Tasche gesteckt hatte. Er selbst wusste wohl noch nichts von den Verdächtigungen, aber in wenigen Tagen würde ein Sonderuntersuchungsausschuss eingesetzt werden, und die Festnahme war wohl nur noch eine Frage der Zeit.

»Und ehrlich gesagt würde ich das mit dem Polizeihauptmeister gern schnell erledigen, damit ich Sie dafür einsetzen kann.«

»Mich … dafür?«

»Das scheint was Größeres zu werden. Er hat wohl nur Anzahlungen für Strafgelder abgegriffen, was schwer aufzudecken ist. Wirklich keine Sache, in die sich die Präfekturpolizei einmischen sollte.«

Sase dachte über alles nach, was Kuwashima gerade gesagt hatte. Es wäre unglaublich, aber er hatte den Verdacht, dass Iyo darum gebeten hatte, Sase vom Fall Kaji abzuziehen.

»Bitte weisen Sie diesen Fall jemand anderem zu.«

Ohne weitere Erklärung verließ Sase das Zimmer des Unterstaatsanwalts.

Er witterte Gefahr.

Die Präfekturpolizei hatte schnellstens Maßnahmen ergriffen. Wenn er sich nicht beeilte, würde er in die Falle gehen.

Als er zurück in sein Zimmer im zweiten Stock kam, beendete Suzuki gerade das Gespräch mit der Wetterwarte.

»Am 6. war es auf dem Flachland in der Präfektur bewölkt. In der Stadt K hat es etwas geregnet.«

»Und in Tokio?«

»Sonnig.«

Seine Stimme klang überrascht und aufgeregt.

»Gut gemacht.«

Sase ging aus dem Zimmer, wieder in den dritten Stock.

Sōichirō Kaji war nach Tokio gefahren. Dann musste er den Alten überzeugen.

Ganz am Ende des langen Flurs. Das Büro des Oberstaatsanwalts. Sase atmete tief ein und klopfte an die schön gemaserte, doppelflügelige Tür.

4

Der Oberstaatsanwalt von W, Kanae Iwakuni, saß an seinem Schreibtisch in der rechten hinteren Ecke des Zimmers und las ein Buch. Er war ohnehin von kleiner Statur, sah aber aus der Entfernung noch kleiner aus. So groß war das Büro des Oberstaatsanwalts.

»Ich komme wegen einer ernsten Angelegenheit.«

Sie setzten sich einander gegenüber auf die Sofas. Sase erzählte ohne Umschweife von seinem Verdacht, dass Kajis Aussage gefälscht sein könnte.

»Haben Sie mit Unterstaatsanwalt Kuwashima geredet?«

Das war das Erste, was Iwakuni von sich gab.

»Nein. Das habe ich ihm noch nicht berichtet.«

Iwakuni zeigte sich überrascht, aber seine Augen strahlten Zufriedenheit aus. Er war der frühere Vorsitzende der Tokioter Sonderuntersuchungskommission. Für heimliche Ermittlungen mal eben den direkten Vorgesetzten zu übergehen war für ihn keine erwähnenswerte Hürde.

»Gut. Dann erzählen Sie mir Ihre Interpretation des Plots.«

Genauso selbstverständlich, wie es in der Politik Korruption gibt, kamen aus seinem Mund Worte, die man »Sonderuntersuchungssprech« nennen könnte. Solange man in der staatsanwaltlichen Ermittlung tätig war, versuchte man, die »Plot-Interpretation« auf alle möglichen Dinge anzuwenden. Mehr als Talent zum Verhör und zur Ermittlung brauchte man die Fähigkeit, die Handlungslogik eines Vorfalls zu begreifen, sonst hatte man nie die Chance, in die Sonderuntersuchungskommission aufgenommen zu werden.

Sase blickte Iwakuni direkt in die Augen.

»Die Fälschung wird nicht von der Kriminalabteilung, sondern von der Verwaltung vorangetrieben. Dahinter steckt Iyo, der Leiter der Polizeiverwaltung. Ein Verbündeter aus der Kriminalabteilung ist Tatsumi, ein Untersuchungsbeamter mit der Befugnis, landesweit zu ermitteln, der die Fälschung durchgeführt hat. Darüber hinaus ist anzunehmen, dass mehrere Kommissare und Polizeihauptmeister der Polizeiverwaltung daran beteiligt sind. Und natürlich, dass Kagami, der Leiter der Zentralstation, über alles informiert ist.«

»Ja ... Aber warum nehmen die all das auf sich, um die Aussage zu fälschen?«

»Ich nehme an, es begann damit, dass Sōichirō Kaji darüber geschwiegen hat, was er am 6. tat. Das Problem fing an, als die Präfekturpolizei gegenüber den Medien angab, dass diese Frage noch untersucht werde, heute Morgen in der *Kenmin Times* aber stand, dass Kaji auf dem Shinkansen-Bahnsteig vom Bahnhof K gewesen sei. Es ist zwar nicht bekannt, was er da vorhatte, doch sicher scheint, dass Kaji Richtung Tokio unterwegs war. Und dass ein Polizeihauptmeister im Dienst nicht nur seine Frau ermordet, sondern den Leichnam dann auch noch zurückgelassen hat und nach Tokio gefahren ist. Daran muss die Präfekturpolizei gedacht haben, als sie Kaji die gefälschte Aussage unterschob, dass er auf der Suche nach einem Ort zum Sterben in der Präfektur umhergestreift sei.«

Iwakuni nickte einmal.

»Dann ist die Frage, was Kaji in Tokio vorhatte. Etwas, das er vor seiner Organisation verstecken musste, etwas Schlimmeres als das Verbrechen, das Kaji begangen hat.«

»Das ist unklar. Ich weiß auch nicht, ob die Präfekturpolizei weiß, mit welcher Absicht Kaji nach Tokio gefahren ist.«

»Das heißt … könnte auch sein, dass es Angst vor dem Ungewissen ist?«

»Ja. Nur wäre auch denkbar, dass sie wissen, es grenzt an eine Gesetzeswidrigkeit. Gut möglich, dass die Handlungen von Kaji am 6. ein noch schwererer Schlag für die Präfekturpolizei sein könnten als der Mord an seiner Frau. Wahrscheinlich haben sie genau davor Angst und deswegen diese Coverstory erfunden.«

»Verstehe«, sagte Iwakuni kurz und neigte seinen Oberkörper nach vorn. »Und? Was wollen Sie tun?«

»Einen Durchsuchungsbefehl erhalten.«

»Wofür?«

»Für Kajis Privatwohnung. Und ich will in die Ausbildungsabteilung des Präsidiums.«

Iwakuni stöhnte.

Eine Hausdurchsuchung im Hauptquartier – das würde das Ansehen der Präfekturpolizei zerstören. Das hieße, die Ermittlungskarte ausspielen, die sie am meisten fürchteten und hassten.

»Na, das wird eine schöne Blamage für die. Das werden die uns zwei Jahre … nee, wahrscheinlich drei Jahre übel nehmen. Bis auf beiden Seiten alle Posten neu besetzt sind.«

»Ich denke, wir müssen es tun.«

»Aber Moment. Wo genau wollen Sie da stöbern? Kajis Tisch oder Spind werden die schon lange leer geräumt haben.«

»Mir geht's gar nicht darum, etwas zu entdecken. Ich denke, die Durchsuchung an sich ist wichtig.«

»Wie meinen Sie …?«

Iwakunis Gesicht wurde bleich.

»Zeigen, dass die Staatsanwaltschaft unbestechlich ist. Dadurch wird die Vertuschung der Polizei aufbrechen, und der Fall Kaji kann aufgeklärt werden.«

»Und was machen Sie, wenn Sie alles wissen? Der Mord ist komplett einsichtig. Es geht nur um das, was nach dem Verbrechen geschah.«

»Das wissen wir nicht, solange wir nicht das komplette Bild vor Augen haben. Vielleicht haben das Verbrechen und die Handlungen danach ja auch eine Verbindung oder bedingen einander. Und je nachdem, wie einschneidend die illegale Tat in Tokio war, könnte das auch das Urteil beeinflussen.«

Er hatte alles gesagt, was er sagen konnte. Wenn er damit den Oberstaatsanwalt nicht für sich gewann, hatte er keine Chance, diesen Krieg zu gewinnen.

»Bitte genehmigen Sie die Durchsuchungen. Als Vertreter des Gemeinwohls ist es die Pflicht eines Staatsanwalts, die Wahrheit ans Licht zu bringen.«

»Aber eine Durchsuchung als Einschüchterung ist nicht gerade freundlich. Manchmal führen auch Abwege zum Ziel.«

Sase ließ seine Hände mit einem Knall auf den Tisch fallen.

»Sie wollen der Präfekturpolizei ihre Abwege durchgehen lassen? Das Problem dabei ist doch, dass die Präfektur unsere Staatsanwaltschaft zum Narren hält. Wir können doch kein Protokoll schlucken, von dem wir wissen, dass es gefälscht ist!«

Iwakuni schwieg.

Sase blickte ihm durchdringend in die Augen.

Staatsanwaltschaften sind unabhängige Institutionen. Alle rechtlichen Schritte unternehmen sie in ihrem Namen und eigener Verantwortung. Der Ermessensspielraum begeistert viele amtierende Staatsanwälte. Auch Sase. Aber tatsächlich sind alle möglichen Schritte daran gebunden, dass die Staatsanwaltschaft einstimmig etwas beschließt; eine Struktur, in der man nicht gegen die Entscheidungen der Vorgesetzten handeln kann. Und die Organisationsstruktur ist ausgesprochen alt. Der Wunsch der Vorgesetzten ist Befehl, und in der Hinsicht übertrifft die Staatsanwaltschaft vielleicht sogar noch die Polizeiorganisation.

Wenn Iwakuni jetzt den Kopf schüttelte, war es das.

Sase wartete mit angehaltenem Atem auf die Entscheidung.

Kurze Zeit später wandte sich ein strenger, aber neugieriger Blick Sase zu.

»Tun wir's.«

Sase ballte seine Hände unwillkürlich zu Fäusten.

»Allerdings – mit der Durchsuchung des Hauptquartiers warten wir einige Tage. Bis dahin tut sich vielleicht eine andere Möglichkeit auf, die Präfekturpolizei aufzumischen. Wenn sie trotzdem weiter versuchen, die Sache zu vertuschen, werden die Karten neu verteilt.«

»Verstanden.«

Sase stand aufgeregt von seinem Sofa auf, als Iwakuni ihm signalisierte, noch zu warten.

»Übrigens, was denken Sie?«

»Worüber denn?«

»Über Kajis Besuch in Tokio. Was wollte er?«

»Das …«

In der Ecke seines auf Hochtouren laufenden Hirns fand sich der Name einer Frau.

Ayako Imai.

Ein roter Umschlag ... ein Automaten-Foto ...

Der »Ausdruck der Selbstlosigkeit« auf Kajis Gesicht ...

Sase sprach.

»Ich könnte mir vorstellen, dass er sein Kind treffen wollte.«

»Sein Kind ...?«

»Ja.«

»Sie meinen ... ein uneheliches Kind?«

Iwakuni setzte sich, tief ausatmend, auf die Rückenlehne des Sofas.

»Wissen Sie das genau?«

»Nein.«

Iwakuni blickte auf.

»Wie kommen Sie dann darauf?«

»Kaji hat seine gesamte Verwandtschaft verloren. Aber er lebt jetzt nicht um seiner selbst willen; er lebt für jemand anderen. Das ist der Eindruck, den ich von ihm habe.«

Aus Iwakunis Gesicht verschwand der Staatsanwalt.

»In Ordnung. Gut, wenn Sie den Plot so interpretiert haben. Wer zu vorsichtig ist, eignet sich nicht zum Staatsanwalt.«

Sase wog die Bedeutung dieser Worte ab.

Die leise Stimme fuhr fort.

»Machen Sie nicht zu viel Aufriss. Und im Frühjahr dürfen Sie zurück zur Sonderuntersuchungskommission.«

5

23 Uhr. Schneeregen auf der Ebene in Präfektur W.

Sases Dienstwohnung, in einem Plattenbau, war für Singles gedacht, die selbst kein Haus besaßen, oder Menschen, die fernab von ihrer Familie stationiert waren, aber jetzt so kalt, dass er zögerte, überhaupt nach Hause zu gehen. Eine Single-Wohnung, obwohl die Scheidung von Chizuko noch nicht formal abgeschlossen war. Sobald er die Wohnung betrat, setzte er, noch im Mantel, die Whiskyflasche an den Mund. Seit er hier wohnte, schien zwischen Alkohol und Heizlüfter ein Wettkampf zu toben, darum, wer ihn als Erster erwärme.

Eine Postkarte war angekommen.

Benachrichtigung über Adressänderung. Manabu Uemura – mit dem hatte er einst das Justiz-Forschungs- und Trainingsinstitut besucht. »Bin zurück in Präfektur W.« Sase wusste, dass Uemura in Tokio als Anwalt gearbeitet hatte, aber nicht, dass er eigentlich von hier kam. Das war nicht verwunderlich, sie kannten einander wenig, sendeten sich höchstens einmal im Jahr Neujahrskarten. Uemura hatte ziemlich lang am juristischen Staatsexamen geknabbert und war daher einige Jahre älter als Sase. Der konnte sich nicht erinnern, während des Trainings eine Unterhaltung mit Uemura geführt zu haben, die man guten Gewissens auch so nennen konnte, doch hielt er ihn in jedem Fall für einen aufrichtigen Mann. Egal, wohin in Japan er versetzt wurde, immer erreichten ihn Uemuras Neujahrskarten.

Sase ging zum Sofa, die Karte noch in der Hand. Erbärmlich. Er freute sich über eine Postkarte von jemandem, mit dem er nicht mal richtig befreundet war. Das war wirklich ein bemitleidenswerter Zustand.

Der Nachmittag war vor allem mit Troubleshooting vergangen.

Der Augenzeuge vom Bahnhof K war der Krawattenverkäufer, der regelmäßig in der Zentralstation der Polizei vorbeikam. Seiner Frau zufolge war er seit dem Morgen von der Polizei als Zeuge verhört worden. Als müsste der verhört werden. Wohl eher eingeschüchtert und zum Schweigen gebracht. Vermutlich würde es schon gar nichts mehr bringen, ihn für eine befriedigende Aussage vorzuladen.

Die ältere Schwester von Keiko Kaji, Yasuko Shimamura, war verhindert. Er hatte es kurzzeitig vergessen, aber heute stand ja die Beerdigung von Keiko an. Sase hatte in letzter Minute daran gedacht und wenigstens das Versprechen erhalten, am nächsten Tag die Hausdurchsuchung in Kajis Privatwohnung machen zu dürfen.

Auf dem Weg nach Hause hatte er in der Schlange zum Weihrauchanzünden den Leiter der Abteilung für Gewaltverbrechen gesehen, Shiki, der sich aber mit einem Kollegen unterhielt, sodass Sase es unterließ, ihn anzusprechen. Sekretär Suzuki gegenüber hatte Shiki wohl gesagt, dass er irgendeinen wichtigen Termin habe, daher hatte er ihn noch nicht sprechen können. Verständlich. Abgesehen davon, dass Shiki jetzt aus dem Verhör von Sōichirō Kaji ausgeschlossen worden und zur Untersuchung seines ursprünglichen Falls, dem

Serienvergewaltiger, zurückgekehrt war. Der Verdächtige hatte Pestizide getrunken, schien aber noch halbwegs am Leben. So viel hatte Sase mitbekommen.

Er atmete heftig aus.

Ein Treffen mit Shiki würde vermutlich auch nichts bringen. Sie verstanden sich gut, auf eigenartige Weise. Sie waren sogar schon öfter zusammen in die Kneipe gegangen.

Aber Shiki blieb Mitglied der Präfekturpolizei, das war nicht zu ändern. Egal, wie sehr er sich darüber ärgerte, von der Rolle als Vernehmungsbeamter abgezogen worden zu sein, er würde nie seine Organisation hintergehen.

Die Flasche war bereits fast leer. Heute hatte wohl der Alkohol gesiegt.

Nicht zu viel Aufriss. Und im Frühjahr dürfen Sie zurück zur Sonderuntersuchungskommission ...

Oberstaatsanwalt Iwakunis Worte lagen schwer auf seiner Brust.

Dass er einen großen Fall wollte, um in die Sonderuntersuchungskommission zurückzukehren. Dass er die von der Präfekturpolizei gefälschte Aussage größer machte, als sie eigentlich war. Das schien Iwakuni von ihm zu denken.

Es war nicht unbedingt falsch. Zur Hälfte traf es zu. Der Fußboden seines Zimmers lag übersät von Zeitungen und lokalen Wirtschaftszeitschriften. Er verfolgte die Ausschreibungen und Vergaben öffentlicher Bauvorhaben. Schließlich wollte er Gouverneur der Präfektur werden. Das war das Einzige, was sich auf dem Land lohnte.

Aber zur zweiten Hälfte ...

Er hatte obsessiv gearbeitet. Noch während der Unizeit hatte er im ersten Anlauf das Staatsexamen bestanden, mit 24 das erste Amt angetreten. Ein Jahr in der Staatsanwaltschaft von Tokio, dann in die Staatsanwaltschaft von Gunma versetzt. Anschließend vier Jahre lang in »Alphabehörden«, also in großen Staatsanwaltschaften des Raums Tokio. Nur fünf seiner achtundvierzig Mitstreiter war es gelungen, innerhalb von vier Jahren zurückversetzt zu werden. Seither hatte er sich auf Fahndung spezialisiert und war immer mit der Kriminalabteilung in Kontakt geblieben. Er hatte im Sondereinsatzkommando der Politik wütend den Kampf angesagt, wollte die Korruption ausmerzen und Japan verändern.

Herr Staatsanwalt, für wen leben Sie …?

Es war zwei Jahre her. Ein typischer Steuerbetrug. Seine Interpretation des Plots war, dass die eigens dafür gegründete Pharmafirma Bestechungsgelder an einen berüchtigten Minister aus dem Sozialministerium gezahlt hatte. Derjenige, der den Geldfluss verwaltet hatte, war in das Luxuszimmer eines Krankenhauses geflüchtet, weswegen die Sekretärin Ayako Imai, die mit dem Geschäftsführer gemeinsame Sache gemacht hatte, zur Schlüsselfigur bei der Aufklärung des Falls wurde.

28 Jahre. Single. Eine Aufsteigerin aus dem Unterhaltungsgewerbe und gleichzeitig die Liebhaberin des Geschäftsführers.

Er hatte sie jeden Tag einbestellt und gelöchert, doch Ayako leugnete standhaft alles. Sie reagierte auch nicht auf lockere Unterhaltungen, und als würde sie zum Gegenangriff übergehen, wiederholte sie nur immer wieder ihre Beschwerde, dass sie ihren privaten Taschenkalender haben wolle, der bei der Hausdurchsuchung eingesackt worden war.

Die Hausdurchsuchungen der Sonderuntersuchungskommission waren gründlich. Alles wurde konfisziert, von den

Kontobüchern über die gewöhnlichen Akten bis zu privaten Briefen, Sparbüchern, Tischkalendern, Notizbüchern, verworfenen Notizen. Der Durchsuchungslogik entsprechend wurden vor allem Tisch- und Taschenkalender mitgenommen, weil die Gefahr bestand, dass die durch nachträgliche Einträge zur Erstellung eines Alibis genutzt werden würden.

Im Archiv fand Sase dann auch tatsächlich in dem Verzeichnis der konfiszierten Gegenstände Ayakos Buch mit dem roten Einband. Er hatte es durchsucht, aber es gab kaum Einträge darin. Offenbar hatte sie es wirklich nur für private Notizen genutzt, wertlos für die Ermittlung.

Natürlich hatte er ihr das Buch nicht zurückgegeben. Er benutzte es als Mittel zum Verhandeln: Wenn Sie zugeben, dass Gelder geflossen sind, bekommen Sie es sofort zurück. Als Sase das gesagt hatte, sprach Ayako diese Worte.

Für wen leben Sie?

Ayako zeigte die feste Entschlossenheit, den Geschäftsführer um jeden Preis zu schützen, und Sase gab seine Befragung bei diesem Anblick auf. Ihr Gesicht trug von Anfang bis Ende den »Ausdruck der Selbstlosigkeit«. Und er dachte, seinetwegen.

Drei Tage später. Ayako hatte sich in der Badewanne ihrer Wohnung die Pulsadern aufgeschnitten.

Es dauerte einen halben Monat, bis Ayakos Tod mit dem tödlichen Unfall eines Kindes in Verbindung gebracht wurde, den die Zeitungen am selben Tag vermeldet hatten.

Ein Waisenhaus auf dem Land. Ein siebenjähriges Mädchen war durch einen unachtsam rückwärts fahrenden Versorgungs-Lkw an der Wand der Einrichtung zu Tode gequetscht worden. Seine Eltern waren unbekannt. Doch die Leiterin hatte berichtet, dass sie ein- bis zweimal im Monat eine auffällig gekleidete Frau gesehen habe, die sich dem Mädchen auf dem Heimweg von der Schule näherte. Eines Tages fehlte einer der Automatenfoto-Aufkleber, die das Mädchen wie einen Schatz hütete. Auf Nachfrage der Direktorin hatte es mit einem etwas besorgten Gesicht geantwortet, dass es ihn der netten Tante gegeben habe.

Als er erneut vorsichtig den roten Taschenkalender Seite für Seite durchblätterte, klebte da das lächelnde Gesicht des Mädchens. Im Kästchen vom 5. April. Vielleicht der Tag, an dem das Mädchen geboren war, der Geburtstag, den es selbst nicht kannte.

Sie hatte nicht für den Geschäftsführer oder die Firma gelebt; Ayako hatte für ihre Tochter gelebt.

Selbstmord, weil sie die staatsanwaltliche Befragung nicht ausgehalten hatte. So stand es in den Medien. Und es war auch keine Lüge. Ayako wurde gejagt. Sase hatte sie gejagt.

Für den Tod einer am Fall beteiligten Person hatte die Sonderermittlungskommission kein Wort parat. Auch nicht »Immunität« oder »Haftungsausschluss«. Man schwieg einfach und ging zum nächsten Fall über. Für das Gemeinwohl. Ohne Bluff, Selbstbetrug und einen naiven Begriff von Gerechtigkeit konnte man kein Mitglied der Sonderuntersuchung bleiben.

Die Hitze des Heizlüfters holte endlich zu der des Alkohols auf.

Sase rollte sich auf dem engen Sofa zum Schlafen zusammen. In seiner Zweizimmerwohnung war der Raum, den Sase einnahm, klein.

Er lebte für sich selbst. Das war so selbstverständlich wie erbärmlich.

Aus seinem vor Trunkenheit schwindeligen Kopf tauchte Chizukos finstere Miene immer wieder auf. Sie war nicht mit hergezogen. Es brachte nichts. Er war sich sicher.

»Es ist weder der Alkohol noch sind es deine Aggressionen, es sind deine Augen, die ich nicht ertragen kann«, hatte Chizuko gesagt. »Du siehst einen nicht, selbst wenn man direkt vor dir steht, du siehst etwas anderes – ich hasse deine Augen, wenn sie so sind …«

Sein Sohn Minoru war ein Sinnbild der Gerechtigkeit. Seit Kindertagen schon eher schwächelnd. Er war schnell darin, den Feind auszumachen, und wenn er groß war, wollte er seine Mutter mit seinem eigenen Körper beschützen. Irgendwann … Ja, irgendwann würde der Tag kommen, an dem er merkte, dass sein Vater ein zerbrechlicher, schwacher Mensch war …

Die Türklingel läutete. Wahrscheinlich Reporter. Natürlich wussten sie, dass es verboten war, den Staatsanwalt nachts in seiner Wohnung zu belagern, aber es kam doch immer mal einer, aus Verzweiflung. Er hatte keine Lust, rauszugehen. Nein, er konnte schon nicht mehr rausgehen.

Seine Müdigkeit holte ihn ein.

Er wusste es nicht.

Für wen er lebte. Und für wen Sōichirō Kaji …

6

Am Morgen hatte es aufgehört zu regnen.

Er hatte sich vorsichtig genähert, wie er es immer tat, doch Kajis Privatwohnung lag verlassen und völlig ruhig. Auch keine Spur von Polizisten. Nicht mal ein Absperrband mit »Zutritt verboten«. Sase spähte in den außen angebrachten Briefkasten. Leer. Er blickte auf. Ein komplett normales, bescheidenes zweistöckiges Haus. Er sah auf seine Armbanduhr. Exakt 10 Uhr.

Bevor er hergekommen war, hatte er den Augenzeugen vom Bahnhof, Mitsuo Tanuma, zur Befragung vorgeladen, doch wie geahnt, war es schon zu spät. Kaum öffnete er den Mund, kam schon die Ausrede: »Vermutlich habe ich ihn verwechselt.« Sase hatte ihn unnachgiebig befragt, aber in Sachen Unnachgiebigkeit war das Sprechverbot der Präfekturpolizei wohl um einiges überlegen. In der *Times* hatte zwar gestanden: »Kaji befand sich auf dem Shinkansen-Bahnsteig in Richtung Tokio«, doch das wurde »berichtigt« zu: »Ein Mann, der Kaji ähnlich sah, stand in der Nähe eines Ladens und hatte sich ein wenig dem Shinkansen-Bahnsteig in Richtung Tokio zugewandt.« Es schien jedoch zu stimmen, dass er nicht beobachtet hatte, ob Kaji auch in die Bahn eingestiegen war. Der Zeitpunkt, als er das erzählte, war der einzige, in dem Tanuma nicht Sases Blick auswich.

Na, was soll's.

Es war sowieso sicher, dass er nach Tokio gefahren war.

Er blickte noch einmal auf seine Armbanduhr.

Es war spät. Kaum hatte er das gedacht, passierte eine wohlbekannte dunkelblaue Limousine die nahe gelegene Kreuzung. Sekretär Suzuki, der am Steuer saß, nickte ihm grüßend zu. Auf dem Rücksitz saß jemand.

Vielleicht hatte sie jetzt, nach dem Begräbnis, das Interesse verloren. Yasuko Shimamuras Gesicht und Haltung hatten, verglichen mit gestern, an Spannkraft verloren. 56 Jahre. Die Haare weiß, aber gefärbt.

»Bitte entschuldigen Sie die Umstände«, sagte Sase in geschäftsmäßigem Ton und zeigte ihr die Durchsuchungserlaubnis.

Suzuki sah sich mit angespannter Miene um. Eine Durchsuchung ohne die Erlaubnis der Präfekturpolizei. Das erlebte er sicherlich zum ersten Mal. Diesen Suzuki rief er zu sich und gab ihm einen kleinen Auftrag. Suzuki nickte und stieg ins Auto, sich dabei versichernd, dass sein Handy in der Brusttasche steckte.

Sase zog sich weiße Handschuhe an. Mit dem Schlüssel, den Yasuko ihm geliehen hatte, öffnete er die Haustür und begab sich in die Wohnung. Er lief die Zimmer nacheinander ab. Bei der Staatsanwaltschaft gab es keine Spurensicherung. Das Einzige, was er suchte, war etwas Schriftliches. Zusammen mit Suzuki, der kurze Zeit später ins Haus kam, durchsuchte er Schubladen und Schränke, aber sie konnten nichts Auffälliges entdecken. Das einzig Schriftliche, das ins Auge stach, war eine Kalligrafie, die auf dem Tisch im Arbeitszimmer lag.

Der Mensch lebt fünfzig Jahre …

Suzuki neigte fragend den Kopf.

»Was ist das?«

»Das ist aus dem Kōwaka-Tanztheaterstück *Atsumori*«, antwortete Sase und nahm das Schriftstück in die Hand.

»Der Mensch lebt fünfzig Jahre / Betrachtet die Dinge unter dem Himmel / Sind doch nur Träume und Illusionen / Sollte es denn jemanden geben, der nicht vergeht, nach einem ganzen Leben?«

Als er es jetzt vortrug, fühlten sich die Zeilen anders an als zu seiner Schulzeit, da er sie auswendig gelernt hatte. Wahrscheinlich hatte er jetzt das richtige Alter. Das, wonach er sich im Leben damals gesehnt hatte, war für Sase, dem das Jungsein zu viel war, etwas wie das Erwachsenwerden selbst.

Wann hat er das geschrieben?

Der Mensch lebt fünfzig Jahre. Kaji war 49. Dass die zwei Zahlen so nah beieinanderlagen, beschäftigte ihn, aber er musste noch andere Dinge suchen.

Einen Kalender. Notierte Adressen. Visitenkarten. Briefe … Suzuki und er durchsuchten das gesamte Haus, aber von diesen Dingen, die eigentlich in jedem Haus zu finden sind, fand sich kein einziges.

»Die haben uns ausgetrickst.«

»Die Präfekturpolizei, meinen Sie?«

»Wer denn sonst?«

»Aber in der Liste der konfiszierten Gegenstände ist nichts verzeichnet.«

»Manchmal dürfen Sie ruhig misstrauisch sein.«

Zum jetzigen Zeitpunkt dürfte die Präfekturpolizei hektisch hinter verschlossenen Türen die konfiszierten Schriftstücke untersuchen. Um rauszufinden, welches Ziel Kaji in Tokio gehabt hatte.

Sase fühlte eine tiefe Ungeduld. Je mehr Zeit verging, desto weniger Chancen blieben. Er hatte eigentlich vorgehabt, danach in die Staatsanwaltschaft zurückzukehren, um Yasuko Shimamuras Zeugenaussage aufzunehmen, aber in der Zwischenzeit würde die Präfekturpolizei schon wieder zwei oder drei Abwehrvorkehrungen errichten.

Sase dachte, dass ihm nichts übrig bliebe, als ins »Kernstück« vorzudringen und dort für Erschütterung zu sorgen.

Bei dieser Hausdurchsuchung hatte er kein Material in die Finger bekommen, das die Präfekturpolizei in Aufruhr bringen konnte, aber die Tatsache, dass sie das Haus durchsucht hatten, war selbst Material, das die Präfekturpolizei durcheinanderbringen würde.

»Die Zeugenaussage wurde verschoben«, flüsterte Suzuki ihm ins Ohr, doch Sase fand, dass Yasuko das ruhig hören könnte, und wandte ihr sein Gesicht zu.

»Die Post wird an Ihre Adresse weitergeleitet, richtig?«

Er hatte vorher Suzuki aufgetragen, eine Bestätigung dafür bei der Post einzuholen.

»Ja …«

»Hatte Kaji darum gebeten?«

»Ja. Er hat mich angerufen, kurz bevor er sich selbst angezeigt hat.«

»Gut, danke.«

Yasuko war sich sicher, dass Kaji der Mörder ihrer Schwester war.

Sie blinzelte.

»Ich kann es Kaji nicht übel nehmen … Keiko war schon in einem schrecklichen Zustand, aber wenn sie weitergelebt hätte, wäre es sicher noch schlimmer …«

»Ich kann verstehen, was Sie fühlen.«

Sase wartete, bis Yasuko sich die Tränen mit einem Taschentuch getrocknet hatte, ehe er die nächste Frage stellte.

»Hat Kaji auf einen Brief gewartet?«

Yasuko wurde bleich.

»Hat er einen Namen genannt und Sie gebeten, falls ein Brief von der Person kommt, es ihm bei einem Besuch zu sagen? Wollte er das?«

Sases Interpretation war wohl nicht ganz falsch. Er habe nichts dergleichen gesagt – das war zwar Yasukos Antwort, doch ihre Stimme zitterte und war so leise, dass sie kaum zu verstehen war.

Ab jetzt langsam.

Sase verbeugte sich vor Yasuko und ging zusammen mit Suzuki hinaus.

Vor dem Haus parkte eine schwarze Limousine, die noch nicht da gewesen war, als sie mit der Durchsuchung begonnen hatten. Am Heck der Karosserie waren einige Antennen befestigt … Das Fenster der Rückbank fuhr surrend herunter.

»Na? Was gefunden?«

Es war der Leiter der Abteilung Gewaltverbrechen im Dezernat I der Kriminalpolizei, Kazumasa Shiki.

Sase rief »Ah!« und tat so, als würde er fliehen wollen.

»Das heißt … ich werde beschattet?«

Als Sase das leise sagte, entfuhr Shiki ein kleines Lachen.

»Ich bin rein zufällig hier vorbeigekommen.«

Nun musste Sase lachen. Nur weil er vom Fall Kaji abgezogen worden war, hieß das nicht, dass er sich davon ausschließen ließ. Der Shiki, den Sase kannte, war diese Art von Mann.

»Die Kriminalabteilung hat Sie wohl abgesägt, was?«

»Mir doch schnuppe.«

Shiki schien nicht vorzuhaben, aus dem Auto auszusteigen. Er blickte Sase nur aus dem schummerigen Innern des Wagens an.

»Die werden das gestern schon gründlich durchsucht haben.«

»Ich hätte mal eine Frage an Sie.«

»Versuchen Sie nicht, mich auszuquetschen. Ich gehöre zur Präfekturpolizei.«

»Wenn wir gebissen werden, beißen wir zurück, was?«

»Tja ... Gestern sind Sie früh zu Bett gegangen, oder?«

Bei den Worten erinnerte sich Sase wieder. Richtig, es hatte gestern an der Tür geklingelt. Er hatte gedacht, dass es ein Reporter sein müsste, aber es war wohl Shiki gewesen.

Sase suchte Shikis Blick. Wozu hatte er ihn besuchen wollen?

Shiki blickte ihn direkt an und fing an zu reden.

»Haben Sie die Kalligrafie im Arbeitszimmer gesehen?«

»Ja, hab ich.«

»Es ist gut, ein bisschen Ärger zu machen, aber verlieren Sie den Fall selbst nicht aus den Augen.«

Sase fühlte sich durchschaut. Stolz und Ehre der Staatsanwaltschaft. Neunzig Prozent seiner Gefühle waren gerade davon bestimmt.

»Natürlich. Dafür mache ich ja den Ärger.«

»Dann ist ja gut. Und sehen Sie zu, dass Sōichirō Kaji ein langes Leben hat.«

»Hm? Was meinen Sie damit?«

»Kaji will mit fünfzig Jahren abtreten.«

Wie bitte?!

Der Mensch lebt fünfzig Jahre. Dann war das sein letzter Wille?

»Warum? Warum will er mit fünfzig sterben?«

»Weiß ich nicht. Deswegen bitte ich Sie, das herauszufinden. Ich selbst kann Kaji nicht mehr befragen.«

Nun hatte er Shikis Absicht interpretiert. Das war es, was er ihm gestern Nacht hatte sagen wollen. Die Kalligrafie auf dem Tisch hatte er extra zurückgelassen. Damit Sase sie fand.

Auch Sase sprach nun offen.

»Kaji lebt für jemanden. Das habe ich bei der Befragung gespürt. Er kann nicht sterben.«

»Das sehen wir wohl unterschiedlich ...«, murmelte Shiki und signalisierte seinem Chauffeur, loszufahren.

Mit widersprüchlichen Gefühlen sah Sase dem Auto hinterher.

Ihm war also der Staffelstab übergeben worden.

Kaji versteckte seinen Wunsch zu sterben. Wenn das stimmte, ging es bei der Untersuchung zur Aufklärung der Protokollfälschung nicht nur um den Stolz der Staatsanwaltschaft, sondern auch um ein Menschenleben.

Sase stieg ins Auto.

»Ins Hauptquartier der Präfekturpolizei!«

Suzuki startete, ohne zu antworten, den Motor.

Angriff auf das Kernstück ...

In Sases Brust existierten brodelnde Gefühle und dazu etwas, das vollständig still war, kampflos nebeneinander.

7

Menschen, die sich auf eigenem Territorium befinden, kann man in Ruhe betrachten.

Die Zentralstation der Präfekturpolizei machte, wie es vom Kopf der Reviere in der gesamten Präfektur zu erwarten war, noch mehr als sogar die Lokale Staatsanwaltschaft den Eindruck »Behörde«. Iyo, der Leiter der Verwaltungsabteilung, rief Sase mit seiner arroganten Art zu sich ins Büro. Sein Wachmann hatte bereits Bericht erstattet. Auf seinem aufgequollenen Gesicht war die Abneigung deutlich zu erkennen.

Sase drückte gleich auf den Auslöser.

»Ich sage es mal vorweg, wir können Kajis Untersuchungshaft nicht bei zehn Tagen belassen.«

»Was? Warum nicht?«

»Weil der Fall kompliziert ist.«

»Das ist doch nicht Ihr Ernst. Es ist doch eine simple Tötung auf Verlangen?«

»Es gibt Personen, die diesen komplizierten Fall simpel erscheinen lassen. Das ist das Problem.«

Iyo blickte kurz zu Sase herüber.

Dieses Mal kommt er mir nicht zuvor.

»Wir haben da einige Bitten an die Präfekturpolizei.«

»Was?«

»Als Erstes möchte ich, dass Sie mir die Aufzeichnungsprotokolle zur Untersuchungshaft in der Zentralstation zeigen.«

Das ist ein Verzeichnis darüber, wann Verdächtige die Zelle verlassen haben und wann sie zurückgekehrt sind.

Iyo blickte überrascht.

»Ach, warum das denn?«

»Weil der Verdacht besteht, dass Kaji vernommen wurde, ohne Frühstück gegessen zu haben.«

»So spricht wirklich nur ein Anwalt.«

Iyo grinste höhnisch, setzte dann aber ein Gesicht der Unschuld auf.

»Hm … Die Aufzeichnungsprotokolle … ich kann erst beantworten, ob ich Ihnen die zeigen kann, wenn ich mich mit der Kriminalabteilung kurzgeschlossen habe.«

»Scherz beiseite. Die Untersuchungshaft untersteht ja der Kontrolle der Verwaltung, wie wir wissen. Bitte weisen Sie sofort die Zentralstation an, das zu liefern.«

»Nun seien Sie bitte nicht unvernünftig. Wir müssen da die Kriminalabteilung schon mit ins Vertrauen ziehen. Das verstehen Sie doch sicher? Wir sind zwar von derselben Organisation, aber unsere Denkweisen sind um 180 Grad verschieden.«

Er redete gerade so, als wollte er es der Kriminalabteilung in die Schuhe schieben, dass sie versuchten, da etwas zu vertuschen. Das brachte nichts.

Es bestand die Gefahr, dass die Zeiten der Einträge im Aufzeichnungsprotokoll manipuliert würden, wenn es allzu gemächlich voranschritt.

Dann musste er ihn jetzt wohl erschüttern.

Sase verschränkte mit einer großen Geste die Arme vor der Brust und betrachtete den »Ausdruck des Selbstschutzes« im Gesicht vor ihm.

»Wir haben heute Morgen die Privatwohnung von Sōichirō Kaji durchsucht.«

Iyo riss die Augen auf.

»Ohne es mit uns abzustimmen?«

»Dazu gibt es ja keinen Grund. Es ist das natürliche Recht der Staatsanwaltschaft, Durchsuchungen durchzuführen.«

»Aber dadurch wird das gegenseitige Vertrauensverhältnis …«

Sase unterbrach ihn und setzte zum Todesstoß an.

»Und wir haben noch eine weitere Durchsuchungserlaubnis.«

Iyo stoppte in seiner Bewegung.

Ein Schlucken war zu vernehmen.

»Und … wofür?«

Sie starrten einander an. Iyo blickte als Erster zur Seite.

»Also gut«, presste Iyo heraus und griff den Hörer seines Diensttelefons. Er wählte die Nummer der Zentralstation und wies den Kollegen dort an, das Aufzeichnungsprotokoll ins Büro von Staatsanwalt Sase zu liefern.

Sase bestürmte ihn weiter.

»Bitte händigen Sie uns die in Kajis Privatwohnung konfiszierten Notiz- und Adressbücher aus.«

»Notizbücher …? Meinen Sie sein polizeiliches Notizbuch?«

»Er wird wohl ein privates haben.«

»Von einem privaten Notizbuch habe ich nichts gehört.«

»Und Adressbücher? Visitenkarten? Es gab keinerlei Dokumente in seiner Wohnung. Das muss einem doch komisch vorkommen, oder?«

»Der Typ hat seine Frau umgebracht. Wahrscheinlich ist er einfach seltsam.«

Dieser verdammte …!

Seine Untergebenen waren ihm wohl völlig egal. Nein, die gesamte Präfekturpolizei war für ihn nicht schützenswert. Iyo hatte nur einen temporären Job inne, seit er von der Nationalen Polizeibehörde hierher versetzt wurde, und dachte lediglich daran, die Zeit bis zu seiner Rückkehr möglichst ohne größere Schwierigkeiten zu überstehen.

Unvermittelt klang Shikis Stimme in seinen Ohren.

Sehen Sie zu, dass Sōichirō Kaji ein langes Leben hat.

Sase beugte sich über den Tisch, um sich selbst einen Ruck zu geben.

»Dann zeigen Sie mir alles, was Sie konfisziert haben. Es ist unsere Pflicht, den Vorfall im vollen Umfang aufzuklären.«

»Was nicht da ist, kann ich Ihnen auch nicht zeigen.«

Auf diese trotzige Antwort hin wurde Sase schärfer.

»Das sehen wir dann, wenn wir die Ausbildungsabteilung durchsuchen.«

Grimmige Blicke trafen sich.

»Wollen Sie mir drohen?«

»Nicht im Geringsten.«

»Warum suchen Sie Streit? Haben Sie persönlich was gegen die Präfekturpolizei?!«

»Sie sind es doch, der hier Streit sucht. Uns ein gefälschtes Protokoll vorzulegen und zu erwarten, dass wir das schlucken. Bei so was ist Schluss mit lustig!«

In diesem Moment öffnete sich die Tür ein wenig, und das Gesicht eines Mannes schob sich durch den Spalt. Es war der puppengesichtige Kurita. Er hatte seinen Zeigefinger vor die Lippen gelegt.

Sein Gesicht war totenbleich, seine Stimme erstickt.

»Reporter … Hier drin ist ein Reporter.«

Hinter der Tür war das Empfangszimmer der Polizeiverwaltung.

Einige Sekunden lang war es vollkommen still.

An Kuritas Gesicht erkannte man, dass der Reporter gegangen sein musste.

Iyo rief Kurita herein.

»Welches Blatt?«

»*Tōyō.*«

»Hat er was gehört?«

»Das weiß ich nicht. Er hat sich gerade am Schreibtisch mit dem Abteilungsleiter unterhalten, als aus Ihrem Büro Ihre wütenden Stimmen zu hören …«

Iyo starrte Sase wütend an.

»Verschwinden Sie!«

»…«

»Sie haben mich doch verstanden. Wir müssen jetzt …«

Iyo brach ab. Er sagte Kurita, dass er ins Büro des Hauptquartierleiters gehen solle, und stand als Erster auf.

»Wir reden ein andermal.«

Auch Sase stand auf. Er hatte bekommen, was er wollte. Und war froh, dass die Erschütterung zu Ergebnissen geführt hatte.

Jetzt kam es drauf an.

Mit stolzgeschwellter Brust und dem Gefühl, die feindliche Abwehr durchbrochen zu haben, ging er durch den Empfangssaal der Polizeiverwaltung.

8

Kaum war er in der Lokalen Staatsanwaltschaft angekommen, wurde er in das Büro des Unterstaatsanwalts Kuwashima zitiert. Es schien, als wäre Iyo schneller mit dem Telefon als Sase mit dem Auto gewesen.

»Verdammter Idiot! Wie können Sie mich so bloßstellen!«, schrie Kuwashima gleich zu Beginn Sase eindringlich und drohend an. »Das hier ist eine Lokale Staatsanwaltschaft, keine Sonderuntersuchungskommission! Was denken Sie denn, was das für alle anderen bedeutet, wenn Sie sich so aufspielen!«

Sase ließ sich nicht einschüchtern.

»Ich kann die Übertretungen der Präfekturpolizei nicht einfach übersehen.«

»Sie sind derjenige, der hier was übertritt, verfluchter Idiot!«

Er hatte die Erlaubnis des Oberstaatsanwalts. Das wäre ihm fast herausgerutscht, aber das jetzt zu sagen würde nur Öl ins Feuer gießen und nichts bringen.

»Eine von der ganzen Organisation durchgeführte Protokollfälschung? Wo ist der Beweis dafür? Wenn es einen gibt, her damit!«

»Zeige ich Ihnen sofort«, antwortete Sase, ohne nachzudenken. Nun war sein Vorgesetzter ohnehin schon so sauer, und wenn er Kuwashima nicht überzeugen könnte, würde der ihm noch zig Mal in die Untersuchung funken.

Warte nur.

Sase rannte die Treppen hinunter und blickte auf die Armbanduhr. Das Aufzeichnungsprotokoll der Untersuchungshaft müsste inzwischen aus der Zentralstation eingetroffen sein.

Im Zimmer angekommen, fiel ihm eine Akte mit schwarzem Einband ins Auge, die auf dem Schreibtisch lag.

Mit hektischen Fingern schlug er sie auf. Da war es. 8. Dezember. Sōichirō Kaji …

7.32 Uhr – Sase traute seinen Augen nicht. Da stand, Kaji sei um 7.32 Uhr nach dem Frühstück aus der Zelle gegangen. Er blinzelte. Das schien keine Fälschung.

Das durfte doch nicht …

In dem Moment breitete sich der kräuselnde Schmerz in seinem ganzen Körper aus.

So war das also. Die hatten schon vorgesorgt und von Anfang an die falsche Zeit eingetragen. Was für eine Niedertracht …

Sase schlug mit beiden Fäusten auf den Tisch.

Euch werd ich's zeigen!

»Suzuki! Gehen Sie zum Landgericht und holen Sie den Durchsuchungsbefehl fürs Hauptquartier der Präfekturpolizei!«

Keine Antwort.

Sase hob den Kopf. Suzuki saß mit gesenktem Blick an seinem Tisch.

»Was ist? Nun gehen Sie schon!«

Suzuki murmelte etwas.

»Was?«

»Ich will nicht …«

Sase verstand erst gar nicht, was das bedeutete.

»Will nicht …?«

Suzuki redete mit immer noch gesenktem Blick weiter.

»Ihr Vorgesetzter ist doch auch dagegen? Die Vorgehensweise ist zu rabiat. Ich glaube nicht, dass der Fall es wert ist, mit der Polizei ab sofort auf Kriegsfuß zu stehen.«

»Was verstehen Sie schon davon!«

»Die Frage ist doch, was Sie verstehen!«, rief Suzuki. Seine Augen funkelten Sase böse an. »Ich will da nicht reingezogen werden. Für Sie ist das kein Problem. Sie sind Elite-Jurist. Sie können Ihrem Stolz oder Ihrer Sturheit nach Belieben nachgeben … Und wenn's dann danebengeht oder unangenehm wird, können Sie problemlos aufhören. Dann gehen Sie einfach zu den Anwälten, die Sie so verachten, stellen sich gut, verdienen einen Haufen Geld – aber für uns ist das anders. Wir haben nur diese eine Arbeit. Unser Job ist nicht so sicher wie Ihrer!«

Sase fehlten die Worte. Es fühlte sich unwirklich an.

»Das ist keine innere Angelegenheit! Mit einem einzigen Telefonat ist die Polizei landesweit informiert. Egal, wo ich später arbeiten werde, man wird mich immer als den Sekretär sehen, der bei der Polizei eine Durchsuchung beantragt hat. Ich habe keine Lust, mein ganzes Leben lang mit einem schlechten Gefühl zu arbeiten. Verstehen Sie das? Wahrscheinlich nicht! Ich hab auch das juristische Staatsexamen versucht zu bestehen. Ich habe zig Mal …«

Sase blickte zur Decke.

»Ich kümmere mich um den Durchsuchungsbefehl. Und tauschen Sie noch heute mit Sekretär Fujihara. Der wird nichts dagegen haben. Nächstes Jahr geht er in Rente.«

Suzukis Blicke verloren ihre Kraft.

»Und ich mache das nicht nur aus Stolz und Sturheit.«

Dann sagte er nichts mehr.

Mein Sohn, Sinnbild der Gerechtigkeit. Er hat eben mein Blut. Das wünsche ich mir zumindest ...

»Ich geh jetzt ins Landgericht.«

Sase hatte sich gerade umgedreht, als es passierte.

Das Telefon auf seinem Schreibtisch klingelte.

Er hatte eine Art Vorahnung. Und der jetzigen Situation nach zu urteilen war nicht davon auszugehen, dass da gute Neuigkeiten hereinflatterten.

Aber am Apparat war Oberstaatsanwalt Iwakuni. Sase bekam neue Energie.

»Herr Oberstaatsanwalt, die Karten werden neu verteilt.«

»Sie fangen ganz bei null an.«

Sases Blick verschwamm.

»Wie ... Wieso?«

Iwakunis Stimme war aufgeregt.

»Die Polizei hat einen aus der Führungsriege der Bezirksstaatsanwaltschaft festgenommen.«

Aus der Führungsriege der Bezirksstaatsanwaltschaft ...! Der Finanzverwalter, der die Gelder unterschlagen hatte?

»Gepäckdiebstahl auf der Radrennbahn. Hatte wohl extreme Schulden. Und die konnte er nicht mal nur mit der Unterschlagung finanzieren. Ich werde jetzt in der Sache den Leiter des Polizeihauptquartiers treffen. Die Durchsuchung liegt auf Eis. Verstanden?«

Sase hielt den Hörer noch eine Weile ans Ohr, obwohl das Telefonat schon vorbei war.

Er war nicht festgenommen worden, weil er die Strafgelder unterschlagen hatte. Aber wenn er lange genug von der Polizei verhört wurde, bestand die Gefahr, dass er auch die Veruntreuung gestand.

Ein Vorfall innerhalb der Lokalen Staatsanwaltschaft wurde von der Präfekturpolizei in die Hand genommen. Das war ein unfassbar beschämendes Vorkommnis.

Ich werde jetzt in der Sache den Leiter des Polizeihauptquartiers treffen.

Ein Tauschhandel …

Das Wort sprang ihm förmlich in den Kopf.

Plötzlich gaben seine Beine nach.

Sase hielt sich am Schreibtisch fest, ließ seinen Kopf hängen.

Es fühlte sich an, als würden all der Stolz und alle Sturheit aus seinem Hirn herauslaufen.

Vor ihm tauchte das Gesicht von Sōichirō Kaji auf.

Seine klaren Augen blickten ihn ruhig an.

Sase hatte den Kopf immer noch gesenkt und war wie erstarrt. Der kräuselnde Schmerz hatte nun auch seine Organe angegriffen.

YŌHEI NAKAO

1

Das Epizentrum lag im Büro des Leiters der Polizeiverwaltung.

Er hatte eigentlich gar nicht lauschen wollen. Der wütende Schlagabtausch hatte plötzlich angefangen, sodass die Stimmen bis ins nebenliegende Empfangszimmer der Polizeiverwaltung gedrungen waren.

Yōhei Nakao tat das, was ein Journalist in einer solchen Situation tut. Ohne groß nachzudenken, nahm er, was ihm zu Ohren kam, in sein inneres Notizbuch auf.

Ein gefälschtes Protokoll?

Die Überraschung setzte erst einige Sekunden später ein.

Der Ernst der Lage zeigte sich in der gefrorenen Luft in der Abteilung. Abteilungsleiter Hisamoto neben ihm sah aus, als wäre ihm das Herz gestohlen worden, und bewegte keinen Muskel. Ein Reporter war da. Kurita, der Assistent des Abteilungsleiters, rannte ins Nebenzimmer, um dort Bescheid zu sagen, und mit der unnatürlichen Haltung, die man einnimmt, während man sich in anderer Leute Angelegenheit mischt, hörte im Büro des Abteilungsleiters jegliche Bewegung auf. Untersuchungsbeamter Sasaoka, der an einem Schreibtisch etwas weiter weg saß, warf Nakao einen forschenden Blick zu. *Hast du was gehört?* Nein, seine Augen strahlten bösartig dumpf. *Vergiss, was du gehört hast!* Das wollte er sagen.

»Ich komme ein andermal wieder.«

Nakao stand auf. Er klappte seinen Aluminiumstuhl zusammen und lehnte ihn an die Wand, hinterließ Hisamoto ein kleines Nicken als Gruß und lief in Richtung Ausgang.

Es war gerade 14 Uhr geworden. Um die Mittagszeit wurden keine Nachrichten in die Redaktion weitergeleitet, deswegen konnte er die freie Zeit nutzen, um mehr über die Pläne für die Umstrukturierung der Polizei herauszufinden. Das war seine Intention gewesen, als er ins Büro des Abteilungsleiters der Polizeiverwaltung gegangen war, und dort hatte er einen unerwarteten Fang gemacht.

Nakao trat auf den Gang hinaus. Die Treppe hinunter, in das Pressezimmer im Erdgeschoss. Er durchquerte mit Unschuldsmiene die Etage, in der sich Journalisten anderer Blätter versammelt hatten, und drückte die Kabinentür der *Tōyō* auf. Dabei hatte er schon mit der Rechten einen Kugelschreiber gegriffen und mit der Linken aus seiner Gesäßtasche einen Notizblock gezogen.

Mit flinker Hand brachte er die Notizen aus seinem Kopf aufs Papier.

Haben Sie persönlich was gegen die Präfekturpolizei?!

Das war die Stimme des Leiters der Polizeiverwaltung, Iyo. Und sein Gegenüber hatte zurückgeschimpft:

Sie sind es doch, der hier Streit sucht. Uns ein gefälschtes Protokoll vorzulegen und zu erwarten, dass wir das schlucken. Bei so was ist Schluss mit lustig!

Wem gehörte diese Stimme?

Ihm fielen ein Gesicht und ein Name ein.

Nakao steckte das Notizbuch wieder in die Tasche und verließ die Kabine. Sein Kopf drehte sich träge im Kreis, während er die Etage durchquerte, den Presseraum verließ und mit einem Mal den Korridor entlangspurtete. Er verließ das Gebäude durch den Hinterausgang, lief durch den kalten Wind hin zum Presse-Parkplatz, wo er in sein Auto stieg. Durch sein rechtes Fenster beobachtete er den Hinterausgang.

Er musste nicht einmal drei Minuten warten.

Eine ernst dreinblickende, hochgewachsene Gestalt im Trenchcoat kam heraus. Der wirkte eindeutig nicht wie ein Polizist. Kurzes, zurückgekämmtes Haar mit Seitenscheitel. Das gebräunte, markant geschnittene Gesicht war exakt das, das Nakao erwartet hatte. Der drittwichtigste Staatsanwalt der Präfektur W, Morio Sase.

Wieder musste Nakao über sein Glück und den Zufall nachdenken.

Das war keine banale Angelegenheit. Ein integrer Staatsanwalt aus der Sonderuntersuchungskommission der Tokioter Staatsanwaltschaft hatte Iyo gedroht, dem Leiter der Polizeiverwaltung und Nummer zwei in der Präfekturpolizei von W.

Der Grund, aus dem die beiden aneinandergeraten waren, war eindeutig der Mord eines Polizeihauptmeisters im Dienst an seiner Ehefrau, der gerade die Präfekturpolizei erschütterte. Einerseits stand Iyo im Mittelpunkt der Medienkommunikation für den Fall, andererseits war Sase der Staatsanwalt, der den Fall übernommen hatte.

Ein gefälschtes Protokoll. Es ließ sich leicht denken, worauf sich das beziehen müsste.

Sōichirō Kaji, Vizeleiter der polizeilichen Ausbildungsabteilung, hatte seine an Alzheimer erkrankte Frau am 4. Dezember umgebracht. Am Morgen des 7. hatte er sich selbst angezeigt, was er am 5. und 6. getan hatte, war unbekannt. Zwei fragliche Tage – was hatte Kaji gedacht, wie hatte er sie verbracht? Das hatte Zeitungen und Fernsehen in Aufregung versetzt.

Die Präfekturpolizei wich aus. Kagami, der Leiter der Zentralstation, wiederholte auf jeder Pressekonferenz, dass das »zurzeit untersucht« werde. Seiner Verlegenheit entnahm Nakao, dass Kaji die Aussage darüber verweigerte, was er am 5. und 6. getan hatte. Und bei alldem war der lokal viel gelesenen Zeitung *Kenmin Times* gestern Morgen ein Exklusivbericht gelungen. »Am Morgen des 6. wurde Kaji auf dem Shinkansen-Bahnsteig des Bahnhofs K gesichtet.« Wenn der Bericht stimmte, hatte Kaji den Leichnam seiner Frau zu Hause liegen gelassen und war Richtung Tokio gefahren. Aber wohin nur? Und zu welchem Zweck?

Seit die Morgenausgabe der *Times* die anderen Medien hatte alt aussehen lassen, waren gerade erst drei Stunden vergangen, als die Präfekturpolizei eine außerordentliche Pressekonferenz einberufen hatte. Kagami verkündete zunächst, dass Kaji an die Staatsanwaltschaft übergeben worden sei und dass Kaji nach eigener Aussage in den zwei fraglichen Tagen »ziellos in der Präfektur umhergewandert sei, um einen Ort zum Sterben zu suchen«. Und dass es stimmte, dass er am Morgen des 6. am Bahnhof K gewesen sei. Dabei habe er gedacht, dass er irgendwo weit weg sterben wolle. Aber dann habe er bemerkt, dass er es nicht übers Herz brachte, seine Frau zurückzulassen, und sei letztlich, ohne in einen Shinkansen zu steigen, ziellos durch die Straßen gestreift und habe, als er wieder zu sich kam, vor der eigenen Haustür gestanden. Während Kagami diese Erklärung verlas, glitt ihm mehrfach ein erleichtertes Lächeln über die Lippen.

Die Journalisten waren zwar skeptisch gewesen, hatten aber

den Inhalt der Pressekonferenz in den Abendausgaben wiedergegeben. Umhergestreift, um einen Ort zum Sterben zu suchen. Kajis Aussage klang recht hohl und durchschaubar, aber auf der anderen Seite fühlte es sich auch überzeugend an, als das so voller Selbstvertrauen vorgetragen wurde. Jeder Reporter hier kannte Sōichirō Kaji, hatte mit ihm gesprochen. Er war ruhig und bedacht, ein Mann, der eher an einen Gelehrten als an einen Polizisten erinnerte. Diese Einschätzung wurde von allen Journalisten geteilt. Die Vorstellung, dass dieser Mann seine tote Frau zurückließ und nach Tokio fuhr, war deswegen von Anfang an nicht einleuchtend gewesen.

Das war nicht nur Augenwischerei. Es gab noch einen weiteren Grund, warum die Reporter die Ansage der Polizei so bereitwillig schluckten. Der *Times*-Artikel hatte sie schockiert. Die Journalisten der anderen Zeitungen und Sender waren in Panik geraten und hatten sich von ihren Vorgesetzten beschimpfen lassen müssen. Und die Aussage der Präfekturpolizei nun wischte im Endeffekt den *Times*-Artikel vom Tisch.

Es machte ihn zum Blindgänger. Zwar hatten sie bestätigt, dass Kaji zum Bahnhof K gegangen war, hatten aber den Kern des Artikels, nämlich dass Kaji in Richtung Tokio gefahren sei, zunichtegemacht. Der Reporter der *Times* hatte den Artikel wohl in einer Laune des Übermuts geschrieben – auch Nakao hatte das gedacht. Als diese Theorie der *Times* zerschlagen wurde, war ihm ein Stein vom Herzen gefallen. Aber …

Uns ein gefälschtes Protokoll vorzulegen und zu erwarten, dass wir das schlucken.

Mit neunzigprozentiger Wahrscheinlichkeit, nein, garantiert ging es um die zwei fraglichen Tage. Sase hatte statuiert, dass die Polizei die Aussage von Kaji gefälscht habe. Selbst wenn die Staatsanwaltschaft als Ermittlungsbehörde den höheren Rang hatte, konnte man nicht einfach ins Hauptquartier stürmen und den Elite-Boss dort anbrüllen. Sase musste sich sicher sein. Es war davon auszugehen, dass er einen Beweis dafür besaß, dass das Protokoll gefälscht worden war.

Dann hieß das wohl, dass Kaji doch in Richtung Tokio gefahren war? Und die Polizei hatte herausgefunden, warum er dorthin gegangen war. Und da sein Grund einer war, der in der Öffentlichkeit Empörung auslösen würde, fälschten sie das Protokoll seiner Zeugenaussage und schickten es so zur Staatsanwaltschaft. Das musste es bedeuten.

In Nakaos Kopf, der die ganze Zeit gedankenverloren gerattert hatte, tauchte plötzlich das Gesicht von Sōichirō Kaji auf. Das freundliche, immer lächelnde Gesicht, das er zahllose Male am Schreibtisch in der Ausbildungsabteilung gesehen hatte.

In seiner Brust zog sich etwas zusammen.

Es würde alles noch einmal aufgewärmt werden. Die polizeiliche Verlautbarung war, dass Kaji nicht in Richtung Tokio gefahren war, aber wenn ihm hier ein Stoff in die Hand geraten war, der den *Times*-Artikel noch übertraf, sah die Geschichte schon anders aus.

Kajis Fahrt nach Tokio würde wieder auftauchen, diesmal in der *Tōyō* mit einer Tagesauflage von acht Millionen. Die Ausrede, dass er nach Tokio gefahren sei, um einen Ort zum Sterben zu suchen, würde nicht ziehen. Dieses Mal würde Kaji als ein herzloser Polizist, der seine tote Frau zurückgelassen hatte, ins Gedächtnis der Nation gebrannt.

Wenn es stimmte, ließ sich das nicht ändern. Aber warum bloß war er nach Tokio …

Seine Gedanken hatten sich immer weiter fortgesponnen und die Aufregung in seiner Brust verschluckt.

Konfrontation zwischen Präfekturpolizei und Lokaler Staatsanwaltschaft …

Nakao hatte damit einen weit brisanteren Stoff in die Hand bekommen als Kajis Reise nach Tokio.

Die Präfekturpolizei hatte zum Schutz ihrer Organisation ein falsches Protokoll angefertigt, und ein Staatsanwalt hatte das durchschaut und die Polizei geradewegs herausgefordert. Keine alltägliche Geschichte. Zwei Ermittlungsbehörden ließen hinter verschlossenen Türen die Funken fliegen – diese geheime Fehde aufzudecken war ein sensationeller Exklusivbericht, der die Reporter der anderen Blätter zum Schweigen bringen würde.

Die Eckpunkte seiner Story hatte er schon.

Nakao nahm sein Handy aus der Brusttasche.

Er drückte die Kurzwahltaste zur Zweigstelle, aber als es zu läuten begann, legte er verwirrt wieder auf. Ihm war eingefallen, dass der Bürovorstand, Herr Katagiri, auf Geschäftsreise war und erst abends zurückkommen würde.

Jetzt war daher nur seine Nummer zwei, Herr Shitara, im Büro, der immer zu allem eine Meinung hatte. Der war schon krankhaft neurotisch, und seine Anweisungen waren berüchtigt dafür, wie kleinteilig sie waren, weswegen sich alle über ihn lustig machten.

Nakaos Laune hatte sich verfinstert.

Vor einem Monat, natürlich an einem der Tage, an denen Katagiri auf Geschäftsreise war, hatte er auf dem Flur zufällig harte Worte von Shitara gehört, die jetzt noch in einem Winkel seines Herzens feststeckten.

Söldner können machen, was sie wollen, sie bleiben doch Söldner!

Auch damals hatte er nicht absichtlich gelauscht. Er hatte die Stimme zufällig gehört, als er gerade in die Zweigstelle kam. Zuerst dachte er, seinen eigenen Namen gehört zu haben, weil Yōhei genauso klang wie das japanische Wort für Söldner. Aber das war nicht gemeint. Es war Jargon für die Mitarbeiter, die als Quereinsteiger gerade eingestellt worden waren, wie er später von der Schreibkraft der Zweigstelle, Emi Kuribayashi, erfuhr.

Nakao stieg aus seinem Wagen aus und ging ins Hauptquartier der Präfekturpolizei.

Die Kabine der *Tōyō* im Pressezimmer war unerträglich eng. Riesige Mengen an Aktenordnern und ein Berg von Material hatten sich dort angesammelt. Yamabe und Kojima saßen am PC und dokumentierten kleinere Vergehen und Unfälle. Sie waren beide dieses Frühjahr frisch rekrutierte Reporter. Also, mit den Worten von Shitara gesprochen, »reguläre Soldaten«, die den Eingangstest der Firma bestanden hatten.

Yamabe hob sein bebrilltes Gesicht.

»Hallo, Chef, vorhin hat Herr Iyo, der Leiter der Polizeiverwaltung, hier angerufen.«

»Na so was, weswegen denn?«

»Hat er nicht gesagt, aber er würde Sie gern sprechen.«

»Verstehe.«

Das ging ja fix.

Es war klar, was Iyo wollte. Er wollte wissen, ob Nakao gehört hatte, worüber sie da gestritten hatten. Das kam ja wie gerufen. Bei der Gelegenheit würde er mehr über die Situation herausfinden.

Bei dem Gedanken klingelte das Telefon direkt vor ihm.

Er hatte die schmeichlerische Stimme von Iyo erwartet, aber was er hörte, war eine ihm wohlbekannte, schrille Stimme. Shitara, die Nummer zwei.

»He, wie steht's? Gab's heute irgendwelche Neuigkeiten?«

Nakao wartete einige Augenblicke, um sich zu sammeln, und antwortete dann: »Nein, momentan nichts Besonderes.«

2

Das Treppenhaus der Zentralstation der Präfekturpolizei von W war eigenartig dunkel und roch dazu nach Schimmel.

Nakao ging hoch, vorbei am Erdgeschoss, direkt in den vierten Stock. Bevor er Iyo traf, wollte er versuchen, Iwamura, den Leiter der Kriminalabteilung, abzufangen.

Wenn man zum Büro des Leiters gehen wollte, musste man durch den Hauptraum des ersten Dezernats. Insofern etwas schwer zu erreichen. Vor zwei Wochen erst war der vom Dezernat untersuchte Mädchen-Serienvergewaltiger identifiziert worden, und seither hielt die angespannte Stimmung an.

Im Hauptraum hatten Abteilungsleiter Okonogi und sein Vize Higashiyama eine saure Miene aufgesetzt. Sie fragten sich wohl, wie er es wagen konnte, aufzutauchen. Die Blicke, die sie Nakao zuwarfen, waren stechend scharf.

»Ist der Abteilungsleiter da?«

»Keine Ahnung.«

Okonogi hatte es gesagt, wie um ihn abzuweisen, aber Nakao machte sich nichts daraus und klopfte an die Tür des Abteilungsleiters. Gleichzeitig mit dem empörten »He!« von Higashiyama kam aus dem Zimmer ein »Herein!«.

Ein genervtes Schnalzen hallte hinter ihm, als er das Büro betrat.

Iwamura saß an seinem Schreibtisch, die Augen auf vor ihm liegende Dokumente gerichtet. Als er merkte, dass es Nakao war, der da in sein Büro gekommen war, blitzte einen Moment lang ein misstrauischer Gesichtsausdruck auf, aber sofort hatte er seine Miene wieder unter Kontrolle, stand auf und deutete auf das Sofa.

»Was kann ich heute für Sie tun?«

Die Worte klangen milde.

»Wie steht es denn im Moment mit dem pädophilen Serientäter?«

Das, was am schwersten zu sagen war, wollte er gleich am Anfang loswerden.

»Ich bekomme Ärger mit meinen Untergebenen, wenn ich Ihnen das erzähle.«

Iwamuras Ton war leise, als er die Frage zurückwies.

Er hatte fast doppelt so viele Jahre angesammelt wie Nakao, der kürzlich 32 geworden war; ein Mann, der schon länger an Tatorten herumstöberte, als Nakao überhaupt auf der Welt war. Er drückte seine Gefühle zwar nicht offen aus, aber schließlich sah man doch, wie wütend er darüber war, dass Nakao über Dinge geschrieben hatte, die noch intern untersucht wurden.

Der Artikel war auch ein Produkt des Zufalls gewesen.

Er hatte schon lange gehört, dass es bei einer außerhalb der Stadt gelegenen Polizeistation eine Koryphäe von Polizist geben sollte. In dieser Zeit, in der alles über Computer lief, erstellte er mit einem Matrizendrucker zweimal im Monat *Mitteilungen der Polizei*, die er an die Bewohner der Gegend verteilen ließ. Das war genau das Richtige, um am Sonntag eine Leerstelle in der Zeitung zu füllen. Gut gelaunt war Nakao auf dem Rückweg von einer anderen Recherche bei der Polizeistation vorbeigegangen. Der Polizist freute sich außerordentlich, dass ein Reporter ihn besuchen kam, und holte die frisch gedruckten *Mitteilungen der Polizei* hervor.

Und in dieser neuesten Ausgabe stand es dann. »Vorsicht vor sexueller Belästigung«, »Behauptet, ein Freund des Hauses zu sein, und dringt in die Wohnung ein«.

Ältere, der Rente sich nähernde Polizisten haben häufig wenig Sinn für Dinge wie die Schweigepflicht. Er erzählte Nakao, dass bereits zwei Mädchen im Grundschulalter von einem Mann angegriffen worden waren. Beide waren von der Schule nach Hause gekommen, und der Täter hatte herausgefunden, dass sie allein sein würden, und hatte dort auf sie gewartet. Zwar war abgeschlossen gewesen, doch der Täter hatte die Schlösser mit einem Dietrich aufgebrochen. Natürlich hatten die zwei Mädchen, wie zu erwarten war, nichts Konkretes darüber gesagt, was der Mann mit ihnen angestellt hatte, aber auch ohne Worte war es dem Polizisten durch ihre ernsten Gesichter klar. Das war kein normaler Perversling. Er hatte die beiden Mädchen tatsächlich vergewaltigt.

Nakao hörte sich in der Nachbarschaft um. Es gab noch mehr Kōban und Polizeistationen. Dort erfuhr er, dass im Osten der Stadt bereits Mädchen zu Opfern geworden waren. Man ging davon aus, dass es ein und derselbe Täter war. Er war jedes Mal eingedrungen, indem er das Schloss aufgebrochen hatte, hatte den Mädchen Spielzeug-Handschellen angelegt und sie vergewaltigt. Noch ein paar Tage später war Nakao an die Information gelangt, dass das Dezernat I heimlich mit der Fahndung begonnen hatte. Da die Frequenz hoch und die Methode brutal war, hatten Experten, die eigentlich auf Mord und Raub spezialisiert waren, angefangen, sich mit dem Fall zu beschäftigen.

Abteilungsleiter Okonogi hatte er informiert, er »werde es bringen«. Der hatte Funken gesprüht. Dass er es auf keinen Fall bringen dürfe. Dass der Täter noch nicht gefasst sei. Dass er, wenn Nakao darüber schriebe, fliehen könnte. Dass die Wahrscheinlichkeit, dass er Selbstmord beging, hoch sei. Und ob Nakao dann die Verantwortung tragen wolle.

Abteilungsleiter Iwamura hatte ihn gebeten, mit dem Artikel ein wenig zu warten. Ihm einen Exklusivbericht versprochen, wenn er warten würde, bis der Täter gefunden und festgenommen worden sei.

Das hatte Iwamura jedenfalls angedeutet. Nakao hatte gezögert. Natürlich war die Verhaftung eines Straftäters ein größeres Thema für einen Artikel. Aber er hatte keine Garantie dafür, dass Iwamura das Versprechen, das er ihm im Geheimen gegeben hatte, auch halten würde. Nein, es war nicht einmal klar, ob es überhaupt ein richtiges Versprechen gewesen war. Nakao entschied sich, zu schreiben. Es war sogar seine Pflicht. Wenn es so weiterging, gab es vielleicht bald das neunte oder gar zehnte Opfer.

Mädchen-Serienvergewaltiger. Dieser Exklusivbericht hatte die Präfekturgrenzen überschritten und war in der nationalen Ausgabe der Aufmacher auf der Titelseite geworden. Nakao wurde mit Geld und den neidischen Blicken der Kollegen anderer Blätter beschenkt. Aber …

Die Reaktion auf den rücksichtslos geschriebenen Artikel im ersten Dezernat war heftiger als erwartet ausgefallen.

Auch jetzt war die Beziehung noch nicht wiederhergestellt. Egal, welchen Beamten er in der Dienstwohnung aufgesucht hatte – er war gleich an der Tür abgewiesen worden. Nur Iwamura und der Leiter der Abteilung Gewaltverbrechen, Shiki, hatten auf die nächtlichen Besuche reagiert. Aber auf die Bitte hin, ob sie ihm nicht Auskunft über das Verbrechen geben könnten, hatten sie trotzdem keine einzige seiner Fragen beantwortet. Deswegen hatte Nakao keine Informationen mehr über den Fortschritt bei der Suche nach dem Gewaltverbrecher bekommen. Als Einziger im Presseclub, der wirklich viele Reporter umfasste, wurde er, seitdem er den Vorfall aufgedeckt und den Ermittlungsverlauf in einem Exklusivbericht veröffentlicht hatte, ausgeschlossen und hatte jegliche Einsicht verloren. Die Freude über den Sensationsfund wurde in einem Wimpernschlag Vergangenheit, und er war mehr und mehr verunsichert. Die Suche musste sicherlich schon weitergegangen sein. Die Kollegen von anderen Blättern waren am Thema dran.

Sie sammelten eifrig Material, und Nakaos Ärger darüber, ausgeschlossen zu sein, war ihr Antrieb. Wenn das so weiterging, würden sie Ergebnisse bringen und er nicht. Diese Angst und diese Nervosität waren es, die Nakao die letzten zwei Wochen lang in Atem gehalten hatten. Aber nun hatte er einen noch viel größeren Sensationsbericht in petto, der diese Unsicherheiten überdeckte. Die anderen konnten ja über den Vergewaltiger berichten, aber ihm würde bald ein weit stärkerer Vergeltungsschlag gelingen.

Nakao atmete ein.

»Der Herr Staatsanwalt schien ja verärgert zu sein.«

Iwamuras Lider zuckten.

»Was meinen Sie?«

»Den Fall von Polizeihauptmeister Kaji. Diese Sache, dass er einen Ort zum Sterben gesucht habe, die hat der Staatsanwalt doch nicht geglaubt, richtig?«

Iwamuras Lider zuckten wieder.

»Das hör ich zum ersten Mal.«

»Aber ...«

»Hören Sie mal, Nakao«, übertönte Iwamura ihn. »Kümmern Sie sich nicht mehr um Kaji.«

»Das werde ich aber. Der Polizeihauptmeister ist nach Tokio gefahren, richtig?«

Iwamura schwieg.

»Was wollte er da?«

Nakao beugte sich aufgeregt nach vorn.

»Die Polizei hat herausgefunden, was sein Ziel war. Allerdings war das keines, das man der Öffentlichkeit zumuten könnte. Deswegen hat sie der Staatsanwaltschaft ein gefälschtes Geständnisprotokoll geschickt. Oder nicht?«

»Keine Ahnung.«

Mit diesen Worten blickte Iwamura kurz zu Nakao herüber.

»Aber andersherum gefragt, was wäre denn ein Ziel, das man der Öffentlichkeit nicht zumuten könnte?«

Darüber hatte er nicht nachgedacht. Nein, nachdem ihm diese zwei fraglichen Tage aufgefallen waren, hatte er zig Mal darüber nachgedacht, aber ihm war nichts Konkretes in den Sinn gekommen.

»Das weiß ich nicht. Aber die Polizei vertuscht es, also muss es etwas Unmoralisches sein. Nehme ich an.«

»Wir vertuschen gar nichts.«

»Aber warum war der Staatsanwalt dann so wütend?«

Kurz herrschte Stille.

»Glauben Sie denn, dass Sōichirō Kaji eine Tat begangen hat, die man der Öffentlichkeit nicht zumuten könnte?«

Er musste kurz an ein sanftes Lächeln denken.

»Das … weiß ich auch nicht.«

»Ganz sicher nicht! Er hat, nachdem er seine Frau getötet hatte, an nichts als den Tod denken können. Und das hat sich bis heute auch nicht geändert.«

»Aber Polizeihauptmeister Kaji hat sich doch …«

Selbst angezeigt und nicht selbst umgebracht. Nakao schluckte die Worte hinunter, die er nicht aussprechen konnte.

Iwamura guckte anders als sonst. In seinen Augen spiegelten sich Wut und eine tiefe Traurigkeit.

Nakao hatte den mentalen Kampf verloren und war perplex. Iwamura sagte das alles nicht nur, um seine Organisation zu schützen. Er wusste, warum Kaji nach Tokio gefahren war. Und auch, dass es nicht um etwas Unmoralisches ging.

Nein … Da ergab die Erzählung keinen Sinn. Wenn es nichts Unmoralisches war, gab es doch auch keinen Grund, die Staatsanwaltschaft zu belügen.

»Herr Iwamura …«

Er wollte gerade sagen, was noch ungeordnet in seinem Kopf herumschwirrte, als das Diensttelefon schrillte. Iwamura entschuldigte sich leise und stand auf.

Gerade der richtige Augenblick, um seine Gedanken zu ordnen. Also warum? Wenn sie wussten, dass es nichts Unmoralisches war, warum sollten sie dann der Staatsanwaltschaft eine gefälschte Aussage geben?

Nakao hatte einen Geistesblitz.

Er erinnerte sich an etwas. Kaji hatte über die zwei fraglichen Tage geschwiegen. Das hatte Nakao so herausgelesen. Wenn dann sein Grund, nach Tokio zu fahren, nichts Unmoralisches war, das man der Öffentlichkeit verschweigen musste, dann war es etwas, das Kaji selbst geheim halten wollte.

Das musste es sein. Aber sollten nicht nur Iwamura, sondern tatsächlich alle inklusive Iyo, dem Leiter der Polizeiverwaltung, um ein persönliches Geheimnis zu schützen, Ärger mit der Staatsanwaltschaft in Kauf nehmen?

Kaum vorstellbar.

Als er gerade zu diesem Schluss gekommen war, hörte er die tiefe Stimme von Iwamura.

»Und? Was ist das Ergebnis der Untersuchung?«

Nakao betrachtete verstohlen Iwamura vor seinem Schreibtisch. Seine Stirn war in tiefe Falten gelegt. Im Pressezimmer ging das Gerücht um, dass Iwamuras Enkelin, die gerade erst die Grundschule abgeschlossen hatte, wegen irgendeiner schweren Krankheit ins Uni-Krankenhaus W eingeliefert worden war.

Nakao stand unangenehm berührt auf und wollte nach einem stummen Gruß an Iwamura gerade gehen.

Der hielt ihn auf: »Nakao.«

Er drehte sich um. Iwamura warf ihm, die Hand über die Sprechmuschel gelegt, einen vielsagenden Blick zu.

»Ich kann es Ihnen nicht verbieten. Aber vergessen Sie nicht, dass an Ihrem Stift auch Menschenleben hängen.«

Nakao verließ wortlos das Zimmer.

Bringen Sie Sōichirō Kaji nicht um.

So hörten sich Iwamuras Worte an.

3

In der Polizeiverwaltung im ersten Stock reihte sich, von Abteilungsleiter Hisamoto angefangen, ein künstlich lächelndes Gesicht an das andere, sodass es etwas unheimlich aussah. Sogar Untersuchungsbeamter Sasaoka, der ihm vorhin noch einen stechenden Blick zugeworfen hatte, lächelte nun, als hätte er sich eine Maske aufgesetzt.

Nakao wurde schnurstracks zum Büro des Leiters geführt.

»Hallo! Tut mir leid, dass wir Sie haben rufen lassen. Setzen Sie sich doch! Ich lasse Ihnen eine gute Tasse Kaffee bringen.«

Iyos warmes Willkommen ähnelte dem leidenschaftlichen Spiel eines Schmierenkomödianten.

Nakao grüßte wortlos und setzte sich aufs Sofa. Erst mal wollte er sich das anhören.

»Mein lieber Nakao. Ich habe gehört, Sie waren vorhin beim Abteilungsleiter, um etwas über die Umstrukturierung zu erfahren?«

»Ja, richtig.«

»Nächstes Frühjahr gibt's eine besondere Attraktion. Wir wollen eine weibliche Einsatzgruppe schaffen. Natürlich nicht dauerhaft, sondern vereinzelt stationiert in den Quartieren in der Nähe des Hauptquartiers, die sich dann bei Bedarf zu besonderen Anlässen formieren. Zum Beispiel wenn die Kaiserfamilie kommt. Auch wegen der Gleichberechtigung; weibliche Polizisten sind ja vorn mit dabei!«

Iyo redete sich den Mund fusselig. Gleichzeitig suchten seine Augen aufmerksam Nakaos Gesicht ab.

»Und dann wird auch die Kriminalabteilung ein wenig verändert. Die Abteilung für Allgemeines wird zuallererst unabhängig gemacht.«

Es klang nicht, als hätte er etwas zu verbergen, aber dann wiederum war es die Spezialität von Polizisten, auch Dinge als Geheimnisse zu verkaufen, die gar keine waren. Das neue Jahr war noch gar nicht gekommen, und der erzählte schon einem Reporter von der Umstrukturierung, die nächstes Frühjahr geplant war. Kurzum, die Strategie bestand darin, Nakao mit einer kleinen Story zu ködern.

Nakao nahm wie automatisch Notizen auf und wartete darauf, dass Iwamura hier im Büro anrief. Der Fall von Sōichirō Kaji führte, weil ein Polizist im Dienst das Verbrechen begangen hatte, dazu, dass die Kriminalpolizei und die Polizeiverwaltung in engem Austausch standen. Die Kriminalabteilung wurde erschüttert, und natürlich ging er davon aus, dass Iwamura jetzt die »Infos in Sachen Nakao« hierher weiterreichen würde.

Er hörte sich Iyo bis zum Ende an, aber das Diensttelefon blieb stumm. Vielleicht war Iwamura ja noch immer mit seinen Verwandten im Gespräch. Möglicherweise war der Zustand des Enkelkindes ja ernst. Oder, nein, vielleicht wollte Iwamura ja auch Iyo gar nicht kontaktieren. Die Beziehung zwischen Kriminalabteilung und Verwaltung war gespannt. Diese Atmosphäre hatte auch Nakao irgendwie mitbekommen.

Er fragte sich, welches Verhalten Iyo zeigen würde, wenn er den Anruf von Iwamura entgegennähme. Diese Reaktion zu sehen war eines von Nakaos Zielen gewesen, aber das schien sich nicht verwirklichen zu lassen.

»Herr Iyo.«

Nakao schloss sein Notizbuch.

»Der Herr Staatsanwalt war ja ganz schön aufgeregt, was?«

Man konnte zusehen, wie das fleischige Gesicht errötete.

»Das ... liegt daran, dass wir uns so gut verstehen. Viele private Geschichten.«

Die Ausrede war so unglaubwürdig, dass er sie wohl nicht vorbereitet hatte.

»Die Polizei hat der Staatsanwaltschaft ein gefälschtes Protokoll vorgelegt. Deswegen war Herr Sase so wütend, nicht wahr?«

»So etwas wagen Sie nicht zu sagen!«

Iyo kochte plötzlich vor Wut, beugte seinen massiven Körper nach vorn und starrte Nakao böse an.

»Ich hab das sogar schon gesagt. Ganz offensichtlich.«

»Du willst doch nicht etwa Gespräche, die du heimlich belauscht hast, veröffentlichen?!«

Auch Nakaos Blut rauschte nun schneller.

»Sie haben keinerlei Recht, mich zu duzen. Und was heißt hier ›heimlich belauscht‹? Sie waren nicht zu überhören!«

»Egal, jedenfalls ist das ungenau und nur ein vages Gerücht!«

»Das ist kein Gerücht. Ich habe es mit eigenen Ohren gehört. Ich habe mir sogar Notizen gemacht.«

Iyo warf einen angeekelten Blick auf das Notizbuch vor Nakao.

»Egal! Auf jeden Fall wird es Ihr Ende sein, wenn Sie einen Artikel über etwas bringen, das Sie belauscht haben!«

Eine eigenartige Ausdrucksweise.

»Was meinen Sie denn mit ›mein Ende‹?«

Iyo blickte bei den nächsten Worten zum Fenster.

»Akutsu von der *Tōyō* hat mit mir zusammen an der Universität T studiert.«

Nakao stand auf und stieß sich dabei vom Fußboden ab.

Sein Innerstes kochte, als er die Stufen hinabging. Akutsu. Genau konnte er sich nicht erinnern, aber er hatte diesen Namen irgendwo oben auf der Liste der Führungspositionen gesehen.

Verdammter Idiot! Lass dich von so was nicht einschüchtern!

In seiner Brust hallte dieser wütende Ausbruch wider, als sein Handy in der Brusttasche klingelte. Eine energische, ernste Stimme erklang.

»Na, wieder irgendwen verärgert?«

Am Apparat war Miyauchi vom Hauptstadtbüro.

»Entschuldigung. Da gab's jemanden, der ganz schön genervt hat.«

»Haha, ja, die gibt's überall.«

Miyauchi war zwar drei oder vier Jahre älter als Nakao, aber beide waren vor vier Jahren als Quereinsteiger von der *Tōyō* rekrutiert worden. Sozusagen in der gleichen Generation bei dieser Zeitung, und beide hatten auch die Gemeinsamkeit, ursprünglich in Lokalzeitungen in Zentraljapan angestellt gewesen zu sein. Gelegentlich unterhielten sie sich am Telefon über ihre Situation.

Allerdings hatte Miyauchi ihn zum ersten Mal von selbst angerufen.

»Und? Was gibt's?«

Während er das sagte, drehte sich Nakao um. Er stand schon

vor dem Pressezimmer, aber ein vages Unbehagen brachte ihn dazu, sich wieder von dort zu entfernen.

Miyauchis Stimme wurde plötzlich leiser.

»Du hast doch den Ehemord von diesem Polizisten behandelt?«

Nakao streckte seinen Rücken durch.

»Ja, natürlich.«

»In der Abendausgabe stand was über diese zwei fraglichen Tage. Vielleicht war der in Shinjuku.«

»Wie? Warte mal kurz!«

Nakao war über den Hinterausgang zu seinem Auto gegangen. Sein Herz schlug auf Hochfrequenz. Er hatte für ein auf Wirtschaft spezialisiertes Lokalblatt gearbeitet, Miyauchi jedoch war ein erfahrenerer Journalist von einer Tageszeitung, die mit den Großen in Konkurrenz gegangen war. Auch jetzt bei der *Tōyō*, wo er zu den jungen Reportern gezählt wurde, war er für die Metropolpolizei zuständig. Und wenn dieser hart arbeitende Polizeireporter ihm Informationen über den Fall Kaji weiterleitete ...

»Jetzt bin ich so weit. Erzähl mir alles.«

Im Auto angekommen, brachte Nakao seine Atmung wieder unter Kontrolle.

»Also ... wie heißt noch mal bei der Präfekturpolizei der, der im Hauptquartier die Einsätze steuert?«

»Einfach ›Leiter‹, Leiter der Kripo.«

Kazumasa Shikis eckiges Gesicht tauchte in seiner Erinnerung auf.

»Also dann der. Also euer Kripoleiter und der stellvertretende Abteilungsleiter von Shinjuku haben zur selben Zeit an der Polizeihochschule studiert ...«

Nakao ließ seinen Stift über den Notizblock fliegen.

Shiki und ein Typ namens Morozumi von der ersten Division des Polizeireviers Shinjuku wurden, als ihre Beförderung zum Polizeihauptmeister anstand, an der Polizeihochschule von Nakano gemeinsam ernannt und waren seither befreundet. Dieser Morozumi erhielt vor einigen Tagen eine Anfrage von Shiki im Fall Sōichirō Kaji. Am zweiten der zwei fraglichen Tage, mit anderen Worten am 6. Dezember, war Kaji höchstwahrscheinlich im Kabuki-Viertel von Shinjuku unterwegs.

Shiki hatte Morozumi gebeten, vorsichtig mit der Information umzugehen.

Die Hand, die Notizen schrieb, zitterte.

Kaji war zum Kabuki-Viertel in Shinjuku gefahren.

Dann war es das. Deswegen wollte die Präfekturpolizei verbergen, dass Kaji in Tokio gewesen war.

Das Kabuki-Viertel … Wenn jemand aus der Gegend diesen Ortsnamen hörte, kam ihm zuallererst das Sexbusiness in den Sinn. Für einen Ort, an den ein Polizist im Dienst gegangen war, nachdem er seine Frau mit eigenen Händen getötet und den Leichnam zurückgelassen hatte, hatte das Kabuki-Viertel einen viel zu schlechten Ruf.

Vorsichtig mit der Information umgehen. Das hatte Shiki also gesagt. Das hieß, er wusste nicht, mit welchem Ziel Kaji ins Kabuki-Viertel gegangen ist. Die Präfekturpolizei hatte die falsche Aussage, er sei »in der Präfektur umhergelaufen, um einen Platz zum Sterben zu finden« deswegen an die Staatsanwaltschaft geschickt, weil sie den Ruf des Kabuki-Viertels fürchtete.

»Allerdings hat Morozumi das abgestritten, als ich ihn getroffen habe. Hat behauptet, er wäre nie kontaktiert worden.«

»Was ...?«

»Ich habe das aus einem Kōban in Shinjuku.«

»Aus einem Kōban ... das hieße, dass dieser Morozumi die Polizisten dort beauftragt hat?«

»Ganz genau. Na ja, ich werde Morozumi noch einmal auf den Zahn fühlen.«

Bevor er auflegen konnte, hielt Nakao ihn zurück.

»Miyauchi, wem ... hast du das schon gesagt?«

Er bereute sofort, dass er das gefragt hatte. Immerhin hatte sich Miyauchi weder an die lokale Redaktion noch an das Pressezimmer gewandt, sondern ihn direkt auf seinem Handy angerufen.

»Haha, keine Sorge. Niemandem. Also sieh zu, dass du was draus machst.«

Nakao bedankte sich mehrfach und legte auf.

Geschafft.

Eigentlich wollte er das nur denken, aber er hörte es sich sagen.

Nakao stieg aus dem Auto, getrieben von dem Impuls, in das Büro der Polizeiverwaltung zurückzugehen und Iyo seine Notizen zum Kabuki-Viertel unter die Nase zu reiben.

4

Als er zurück ins Pressezimmer kam, lag auf dem Sofa, das zur allgemeinen Benutzung gedacht war, Tatara von der *Kenmin Times*. Er hatte die vierzig schon überschritten und war auch für eine Lokalzeitung spät zu einem Senior-Journalisten aufgestiegen.

»Hey, Nakao, gibt's was?«

Für einen Moment verkrampfte sich Nakaos Körper, aber Tatara fuhr mit schläfriger Stimme fort.

»Keiner war da, als ich herkam, ich dachte schon, es gab 'nen Mord oder so was.«

»Heute scheint es in der ganzen Präfektur ruhig zuzugehen.«

»Ach so. Na, dann glaub ich dir das mal und schlaf 'ne Runde.«

Auch Tatara war am Boden. Genau wie Nakao für den Exklusivbericht über die Suche von Dezernat I nach dem Vergewaltiger gehasst wurde, war auch Tatara, der in seinem Artikel angedeutet hatte, dass Kaji nach Tokio gefahren war, von der Präfekturpolizei im Fall Kaji aus dem Presseclub ausgeschlossen worden, und nun hatte er höllische Angst, dass die anderen Zeitungen es ihm heimzahlen würden. Was die Sache für Tatara noch unangenehmer machte, war, dass er nicht nur den Makel hatte, gegen die Präfekturpolizei vorgegangen zu sein, sondern dass auch sein Exklusivbericht selbst von der Polizei für null und nichtig erklärt worden war und das Ganze in der Schwebe hing. Man konnte schon sagen, er war vom Regen in die Traufe gekommen.

Deswegen verstand Nakao, warum er von Tatara so vertraut angesprochen wurde. Beide litten sie an den Nachwirkungen eines guten Artikels. Das sollte das aussagen. Journalist zu sein bedeutete das Dilemma, sich jeden Tag anfeinden zu lassen, aber die Leute, mit denen man da aneinandergeriet, waren auch die Einzigen, die einen wirklich verstanden. Das hieß auch, wenn man sich gegenseitig die Wunden leckte, wenn man ausgeschlossen wurde. War man durch einen Exklusivbericht in eine solche Notlage geraten, half schon diese kleine Aufmunterung, sich als Gleicher unter Gleichen zu erkennen, sodass man sich verstanden fühlte.

Die Reporter der anderen Zeitungen konnten sich frei zwischen die Ermittler mischen und lästerten wahrscheinlich über die *Tōyō* und die *Times*. Dieser Gedanke flackerte ihm immer wieder durch den Sinn, und je entmutigter er war, desto größer der Wunsch nach einem temporären »Kampfgefährten«.

Aber ob so ein Verhältnis zustande kam, hing von der Brusttasche des Gegenübers ab. Es gab nichts Mitleiderregenderes und Erbärmlicheres als einen Reporter, der keinen Artikel in der Tasche hatte. Aber wenn er dann einen guten Stoff hatte, wurde er mutig, als hätte er eine Pistole in der Brusttasche versteckt.

Keine Pistole; eine Kanone. Nakao, der am Sofa vorbeiging, fühlte sich Tatara mächtig überlegen.

In der *Tōyō*-Kabine war nur Kojima, der mit jemandem von der Verkaufsaktions-Abteilung eines Kaufhauses für einen

Artikel telefonierte. Im ersten kalten Winter seit drei Jahren florierte der Verkauf von Winterartikeln wie Kleidung oder Heizlüftern. Er hatte Kojima auf Ideen für Artikel gebracht, die er selbst während seiner Zeit bei der Lokalzeitung abgedeckt hatte. Natürlich würde dieser »Gelegenheitsartikel«, wenn heute spät in der Nacht Nakaos Bericht Form annehmen sollte, untergehen.

»Ich gehe zum Staatsanwalt.« Das stand auf dem Zettel, den er Kojima hinschob, und nach einem kurzen Telefonat verließ Nakao die Kabine. Er warf noch einen Blick auf den dicken Tatara, der sich auf dem Sofa wälzte, ließ das Pressezimmer hinter sich und ging über den Hinterausgang hinaus. Es war schon dämmrig, und kalter Wind peitschte ihm ins Gesicht.

Bis zur Staatsanwaltschaft von W dauerte es zu Fuß etwa drei Minuten. Kaum war man in die Straße nach Westen eingebogen, sah man schon das erleuchtete, fünfstöckige alte Regierungsgebäude.

Im dritten Stock, dem Büro des Unterstaatsanwalts, drängten sich bereits Reporter aller Agenturen. Jeden Tag um 16.30 Uhr hielt Unterstaatsanwalt Kuwashima, der für die Öffentlichkeitsarbeit zuständig war, ein kurzes Infotreffen ab.

»Ähm, also heute hat das Landgericht bestätigt, dass für besagten Sōichirō Kaji eine zehntägige Untersuchungshaft gebilligt wird. Und sonst … gibt es nichts. Keine besonderen Vorkommnisse«, sagte Kuwashima und blickte dabei in die Runde der Reporter. In seinem angesäuerten Gesichtsausdruck war etwas von seiner Missachtung gegenüber den jungen Reportern zu lesen.

Mehrere Journalisten stellten Fragen zu Kajis Zeugenaussage. Kuwashima gab an, noch keine Informationen darüber zu

besitzen, und während er das sagte, fügte er verantwortungs-
loserweise hinzu, dass wohl nichts anderes als das herauskom-
men würde, was auch die Polizei schon erfragt hat.

Nakao stand hinter den anderen Reportern und beobachtete Kuwashimas Verhalten.

Es war eigenartig. Kuwashima war unbeschwert wie immer.
Er ließ nicht erkennen, dass er zur Mittagszeit von Sase an-
geschrien worden war. Man könnte natürlich denken, dass er
einfach ein Pokerface hatte, aber warum fügte er noch extra
hinzu, dass die Staatsanwaltschaft und die Präfekturpolizei
dasselbe denken würden? Hatte denn die Staatsanwaltschaft
nicht der Präfekturpolizei den Krieg erklärt, nachdem die ihr
ein gefälschtes Geständnisprotokoll vorgelegt hatte?

Die Reporter verließen langsam das Büro.

Nakao stellte sich hinten an, schätzte ab, wie lange die Reporterin vor ihm brauchen würde, um in den Gang zu verschwinden, und griff auf einen kleinen Trick zurück. Er ließ
seinen Stift fallen und kniete sich hin. Als er ihn gegriffen hatte und langsam wieder aufstand, waren von der Reporterin
nur noch Schritte zu hören.

Nakao drehte sich um die eigene Achse und lief geschwind
bis zu Kuwashimas Schreibtisch.

»Herr Unterstaatsanwalt, eine Frage hätte ich noch.«

Kuwashima riss die Augen auf.

»Das ist allerdings gegen die Regeln.«

Er sagte es trotzdem.

»Die Präfekturpolizei hat ein gefälschtes Protokoll geschickt.
Richtig?«

Kuwashima stieß seinen Stuhl beim Aufstehen nach hinten.

»Sie ... Haben Sie das etwa ...«

Seine aufgerissenen Augen färbten sich sofort wütend ein.

»Raus hier! Ich hol sonst eine Wache!«

Nakao ignorierte das und drängte weiter.

»Sōichirō Kaji ist nach Tokio gefahren. Das stimmt doch?«

»Das widerspricht den Tatsachen! Haben Sie nicht kapiert, dass ich gesagt habe, Sie sollen gehen?!«

Kuwashima nahm den Telefonhörer auf und rief wirklich eine Wache.

Mit einer Verbeugung ging Nakao Richtung Tür. Hinter ihm fuhr die wütende Stimme fort.

»Die nächsten zehn Tage ist die *Tōyō* hier unerwünscht!«

Nakao rannte über den Korridor und die Treppen hinunter. Von unten eilten Schritte herauf; die Wache.

Nakao lief lautlos weiter und schlüpfte in den Korridor des zweiten Stocks. Und das nicht nur, um der Wache zu entkommen. Im zweiten Stock reihten sich die Büros der Staatsanwälte aneinander. Das von Sase war ganz am Ende des Ganges ...

Auf sein Klopfen antwortete eine tiefe Stimme.

Sase war im Büro nicht zu sehen. Sekretär Suzuki stand mit grimmigem Gesicht auf. Nakao kannte nur vom Schild auf seinem Schreibtisch seinen Namen; sie hatten noch nie miteinander geredet.

»Sie sind Reporter, oder? Hier ist Zutritt verboten.«

Das wusste Nakao nur zu gut. Vom Büro des Unterstaatsanwalts abgesehen durfte man sich nirgendwo im Gebäude aufhalten. Hier ging es noch einige Stufen autoritärer zu als bei der Polizei. Von der Spitzenposition bis zum einfachen Büroangestellten. Angefangen von den Fußbodenfliesen über die Leuchtstoffröhren, Tische, Telefone, Uhren bis zum letzten Kugelschreiber war alles von Steuergeldern bezahlt – und es gab keinen Einzigen hier, der sich dessen bewusst war.

Suzuki war bis zur Tür gekommen.

»Los, los, gehen Sie schon.«

»Wo ist Herr Sase?«

»Nicht da. Jetzt aber los.«

»Wo ist er hingegangen?«

»Schon nach Hause. Also machen Sie das Gleiche.«

Er schob Nakao auf den Korridor.

Das war unverständlich. Kuwashima, der für die Öffentlichkeitsarbeit zuständig war, verlautbarte, dass die Polizei und die Staatsanwaltschaft im Fall Kaji am selben Strang zogen, und Sase, der die Polizei wegen ihres gefälschten Protokolls unter Druck setzte, war früh nach Hause gegangen.

Unstimmigkeiten …

Genau wie es zwischen Kriminalabteilung und Verwaltung in der Polizei Ärger gab, lief wohl auch innerhalb der Staatsanwaltschaft etwas nicht ganz rund.

Nakao verstand plötzlich.

Als Nakao seine Bombe hatte platzen lassen, hatte Kuwashima gesagt: »Haben Sie das etwa …«

Den Rest der Worte hatte Kuwashima runtergeschluckt, aber sicher wollte er sagen …

Wahrscheinlich das Folgende: »von Sase gehört?«

Als er am anderen Ende des Korridors die Wache entdeckte, drehte sich Nakao um und lenkte seine Schritte schnell zu den Treppen des Westflügels.

5

Kurz vor 6 Uhr morgens kam er in der Zweigstelle seiner Zeitung an.

Die W-Filiale der *Tōyō* hatte sich im Erdgeschoss und ersten Stock eines mehrstöckigen Bürogebäudes an einer Ecke des Regierungsbezirks eingemietet. Die Nachrichten-Recherche saß im Erdgeschoss. In der Küche direkt rechts neben dem Eingang stand Emi Kuribayashi. Als sich ihre Blicke trafen, zwinkerte sie ihm mit beiden Augen zu, ohne dass die anderen es sahen. »Doppelt zwinkern schickt doppelt so viel Liebe!« Vor etwa einem Monat hatte sie sich das angewöhnt, nachdem sie es einmal, an Nakaos Brust gelehnt, gesagt hatte.

Am hintersten Schreibtisch saßen Katagiri und seine Nummer zwei, Shitara. Katagiris Arbeitszeit begann eigentlich kurz nach acht, aber er war als Workaholic bekannt, und wahrscheinlich war er so früh hergekommen, um sich um etwas in der Zeitung zu kümmern.

Das passte Shitara vermutlich auch nicht. Und wie immer versuchte er, Katagiri zu provozieren.

»Also egal was, aber das kann nicht auf die Titelseite der Präfekturausgabe.«

»Ach ja? Immerhin hält die Rezession jetzt schon so lange an, da ist es doch ein gutes Thema, dass die Winterprodukte sich verkaufen.«

Der Artikel, zu dem er Kojima angeregt hatte, kam wohl nicht so gut an.

Das Großraumbüro war still. Zwar arbeiteten dreißig Journalisten in der W-Zweigstelle, aber es war auch noch früh, und neben Nakao waren nur noch drei andere da, die für die Präfekturverwaltung und das Bürgeramt zuständig waren.

Nakao setzte sich an den Schreibtisch an der diagonal gegenüberliegenden Ecke und öffnete seinen Laptop. Er war in die Zweigstelle gekommen, um einen Entwurf zu schreiben.

Sase würde möglicherweise reden. Zur Hälfte war das vielleicht Wunschdenken. Nein, so unwahrscheinlich, dass man es Wunschdenken nennen musste, war es nicht.

Sie sind es doch, der hier Streit sucht. Uns ein gefälschtes Protokoll vorzulegen und zu erwarten, dass wir das schlucken. Bei so was ist Schluss mit lustig!

Von dem, was er mittags gehört hatte, war Sase aufgebracht.

Heute Nacht würde er kurz bei ihm vorbeischauen, und wenn Sase seine eigenen Worte bestätigen sollte, rechnete Nakao sich in der morgigen Frühausgabe eine Exklusivschlagzeile aus.

Weil er, wenn er nach dem nächtlichen Besuch mit dem Schreiben des Artikels beginnen würde, die Deadline für die Morgenausgabe nicht schaffen würde, wollte er jetzt schon den Artikel grob zu Papier bringen.

Shitara war aufdringlich wie immer.

»Woanders mag das gehen, aber bei uns wird so was nicht zum Leitartikel.«

»Hmmm. Aber …«

»Setzen wir den auf die Präfekturseite. Da kommt noch ein kleiner Artikel zur Altenpflege. Da passt er besser hin.«

Wie immer war Shitara darauf bedacht, zwischen »wir« und »die« zu unterscheiden. Denn der Leiter, Katagiri, war ein »Söldner«.

Katagiri war 47, Shitara gerade 40 geworden, aber Shitara war ein Jahr länger bei der *Tōyō*. Durch diese eigenartige Verquickung hatte Katagiri Shitara nach dem Senioritätsprinzip den Rang streitig machen können, und das verkomplizierte die Beziehung der beiden.

Nein, von außen betrachtet war es eine einfache Konstellation. Nur Shitara war da übermäßig sensibel, dagegen war Katagiri entweder großmütig oder vielleicht auch unaufmerksam, jedenfalls ertrug er Shitaras ständige Sticheleien und Intrigen stoisch, als würden sie ihm rein gar nichts ausmachen.

Diese Haltung, sich nicht um Details zu scheren, machte Nakao nervös. Katagiris Aufrichtigkeit und Wärme waren für seine Untergebenen eine Bereicherung, und seine Hinweise zur Recherche und zum Schreiben trafen immer das Wesentliche. Aber gerade weil er ihn so bewunderte, wünschte er sich, dass er sich als Chef auch wie ein Chef verhielte, und wollte ihm am liebsten sagen, dass er seine Nummer zwei mal im Nacken packen und zu Boden drücken sollte.

Er hatte Shitaras Worte nicht vergessen.

Söldner können machen, was sie wollen, sie bleiben doch Söldner!

Das hatte er zu Yamabe und Kojima gesagt, die in der Hierarchie unter Nakao standen. Nakao machte sich Gedanken darüber, wie die beiden sich dabei gefühlt hatten, als die Nummer zwei, die für Neuzugänge eine Person war, der man Ehrfurcht und Bewunderung entgegenbrachte, sie mit so einem giftigen Jargon konfrontierte. Jedenfalls war Nakao ihnen dadurch aufgefallen. Er war sich fast sicher, dass Yamabe und Kojima durch Worte, Taten und Gesichtsausdrücke zeigten, dass sie auf ihn herabsahen; und wenn man einmal misstrauisch war, sah man überall Hinweise.

Dass die Mitarbeiter, die direkt von der Uni rekrutiert wurden, die Quereinsteiger schräg ansahen, gab es wahrscheinlich in jeder Firma, mehr oder weniger. Aber wenn man den »regulären Soldaten« eine so hässliche Bezeichnung wie »Söldner« gegenüberstellte, konnte er nicht anders, als darin einen Krankheitsherd eines schwer zu heilenden »Reinblütigkeitsbewusstseins« zu sehen, laut dem die *Tōyō* nur aus frisch rekrutierten Absolventen erstklassiger Unis bestehen sollte.

»Verstehe. Dann nehmen wir den als Aufmacher für die Präfekturseite.«

»Natürlich.«

Auch heute hatte Katagiri also wieder nachgegeben.

Nakao seufzte leise.

Im Verhältnis zur Größe der *Tōyō Shinbun* gab es verhältnismäßig wenige Typen wie Shitara hier. Was Nakao gleich nach seinem Eintritt als Quereinsteiger begriffen hatte, war, dass es keine sichtbare Ungleichbehandlung gegenüber den von der Uni rekrutierten Mitarbeitern gab, was Kommunikation oder Positionierung anging. Es schien sogar, als wären die Chancen für Quereinsteiger recht gut, Karriere zu machen. Das sollte selbstverständlich sein, war es aber nicht. Stattdessen verbarg, wer von außen eingeflogen kam, seine Ambitionen. Wer direkt aus der Uni von der *Tōyō* rekrutiert wurde, hatte das Gefühl, schon die Hälfte seiner Lebensziele erfüllt zu haben – diese »schwache Elite« wurde immer wieder in den Hintergrund gedrängt, und es gab nicht wenige von außen, die stattdessen die Leiter erklommen.

Beim Überarbeiten blickte Nakao in das ausdruckslose Gesicht von Katagiri.

So gesehen war auch Katagiri nicht viel anders. Er war inzwischen bis zum Chefposten einer mittleren Zweigstelle aufgestiegen. Die ruhig vor sich hin arbeitenden »regulären Soldaten« ließ er hinter sich, arbeitete doppelt oder dreimal so viel, weil er dringend auf Sensationsstorys angewiesen war.

»He, was geschrieben?«, fragte Shitara ihn auf dem Weg zur Toilette.

»Nein. Nur das Manuskript für unseren Newsletter.«

»Na so was, für einen der leitenden Reporter sind Sie ja ganz schön gelassen.«

Nakao sah zu, wie Shitara in die Toilettenräume verschwand, und stand dann schnell auf, um zu Katagiri zu gehen. Er flüsterte.

»Je nachdem, was heute Abend passiert, könnte ich morgen was Großes bringen.«

Katagiris kleine Augen funkelten.

»Was denn Großes?«

»Mehr zum Fall Kaji.«

Katagiris Augen fragten ihn: »Und was, mehr?«, aber er sagte nichts. Wahrscheinlich hätte er es genauso gemacht. Selbst wenn der Partner mit am Tisch sitzt, wird der Inhalt eines Artikels erst offenbart, nachdem er geschrieben wurde.

»Soll ich Shitara besser nichts sagen?«

»Ja. Falls es nicht klappt, will ich keinen Ärger mit ihm.«

»Verstehe. Dann schicken Sie mir das Manuskript übers Handy.«

»Ich bereite das Manuskript auf dem PC vor. Bitte passen Sie auf, dass niemand rangeht.«

Bei der Staatsanwaltschaft war ein Funkloch, und ständig wurde die Handyverbindung unterbrochen. Selbst wenn er von Sase etwas hörte, wollte er das Manuskript lieber nicht übers Handy schicken.

Nakao ging schnell zu seinem Schreibtisch zurück. In dem Moment, als er sich auf seinen Stuhl fallen ließ, kam Shitara aus der Toilette zurück.

Erschrick dich später mal nicht zu sehr!

Nakao begann das Manuskript auf seinem Computer zu tippen.

Er brauchte nicht viele Zeilen. Sechzig ... nein, fünfzig würden schon genügen. Exklusivberichte gewannen an Wirkung, je kürzer man sie hielt.

Bis vor vier Jahren hatte er nie mit solcher Aufregung Artikel verfasst. Er war bei einer kleinen Zeitung gewesen, die ein paar Unternehmen in seinem Heimatort gegründet hatten. Dort war er drei Jahre lang Hofberichterstatter. Jeden Tag für eine andere Firma. Werbung für neue Produkte, Ankündigungen von Events, Jobangebote. In jeder dieser Firmen hatte er Mitschüler oder Klassenkameraden aus der Schulzeit. Er kannte sie alle bestens, ihre Geschichte, ihre Charakterzüge, den Frauentyp, auf den sie standen, und jeden Tag schrieb er nichts anderes als Lobeshymnen. Bis er es eines Tages nicht mehr aushielt und abgehauen war. Nach Tokio. Sich bei einer Medienschule eingeschrieben hatte, der ein bekannter Journalist vorsaß. Und nach der zweiten Aufnahmeprüfung für Quereinsteiger war er dann bei der *Tōyō* gelandet ...

Neben seinem PC tauchte eine Tasse Kaffee auf. Er hatte

am Parfum erkannt, wer ihm den gebracht hatte. »Streng dich an!«, flüsterte Emi und trug ein Tablett mit vielen Kaffeetassen zum nächsten Schreibtisch.

Ein liebreizender Anblick.

Es war bald 8 Uhr, sie arbeitete also schon seit zwei Stunden. Emi hatte einen Aushilfsjob als Schreibkraft, war aber schon zehn Jahre lang in dieser Zweigstelle und wurde wie eine normale Angestellte behandelt. Allerdings hatten alle Reporter eigene PCs, und heute wusste jeder damit umzugehen, sodass sich ihre eigentliche Aufgabe, das Abtippen handgeschriebener Manuskripte, erübrigt hatte. Deswegen hatte sie sich auf die Routinearbeiten gestürzt. Damit ihr nicht gekündigt wurde.

Wenn er hier mal weggehen sollte, würde er Emi mitnehmen.

Nakao fuhr seinen PC herunter.

Er warf Katagiri einen Blick zu und verließ die Zweigstelle. Der Nordwind traf ihn am ganzen Körper, aber er nahm die Kälte gar nicht wahr.

6

Er nahm in einer Restaurantkette sein ewig gleich schmeckendes Abendessen zu sich, überlegte eine Weile und fuhr dann mit dem Auto zur Staatsanwaltschaft. Bevor er Sase gegenüberstand, gab es noch jemand anderen, den er treffen wollte.

Den Leiter der Abteilung Gewaltverbrechen im Dezernat I, Kazumasa Shiki ...

Es war noch nicht ganz 21 Uhr, deswegen war er sicherlich noch nicht zurück in seiner Dienstwohnung. Nakao war am Hauptquartier angekommen und ging zum Parkplatz für Angestellte. An der dafür vorgesehenen Stelle hinten rechts stand das schwarze Fahndungsfahrzeug für die Leitung, unzählige Antennen auf dem Heck. Er war also tatsächlich noch bei der Arbeit.

Nakao ging die halbdunklen Treppen hoch. Als er die Tür zum Dezernat I öffnete, entdeckte er sofort Shiki. Er war allein. Und gerade dabei, Unterlagen von seinem Schreibtisch in seine Tasche zu stopfen.

»Gehen Sie schon nach Hause?«

Shiki erschrak sichtlich, von Nakao angesprochen zu werden, und grinste plötzlich fröhlich.

»Einmal im Jahr geht das ja wohl. So als frühes Weihnachtsgeschenk.«

Nakao ging zu seinem Schreibtisch.

»Herr Shiki, ich wollte mit Ihnen über Polizeihauptmeister Kaji sprechen …«

»Was gibt's?«

»Sind in dem polizeilichen Protokoll der Zeugenaussage eventuell Lügen untergemischt?«

Shikis Hände erstarrten, und er blickte Nakao an. Sofort sah er wieder auf seine Hände und antwortete: »Hmm, Lügen … Polizeihauptmeister Kaji hat so ausgesagt …«

Seine Stimme klang seltsam hohl.

»Die Präfekturpolizei hat das abgestritten, aber Polizeihauptmeister Kaji ist nach Tokio gefahren, nicht wahr?«

»Tja …«

Da war es wieder, sein Lieblingswort. Nicht abweisend gesprochen, aber es drückte aus, dass er nicht vorhatte, mehr dazu zu sagen.

»Mir liegen Informationen dazu vor, dass er ins Kabuki-Viertel von Shinjuku gegangen ist.«

Shiki schaute wieder zu Nakao. Nun sah man Überraschung in seinen Augen.

»Woher haben Sie diese Informationen?«

Ihm lag schon der Name Morozumi von der Station in Shinjuku auf der Zunge. Er wollte Shiki gern damit konfrontieren, aber damit hätte er Miyauchi, der ihn mit den Infos versorgt hatte, in Schwierigkeiten bringen können, und er antwortete deshalb, dass es sich um unbestätigte Informationen handele.

Shiki sprach mit ernstem Gesicht.

»Wenn Ihnen wirklich diese Informationen vorliegen, dann erzählen Sie mir bitte davon.«

»Ja … Aber was war Polizeihauptmeister Kajis Ziel im Kabuki-Viertel?«

»Das weiß ich nicht.«

»Aber Herr Iwamura scheint es zu wissen.«

Das war ihm so rausgerutscht. Als er ihn tagsüber getroffen hatte, war das sein Eindruck gewesen.

»Herr Iwamura …? Warum denken Sie das?«

»Intuition. Ich hatte den Eindruck.«

Shiki blickte ins Leere. Dann seufzte er unvermittelt.

»Wie dem auch sei, Polizeihauptmeister Kaji wurde bereits aufs Fließband gesetzt.«

Das Wort verwirrte Nakao. Fließband? Was sollte das bedeuten?

»Von der Polizei zur Staatsanwaltschaft … von der Staatsanwaltschaft zum Landgericht … das meine ich. Das ist nicht mehr aufzuhalten. Egal, wie viele Hebel da in Bewegung gesetzt werden, daran wird sich nichts mehr ändern. Nur Kaji selbst weiß, was Kaji fühlt.«

Shiki wirkte resigniert, aber trotzdem hatte er zu Morozumi von der Shinjuku-Station gesagt, dass er vorsichtig mit der Information umgehen solle.

Nakao blickte auf seine Armbanduhr. 21.30 Uhr. Langsam Zeit zu gehen.

»Durch den Fall von Polizeihauptmeister Kaji scheinen sich die Beziehungen zwischen Polizei und Staatsanwaltschaft verschlechtert zu haben.«

»Keine Ahnung. Ich bin jetzt wieder am Serientäter-Fall dran.«

Shikis Gesichtsfarbe blieb unverändert.

»Verstehe. Bitte entschuldigen Sie mich.«

Nakao hatte ihm bereits den Rücken zugekehrt, als Shiki ihn noch einmal ansprach.

»Wollen Sie gar nichts über den Kinderschänder wissen?«

Nakao drehte sich um.

»Wie hat sich das entwickelt?«

»Tja …«

Auch Shiki lachte nun leise.

Nakao ließ das Hauptquartier von W hinter sich und fuhr auf der Präfekturstraße Richtung Westen.

Punkt 22 Uhr kam er bei dem Wohnkomplex für die Mitarbeiter der Staatsanwaltschaft an. Genau wie geplant. In der Wohnung Nr. 3 der Staatsanwaltschaft brannte noch Licht.

Nakao drückte auf die Klingel.

Keine Antwort. Er drückte fünfmal, sechsmal … beim siebten Mal öffnete sich endlich die Tür.

Staatsanwalt Sases verwirrtes Gesicht tauchte auf.

»Wer sind Sie?«

»Ich bin Nakao von der *Tōyō*.«

»Ach so. Kein Wunder, dass mir das Gesicht bekannt vorkam.«

Er stank nach Alkohol, machte aber keinen betrunkenen Eindruck.

»Wenn Sie nachts in den Dienstwohnungen von Staatsanwälten auftauchen, bekommen Sie im Hauptgebäude Hausverbot. Wissen Sie das nicht?«

»Hab ich schon.«

»Was?!«

»Ich hatte heute Mittag mit dem Unterstaatsanwalt einen kleinen Disput und habe zehn Tage Hausverbot aufgebrummt bekommen.«

»Einen Disput mit Kuwashima …«

Einen Moment später sagte Sase laut lachend: »Gut, rein mit Ihnen!«

Sase packte Nakao am Arm und zog ihn mit voller Kraft zu sich. Erst dadurch bemerkte Nakao, wie betrunken Sase war. Weder seine lachende Stimme noch die Art, ihn zu ziehen, waren normal.

In der Wohnung lag alles unordentlich durcheinander.

Sase ließ Nakao auf der Tatami Platz nehmen, setzte sich im Schneidersitz vor ihn und zog eine Whiskyflasche zu sich hin. Er füllte ein Glas schwungvoll bis zum Rand und reichte es Nakao.

»Trinken Sie!«

»Nein, ich bin noch bei der Arbeit.«

»Das hier nennen Sie Arbeit?«

Sase lachte wieder laut, zog das Glas zurück und leerte es, bis sein Kinn direkt auf Nakao zeigte.

»Aber muss schön sein, für die Zeitung zu arbeiten … Man kann machen, was man will, wie man will. Ungebunden und unbeschwert.«

Für Außenseiter sah das bestimmt so aus.

»Wir sind auch normale Angestellte.«

»Ha! Aber wir sind Roboter! Aber nicht wie Astro Boy. Wie Tetsujin!«

Nakao war verblüfft. Solche Worte erwartete man nicht von einem Elite-Staatsanwalt.

»Wissen Sie, was Tetsujin Nr. 28 immer sagt? Er sagt: Gut und Böse hängen von der Fernsteuerung ab.«

Das verwahrloste Zimmer schien sich für Sase in eine Fantasielandschaft zu verwandeln. Er hatte so absurd viel getrunken, dass man es merkte.

Irgendetwas Großes war passiert. Nakao war sich sicher.

»Und was bedeutet das, was Tetsujin sagt?«

»Verstehen Sie das nicht? Er wird ferngesteuert. Und ich werde auch von einem bösen Typen ferngesteuert.«

»Sie meinen Unterstaatsanwalt Kuwashima?«

Das wollte er für seinen Artikel wissen.

Sase schwieg. Ein Staatsanwalt, der, nur weil er betrunken ist, Informationen weitergibt, existiert nicht.

Nach einer kurzen Pause sagte er mit tiefer Stimme: »Was wollen Sie wissen?«

Nakao drückte seine Knie aneinander.

»Was heute Mittag passiert ist.«

Sases Augenbrauen zuckten.

»Ich habe zufällig gehört, wie Sie sich gestritten haben. Dass die Polizei versucht, Ihnen eine gefälschte Zeugenaussage unterzujubeln. So hat es sich angehört.«

In Sases Stirn pochte eine Ader, und er starrte Nakao an.

Es waren wütende Augen.

Aber Nakao merkte gleich, dass ihr Blick nicht auf ihn gerichtet war. Sie sahen etwas anderes.

Vielleicht Kuwashima. Oder die Organisation der Staatsanwaltschaft selbst.

Nein, sie starrten Sase selbst an. Das fühlte Nakao mit einem Schaudern.

Das, womit Sase kämpfte, war er selbst.

Wird er reden? Oder nicht?

Sases Oberkörper zitterte. Er verlor gegen den Alkohol.

»Herr Sase«, sprach Nakao ihn an.

Er wollte eine Bestätigung, solange Sases Gehirn noch funktionierte.

»Die Sache mit der Zeugenaussage stimmt, nicht wahr?«

Sase starrte mit wutentbranntem Gesicht ins Leere.

»Sie geben zu, dass Sie dem Leiter der Polizeiverwaltung gedroht haben, oder?«

Er sah aus, als würde er jeden Moment zustimmend nicken.

»Warum geben Sie es nicht zu? Finden Sie das nicht seltsam? Noch vor einem halben Tag waren Sie so wütend, warum ziehen Sie das nicht durch?«

Sases Augen verloren ihre Kraft.

»Haben Sie einen Grund, es nicht durchzuziehen? Heute sind Sie früher nach Hause gegangen, oder? Warum? Hatten Sie Streit mit Kuwashima? Oder mit der Polizei?«

»Die Glienicker Brücke … muss man überqueren.«

Das war ihm unverständlich. Vielleicht war es schon zu spät. Sase sah aus, als würde er gleich auf der Tatami zusammenbrechen.

Nakao hielt den zitternden Sase an beiden Schultern fest. Blickte ihm in die Augen.

»Sagen Sie es mir! Ist es wahr, was Sie heute gesagt haben?«

Sase schloss gequält die Augen.

Er nickte plötzlich.

Nein …

Er nickte ein.

Schwer zu sagen, was von beidem.

Als Nakao losließ, sank Sase zwischen die alten Zeitungen auf den Boden. Im Zimmer hörte man seinen ruhigen Atem. Nakao deckte ihn zu und verließ die Wohnung.

Das war ein Blindgänger.

Nakao nahm das Handy aus seiner Brusttasche und wählte die Kurzwahl seiner Zweigstelle.

7

Die nächsten drei Tage war Nakao in großer Unruhe.

Egal, wen er fragte, er würde keinerlei endgültige Bestätigung über den Fall Kaji erhalten, um darüber schreiben zu können. Er ging jeden Abend zur Wohnung von Sase, aber die Tür öffnete sich nicht noch einmal. Er recherchierte im Internet nach der »Glienicker Brücke«, von der Sase wie im Wahn geredet hatte.

»Brücke, die Berlin und Potsdam miteinander verbindet. Wurde im Kalten Krieg zum Austausch von Agenten verwendet.«

Gefangenenaustausch – das könnte andeuten, dass zwischen Polizei und Staatsanwaltschaft ein geheimer Tauschhandel stattgefunden hatte. Nakao las daraus, dass die Staatsanwaltschaft nach dem gefälschten Aussageprotokoll die Sache untersuchen wollte, aber die Staatsanwaltschaft selbst auch gegenüber der Polizei eine Schwachstelle hatte, sodass die Aufklärung abgebrochen wurde. Sase war noch mittags zum Hauptquartier gegangen und hatte Iyo dort gedroht, war dann aber früher nach Hause, hatte sich betrunken und den Namen dieser Brücke gesagt – das würde sich damit erklären.

Aber Nakao wusste nicht, wer diese »Agenten« waren, die da ausgetauscht wurden. Einer von ihnen war sicherlich Sōichirō Kaji, aber wer war das Gegenstück dafür aufseiten der Präfekturpolizei?

Er verstand es am 13. Dezember. Da wurde es Nakao in äußerst grausamer Form vor Augen geführt.

Es war morgens um 5 Uhr. Nakao hatte Nachtdienst in der Zweigstelle und ging gerade zur Toilette. Im Briefkasten lag die Morgenausgabe der *Kenmin Times*, und er nahm sie sich mit in den Ruheraum. Als er die Seite »Lokales« aufschlug, erschrak er. Ein Exklusivbericht.

»Festnahme eines Beamten der Staatsanwaltschaft wegen Veruntreuung« – »Unterschlagung von Verkehrs-Strafgeldern« – »Rückzahlung von drei Millionen Yen Schulden« ...

Im S-Bezirk im Westen der Präfektur hatte ein 32-jähriger Finanzverwalter Strafgelder von Verkehrs- und Dienstvergehen in mehr als 100 Fällen unterschlagen, doch die Lokale Staatsanwaltschaft hatte es mit einer Sonderuntersuchung ans Licht gebracht ...

Das waren die Hauptaussagen des Artikels. Die *Times* hatte es allen gezeigt. Als er die Zeitung gerade schließen wollte, blieb Nakao bei einer Zeile hängen, die eigentlich überflüssig war.

»Die Staatsanwaltschaft untersucht gewissenhaft den Gepäckdiebstahl des Finanzverwalters auf der Radrennbahn.«

Gepäckdiebstahl auf der Radrennbahn. Warum wurde so etwas von der internen Untersuchungsabteilung der Staatsanwaltschaft untersucht?

Im nächsten Augenblick hatte er den Eindruck, den Zusammenhang zwischen alldem schlagartig zu verstehen.

Möglicherweise war es so: Der Finanzverwalter wurde mit Verdacht auf Gepäckdiebstahl von der Polizei festgenommen. Wenn das Vergehen eines Beamten der Staatsanwaltschaft durch die Polizei aufgedeckt würde, wäre das beschämend für

die Staatsanwaltschaft, die ja die höhergestellte Ermittlungsbehörde war. Deswegen wollte die Staatsanwaltschaft, dass der
Fall von der Polizei an sie weitergegeben wurde. Und Ersatz-
währung dieses Tauschhandels war dann, das gefälschte Protokoll zu ignorieren.

Unverfroren …

Nakao griff die *Times* und schlug damit auf den Boden.

Einerseits war er wütend, dass sie einen Exklusivbericht geschrieben hatten, andererseits hatte er Sodbrennen, weil – der
Ärger der beiden Ermittlungsbehörden untereinander hatte
alles komplizierter gemacht.

Er wurde ausgeschlossen und konnte nicht einmal mehr
Anrufe landen. Nakao ordnete seine Kleidung und ging vom
Ruheraum ins Großraumbüro. Die Morgenausgaben der zwei
größten Zeitungen *Asahi* und *Yomiuri* waren geliefert worden.
Er öffnete sie ruckartig auf dem Tisch.

Und wurde bleich.

Kurze Zeit später kam auch die *Mainichi*. Mit zunehmender
Unruhe blätterte er sie durch.

Ihm wurde schwarz vor Augen.

Da stand es. Die *Asahi*, die *Yomiuri* und die *Mainichi* hatten
den gleichen Artikel wie die *Times* groß rausgebracht.

Alle außer der *Tōyō* hatten den Artikel. Etwas Schlimmeres
konnte einer Zeitung nicht passieren. Das war kein Exklusiv-
artikel der *Times*. Die *Tōyō* wurde abgestraft.

Gierig las Nakao die Artikel in jeder der Zeitungen.

Wie er es schon erwartet hatte, unterschieden sie sich kaum;
typisch für Artikel, die nach Presseveranstaltungen erschienen waren. Jeden Tag um 16.30 Uhr traf man sich im Büro des
Unterstaatsanwalts, wo Kuwashima über aktuelle Fälle sprach.

Und die *Tōyō* hatte eben gerade Hausverbot. Weil er nicht zur Presseveranstaltung durfte, war …

Das Läuten des Telefons ließ Nakao aufspringen.

»Sie verdammter Idiot!«

Shitaras wütende Stimme schrillte in seinem Ohr.

»Dass Sie uns so eine Schande einhandeln, als einzige Zeitung ausgeschlossen zu werden! Darunter leidet das Ansehen der ganzen Zweigstelle! Was soll das?«

»Es tut mir sehr leid …«

»Das bringt gar nichts! Als Söldner taugt man eben doch nicht zum leitenden Journalisten! Das Amt sind Sie los!«

Den Vormittag verbrachte er in der Zweigstelle. In der Redaktionssitzung musste er erklären, wie es zu dem Ausschluss gekommen war. Er verfasste eine schriftliche Entschuldigung und kopierte den Inhalt der Artikel aus den anderen Zeitungen, da er nicht selbst zur Staatsanwaltschaft gehen konnte.

Um 14 Uhr ließ er sich im Pressezimmer der Zentralstation blicken. Als er davorstand, hörte er von drinnen Gelächter. Er öffnete die Tür. Mit einem Mal verstummten die Stimmen, und der Gemeinschaftsraum wurde komplett still. Tatara von der *Times* sah Nakao mit einem entspannten Gesicht an, als wäre nichts passiert. Komplett ungeniert. Die Zeit der »Kampfgefährten« war vorbei.

Natürlich war es Nakaos Fehler gewesen. Es war nichts Ungewöhnliches, ein Hausverbot in der Staatsanwaltschaft zu bekommen. Jede Zeitung war mal dran damit. In dem Fall fragte man einfach befreundete Journalisten anderer Zeitungen, ob sie einen auf dem Laufenden halten könnten. Das hatte er versäumt. Er war so im Kaji-Fall gefangen gewesen, dass er vergessen hatte, jemandem Bescheid zu sagen.

Und weil er nicht darum gebeten hatte, hatte niemand was gesagt. Jedes Gesicht hier sprach Bände.

Nakao ging in die *Tōyō*-Kabine.

Setzte sich auf einen Stuhl. Er fühlte sich extrem erschöpft.

In seinem Kopf hörte er Shitaras Geschrei in Schleife.

Söldner krochen nach oben. Aber sie mussten dafür doppelt und dreimal so hart arbeiten wie andere, doppelt und dreimal so viele Konkurrenten ausstechen. Sie durften nicht durchschnittlich sein. Und sich erst recht nicht leisten, als Einzige ausgeschlossen zu werden …

Nakao drückte die Hand gegen seine Brust.

Dort hatte er einen erstklassigen Artikel.

Eine gefälschte Aussage. Streit zwischen Polizei und Staatsanwaltschaft. Und ein geheimer Tauschhandel.

Der Kampf war noch nicht vorbei.

Er hatte keine Beweise. Bisher hatte noch niemand bestätigt, dass diese Informationen den Fakten entsprachen. Und er wusste nicht, aus welchem Grund Sōichirō Kaji ins Kabuki-Viertel gegangen war. Hatte keinen blassen Schimmer. Und doch …

Er wollte das schreiben.

Er musste. Mit diesem Artikel konnte er das Vertrauen der Redaktion zurückgewinnen und das Lachen der anderen Journalisten verstummen lassen.

Sein Herz raste.

Aus dem Gemeinschaftsraum drang wieder Gelächter zu ihm.

Nakao bewegte sich nicht von seinem Stuhl. Aber sein Herz war schon aufgestanden.

8

20 Uhr. Nakao stand auf dem harten, eiskalten Zementboden vor der Dienstwohnung des Leiters der Kriminalabteilung.

»Ich bringe es.«

Iwamura stand mit verschränkten Armen im erhöhten Eingangsbereich und blickte abfällig auf Nakao herab.

»Wie wollen Sie es bringen?«

Nakao antwortete nicht. Er wollte zwar reden, war aber nicht gekommen, um Informationen für seinen Artikel zu sammeln. Es war nur ein formaler Besuch. Ich bringe es. Das war alles, was er mitteilen wollte.

Nakao verbeugte sich wortlos und drehte sich um.

»Warten Sie!«

Er ging erst einfach weiter, doch die nächsten Worte von Iwamura ließen ihn innehalten.

»Vorhin war einer von der *Times* da, um etwas über den Kinderschänder zu erfahren.«

Iwamura holte sein Notizbuch aus der Brusttasche und schrieb etwas mit dem Kugelschreiber hinein. Er riss die Seite heraus, faltete sie in der Mitte und reichte sie Nakao.

»Vergessen Sie Kaji. Nehmen Sie das hier stattdessen.«

»Und das ist …?«

»Der Name des Kinderschänders.«

»Was!«

»Wir haben ihn in Gewahrsam genommen. Es ist einiges

passiert, und er ist jetzt im Krankenhaus, aber außer Lebensgefahr. In den nächsten Tagen wird der Haftbefehl vollstreckt.«

Nakao erstarrte.

Shikis Gesicht kam ihm in den Sinn. Das war an dem Tag. Es war gerade erst 21 Uhr geworden, aber er hatte sich schon für die Heimfahrt vorbereitet. Gesagt, dass das ein frühes Weihnachtsgeschenk sei. Ihn gefragt, ob er gar nichts zu dem Kinderschänder wissen wolle. Warum war ihm da nichts aufgefallen? Das war der Tag, an dem der Serienvergewaltigungsfall aufgeklärt wurde.

»Nicht mal die *Times* kennt seinen Namen. Also nehmen Sie. Damit können Sie die Bilanz wieder ausgleichen.«

Nakao hörte sich Iwamura weiter an und schloss die Augen.

Er holte Luft, tief in seinen Bauch. Ein erleichtertes Atmen. Selbst wenn er auf den Handel nicht einging, bestand nun kein Zweifel mehr daran, dass es eine geheime Fehde zwischen Polizei und Staatsanwaltschaft gab. Aber er hatte Angst. Den Artikel zu schreiben, ohne zu wissen, was Sōichirō Kajis Motive waren, war schrecklich. Davon war er jetzt befreit. Ein Gefühl, als würde sich alles, das ihn nervös gemacht hatte, auflösen.

Er hatte keinen Grund, diesen Tauschhandel abzulehnen. Er hatte schließlich von Anfang an den Kinderschänder-Fall verfolgt. Hatte jetzt sogar einen erstklassigen Artikel mit dem Täternamen in der Tasche. So könnte er die Abstrafung der anderen Zeitungen ausgleichen und es ihnen mehr als heimzahlen.

Der gefaltete Zettel hing noch immer in der Luft.

Nakao näherte sich Iwamura, als würde er von ihm angesogen werden, und überquerte die »Glienicker Brücke«.

»Herr Iwamura, eine Frage hätte ich noch. Ist dieser Handel dafür da, Ihre Organisation zu schützen? Oder für Sōichirō Kaji?«

Iwamura antwortete nicht.

Nakao verließ das Gebäude.

Er rannte zum Auto und holte noch beim Einsteigen sein Handy hervor.

Rief Katagiris Büronummer an.

»Hier Nakao. In den nächsten 15 Minuten sende ich per Handy eine Sondermeldung.«

Danach legte er sofort auf. Er merkte, wie aufgeregt er klang.

»Ich bitte darum.« Auch bei Katagiri, der kurz angebunden gewesen war, war ein Anflug von Aufgeregtheit zu spüren gewesen. Nakao freute sich, dass er Katagiris Erwartungen erfüllen konnte. Der wusste, was Samurai-Mitleid war. Als Einziger aus dem Management hatte er heute Morgen Nakao nicht dafür gescholten, von Informationen ausgeschlossen worden zu sein.

Nakao nahm das Notebook, das auf dem Beifahrersitz lag, auf die Knie. Er rief das Manuskript auf, das er zuvor für den Kinderschänder-Fall vorbereitet hatte. Es war einfach. Den Anfang ersetzte er mit: »Festnahme im Laufe des heutigen Tages«.

Er entfaltete die Notiz, die er von Iwamura bekommen hatte.

»Mitsugu Takano. 29 Jahre. Kunstdozent einer Kurzzeit-Uni.«

Binnen fünf Minuten war er fertig. Er verband sein Handy mit dem PC und sendete das Manuskript ab.

Es dauerte keine Minute, bis Katagiri ihn zurückrief.

»Ist es angekommen?«, sagte er guter Dinge, doch die Stimme am anderen Ende klang getrübt.

»Schicken Sie mir den Artikel zum Fall Kaji.«

»Was …?«

»Ich habe die Info vorhin nach Ihrem Anruf an die Hauptfiliale verkauft.«

Katagiri hatte ihn missverstanden. Weil er ihm vor vier Tagen etwas ins Ohr geflüstert hatte. Bevor er zu Sase gegangen war, hatte er gesagt, dass er »mehr zum Fall Kaji« und »etwas Großes« bringen würde.

»Dann korrigieren Sie das bitte in der Hauptfiliale.«

Einen Moment lang war es still.

»Das kann ich nicht.«

Nakao war verwirrt.

»Warum nicht?«

»Die Redakteure der landesweiten Ausgabe waren ganz aufgeregt. Sie haben Platz auf der Gesellschaftsseite gelassen, als Aufmacher. Ich kann ihnen jetzt keinen anderen Artikel mehr vorsetzen.«

Er klang in die Enge getrieben.

Nakao war nun völlig verwirrt. Katagiri benahm sich eigenartig. Keine Spur von seiner normalen Ausgeglichenheit. Was sollte das mit der landesweiten Ausgabe? Warum reservierten die den Platz für den Aufmacher, wenn sie nur wussten, dass es »mehr zum Fall Kaji« und »etwas Großes« sein würde?

Nakao riss die Augen auf.

Weil sie davon wussten. Von dem Konflikt zwischen Staatsanwaltschaft und Polizei. Sowohl Katagiri als auch die Tokioter Redaktion wussten, was in dem Artikel stand. Deswegen hatten sie sich für den Aufmacher entschieden.

Nakao drückte sich das Handy fester ans Ohr.

»Sie haben meinen Artikel gelesen, richtig?«

Keine Antwort.

Katagiri hatte Nakaos PC geöffnet und sein unfertiges Manuskript gelesen. Nakao hatte seinen PC in der Zweigstelle nicht heruntergefahren, als er nachts zu Staatsanwalt Sases Wohnung gegangen war.

»Schreiben Sie!«

Die kalte Stimme drang in sein Ohr.

Nakao fühlte das Grauen wieder in sich aufsteigen. Das Wort »Kabuki-Viertel« würde Sōichirō Kaji umbringen. Und das war nicht alles. Er würde das Versprechen an Iwamura brechen, würde ihn hintergehen. Und nie wieder bei der Polizei Bericht erstatten können.

»Ich kann das nicht schreiben.« Nakaos Stimme zitterte. »Ich habe einen Tauschhandel mit dem Polizeiverwaltungsleiter abgeschlossen.«

»Wir werden ja nicht ewig hier bleiben.«

Auf einmal schien er gar nicht mehr unaufmerksam. Auf der anderen Seite der Leitung war jemand, der gegenüber den anderen ein Vielfaches arbeitete, ein Vielfaches an Exklusivberichten verfasste, um aufzusteigen, und noch immer vorhatte, weitaus höher zu landen; ein gieriger Söldner.

»Wenn Sie bei der *Tōyō* was werden wollen, dann schreiben Sie.«

Aufgelegt.

Nakao schloss die Augen und legte den Kopf in den Nacken. Eine Weile blieb er so.

Er sah Emi vor seinem inneren Auge.

Wie sie ihm mit beiden Augen zuzwinkerte.

Streng dich an.

Er musste plötzlich weinen.

Wenn Sie bei der Tōyō was werden wollen …

Nakao wischte sich energisch mit dem Ärmel über die Augen.

Was blieb ihm denn anderes übrig?

Er wollte bei der *Tōyō* bleiben. Der *Tōyō* mit einer Auflage von acht Millionen …

Er nahm die Maus und rief das Manuskript auf, das er neulich begonnen hatte. Im Bildschirm schien sich Sōichirō Kajis mildes Lächeln widerzuspiegeln.

Der Artikel hielt sich an die Fakten. Das wünschte er sich jedenfalls von tiefstem Herzen.

Nakao streckte seinen zitternden Finger aus.

Legte den Cursor über den »Senden«-Button. Drückte die Enter-Taste.

MANABU UEMURA

1

Das Rechtsberatungszimmer im Nebengebäude der Anwalts-kammer von W war extrem eng.

Manabu Uemura war es leid. Für ein privates Gespräch hat-te es zwar genau die richtige Größe, aber die Arztgattin vor ihm, übermäßig herausgeputzt mit einem Schirmhut und glänzendem Schmuck an den Fingern, hörte und hörte nicht auf zu sprechen, die Stimme so laut, dass sie bis auf den Flur drang. Ihr Mann sei ganz sicher untreu. Sie wolle auf jeden Fall Schmerzensgeld. Er versuchte, in ihren salvenartigen Mo-nolog Fragen einzuwerfen, aber es kamen keine direkten Ant-worten dabei heraus. Offenbar hatte sie keine stichhaltigen Beweise für das Fremdgehen. Es war nicht einmal ganz klar, ob sie überhaupt an eine Scheidung dachte.

Inhaltlich hatte Uemura notiert, dass der Ehemann sehr spät nach Hause kam und eine Menge Geld ausgab. »Und er kümmert sich gar nicht mehr um mich ...«

Nach einer hastigen Verabschiedung klapperte sie in High Heels und einem zu dünnen Kleid aus dem Raum, den Pelz-mantel unter dem Arm. Sie hatte nicht im Geringsten vor, die Rolle als Arztgattin aufzugeben. Die Gebühr von 5000 Yen für dreißig Minuten war nicht ausgegeben worden, um Schei-dungsformalitäten zu besprechen, sondern hauptsächlich, um ihren Ärger loszuwerden.

Uemura brauchte eine Pause.

Geldschulden zwischen Freunden, Privatinsolvenz aufgrund unkontrollierter Einkäufe mit Kreditkarte und der Verdacht, dass der Gatte fremdging ... Immer wieder dieselbe Art von Rechtsberatung; es langweilte, offen gesagt.

Er schlürfte Kaffee aus der Thermoskanne.

In seinem halb abwesenden Kopf waren der Glanz des Pelzmantels und das Glitzern der Edelmetalle zurückgeblieben. Bei Beratungen konnte man sich wohl nicht aussuchen, was man annahm. Da er sich im Innersten etwas Besseres erhoffte, verwandelte sich das Gefühl, seine Kraft verschwendet zu haben, immer wieder in Ärger. Hier in der Beratungsstelle, bei der sich die Mitglieder der Anwaltsvereinigung von W abwechselten, wartete er auf »Ehrengäste«. Wenn seine gut verdienenden Kollegen diese Absicht durchschauten, würde er zum Gespött werden. Was er wusste, war, dass er nicht mit leeren Händen in sein Büro zurückkehren wollte.

Konntest du was Großes an Land ziehen?

Die Lieblingsphrase des »Boss-Anwalts«. Bei diesem Boss war er angestellt, und er hatte sich damit abgefunden, einfacheren Arbeiten als »Schnorrer-Anwalt« nachzugehen. Oder »dienstleistender Assistenzanwalt«. Man konnte es auch mit dieser nett klingenden Bezeichnung ersetzen, aber an den Fakten änderte das nichts. Am Ende wurden Anwälte, die keine eigene Kanzlei hatten, als Schnorrer-Anwälte bezeichnet. Als junger Mensch war das okay. Solange man jung war und noch Erfahrungen sammelte, war das ein normaler Schritt. Aber für Uemura war die Fünfzig schon zum Greifen nah.

Ein Klopfen kündigte an, dass seine Pause zu Ende war.

»Herein«, rief er der Tür zu und blickte schnell auf die Terminübersicht.

»Möchte meinem Schwager, der von der Polizei verhaftet wurde, etwas mitteilen.«

Etwas mitteilen ...?

Uemura neigte den Kopf. Wahrscheinlich machte sie sich Sorgen um ihren Schwager, der bei der Polizei festsaß, und wollte wissen, wie es ihm ging. Und doch hatte er wieder diese kleine Hoffnung in sich. Dass es ein Gespräch sein könnte, das zu einem Fall für ihn als Verteidiger führte.

»Guten Tag.«

Mit der leisen Begrüßung kam eine Frau ins Zimmer, an die sechzig Jahre alt und mit grauen Strähnen im Haar. Sie war das ganze Gegenteil der Arztgattin von vorhin, trug einen schlichten Kimono und strahlte Ruhe und Zurückhaltung aus.

»Yasuko Shimamura. 56 Jahre. Aus Yayoi, W-Präfektur.«

Uemura schätzte das Honorar ab. Wahrscheinlich hatte sie nicht viel Geld.

»Entschuldigen Sie die Wartezeit. Frau, äh, Shimamura, nicht wahr? Es geht um Ihren Schwager, der von der Polizei festgenommen wurde?«

Yasuko Shimamura legte ihren Mantel auf die Knie und darauf ihre Hände ab.

»Ich würde ihm gerne etwas mitteilen, aber es ist mir nicht gelungen. Ich würde gern von Ihnen erfahren, was ich da machen kann.«

Also ging es ihr um Kontaktaufnahme.

»Sie waren sicher schon bei der Polizei?«

»Ja. Aber ich durfte ihn da nicht besuchen.«

»Bis zur Anklageerhebung lässt die Polizei Tatverdächtige niemanden treffen, außer die Anwälte«, betonte er instinktiv.

»Also, dann von vorn: Erst einmal, warum wurde Ihr Schwager festgenommen?«

Sie zögerte.

»Wahrscheinlich haben Sie davon gehört. Der Polizist, der seine an Alzheimer erkrankte Ehefrau …«

Ihm entfuhr ein leiser Laut. So unvermittelt fielen ihm nicht oft Hintergrundinformationen ein, aber in diesem Fall war sein Gedächtnis sofort zur Stelle.

Ehemord eines Polizisten.

Seit etwa einer Woche stand das in den Zeitungen. Ein Polizeihauptmeister der Präfekturpolizei von W hatte seine kranke Frau erwürgt. Bevor er sich selbst anzeigte, waren zwei Tage vergangen, und die Zeitungen fokussierten sich mehr darauf als auf das Verbrechen selbst.

Uemura starrte Yasuko an.

»Dann heißt das, Sie sind …«

»Ja. Ich bin die ältere Schwester der Verstorbenen, Keiko Kaji.«

Das hieß, dass ihr Schwager, dieser Polizeihauptmeister, ihre kleine Schwester umgebracht hatte. Sie wollte nicht wissen, wie es ihm ging, sie wollte ihm etwas mitteilen. Vielleicht ihren komplizierten Gefühlen Ausdruck verleihen.

Da Uemura seine Verwirrung nicht verbarg, holte Yasuko einen Zeitungsausschnitt aus ihrer Tasche und breitete ihn auf dem Tisch aus.

Der erste Bericht über den Mord an der Ehefrau. Die nebenstehenden Porträtbilder eines Mannes und einer Frau waren dieselben, die Uemura auch in Erinnerung hatte. »Der Verdächtige, Sōichirō Kaji«. Das Gesicht harmlos wie das eines Pflanzenfressers. »Die Ermordete, Keiko Kaji«. Die kugelrunden Augen in dem ovalen Gesicht sahen eindrucksvoll aus. Auch Yasuko vor ihm hatte diese Augen, und als junge Frau war sie sicherlich eine Schönheit gewesen.

»Vorher will ich aber noch sagen, dass ich Sōichirō nichts vorwerfe.«

Man spürte, wie schwer es Yasuko fiel, diese Worte auszusprechen.

»Die Krankheit meiner Schwester war schon ziemlich fortgeschritten. Wenn Sōichirō tagsüber arbeiten war, habe ich mir oft Sorgen gemacht und Keiko besucht. Ihr Zustand war furchtbar. Zum Beispiel vergaß sie, dass sie schon gegessen hatte, und aß immer wieder, oder manchmal aß sie überhaupt nichts. Manchmal erkannte sie mich gar nicht. Sie hat mich sogar einmal mit ›Mama?‹ angeredet. Und die Momente, in denen sie normal war, wurden immer weniger … Und sie selbst merkte auch, wie ihre Krankheit weiter fortschritt, und sagte seit dem Sommer jedes Mal, wenn wir uns trafen, dass sie sterben wollte.«

»Sie meinen also, der Polizeihauptmeister … Herr Kaji hatte keine andere Wahl?«

Yasuko nickte unsicher.

»Meine Schwester und ihr Mann hatten ihren einzigen Sohn an eine Krankheit verloren. Ich habe in der Zeitung gelesen, dass das der Anlass war für den Vorfall … Das tut mir so unendlich leid.«

Uemura blickte auf den Artikel. Tatsächlich, das stand da.

Sieben Jahre zuvor war ihr Sohn Toshiya mit nur 13 Jahren an akuter myeloischer Leukämie verstorben. Am 4., als die Tat passierte, war Toshiyas Todestag. Das Ehepaar war tagsüber gemeinsam zum Grab gegangen, doch Keiko konnte sich daran nicht erinnern.

Je weiter ihre Krankheit fortschritt, desto lückenhafter wurde ihr Gedächtnis. Sie bildete sich ein, dass sie den Todestag ihres Sohnes vergessen hatte und nicht zum Grab gegangen war. Das machte sie so unglücklich, dass sie Kaji anflehte, sie umzubringen. Sie wollte sterben, solange sie sich noch an Toshiya erinnern konnte. Wollte wenigstens als Toshiyas Mutter sterben. Auf diese Weise angefleht, hatte Kaji sie erwürgt.

Das wurde anders behandelt als ein normaler Mord. Das fiel unter Paragraf 202 des Strafgesetzbuches, »Beihilfe zum Selbstmord und Tötung auf Verlangen«. Darin der Abschnitt »Person, die nach Erhalten eines Auftrages mordet«. Das gab Strafarbeit unter sieben Jahren oder Gefängnis.

Uemura hatte ins Leere geblickt und sah nun wieder Yasuko an. Die dreißig Minuten waren im Nu vergangen. Nachdem er einige Dinge geklärt hatte, stellte er ihr direkt die Frage, die ihn beschäftigte.

»Frau Shimamura, wollen Sie Polizeihauptmeister Kaji einen Anwalt zur Verfügung stellen?«

Yasuko sah ein wenig überrascht aus.

»Ah … ich wollte … Sōichirō einfach nur etwas mitteilen.«

Yasuko sah Uemura direkt in die Augen.

»Und für so eine Mitteilung wäre es notwendig, einen Anwalt zu beauftragen …?«

»Richtig. Wie gesagt kann sich nur der beauftragte Anwalt vor der Anklageerhebung mit ihm treffen.«

Über Yasukos Augen legte sich ein Schleier der Unsicherheit.

»Wenn ich einen beauftragen würde, mit welchen Kosten müsste ich dann rechnen …?«

»Durch das System der Pflichtanwälte wäre es kostenlos, wenn es bei einem einzigen Gespräch bleibt.«

»Ein einziges …«, sagte Yasuko wie zu sich selbst und hob ihren Kopf. »Dann möchte ich gern einen Anwalt beauftragen.«

Zu diesem Zeitpunkt hatte Uemura sich den gesamten Fall wieder in Erinnerung gerufen. Sōichirō Kaji hatte das Verbrechen vollständig zugegeben. Kurzzeitig gab es Unruhe wegen der zwei fraglichen Tage, doch dann wurde bekannt, dass er in der Präfektur umhergelaufen sei, um einen Ort zum Sterben zu suchen. Mit anderen Worten gab es keinen Zweifel an den Fakten; es war ein »klarer Fall«, der vom Anwalt weder besonderes Wissen noch viel Zeit verlangte.

Wenn er das berücksichtigte, würden sich die Kosten auf zwischen 200.000 und 500.000 Yen belaufen. Yasuko riss die Augen auf, als er ihr das mitteilte.

»500.000 Yen …«

»Das wäre der Maximalbetrag. Der Betrag richtet sich auch nach der Höhe des Strafmaßes und dem gesellschaftlichen Stand von Polizeihauptmeister Kaji. Aber natürlich fragen wir auch nach den finanziellen Möglichkeiten der Klienten … Das wird also nach Absprache festgelegt.«

Danach erklärte Uemura die Tagegelder und Gebühren. Yasuko hörte mit gesenktem Kopf zu. Doch dann entschied sie sich schneller als erwartet.

»Verstehe. Das Geld werde ich irgendwie aufbringen. Das heißt, Sie selbst würden das übernehmen, richtig?«

Uemura sah das Gesicht des Boss-Anwalts vor sich auftauchen.

»Ja. Wenn Ihnen das recht ist, sehr gern.« Nachdem er das gesagt hatte, fiel ihm ein Paragraf aus dem Strafprozessrecht wieder ein, und er fügte schnell hinzu: »Allerdings dürfen Sie als seine Schwägerin nicht den Anwalt auswählen, sondern Polizeihauptmeister Kajis direkte Verwandte, also zum Beispiel Geschwister, müssten das machen.«

Er hatte nicht gedacht, dass Yasuko das so zum Nachdenken bringen würde.

Kajis Eltern und sein Bruder waren verstorben. Andere Geschwister hatte er nicht. Es lebte nur noch ein Großvater, aber der war vor langer Zeit, weil er fremdgegangen war, aus der Familie verstoßen worden und hatte seinen Enkel Kaji kein einziges Mal getroffen.

»Aber selbst der hat rechtlich gesehen mehr Möglichkeiten als Sie. Wissen Sie, wo er sich aufhält?«

»Ja, weiß ich zufällig.«

Natürlich hatten weder Yasuko noch Keiko diesen Großvater je kennengelernt, sie hatten sogar vergessen, dass er überhaupt lebte. Doch ein Jahr zuvor war Kajis Großvater am Tag der Achtung vor dem Alter in der lokalen Zeitung aufgetaucht. Der Präfekturgouverneur hatte den über Hundertjährigen persönlich zum Geburtstag gratuliert, und unter den Empfängern der Glückwünsche stand auch der Name Shōsuke Kaji. Keiko hatte das zufällig entdeckt und Yasuko am Telefon davon berichtet.

»Er wohnt in einem Altenheim. Ich kann mich erinnern, dass ich den Artikel ausgeschnitten habe, deswegen kann ich zu Hause nachgucken, welches Heim das war.«

Uemura reichte ihr seine Visitenkarte, sagte ihr, sie solle ihn anrufen, wenn sie mehr wüsste, und brachte Yasuko zur Tür.

Ein Fehlschlag.

So nahm Uemura das wahr. Selbst wenn Yasuko das Geld aufbringen würde, glaubte er nicht, dass dieser Shōsuke für einen Enkelsohn, den er noch nie getroffen hatte, das Dokument zur Ernennung eines Verteidigers unterzeichnen würde. Mit über hundert Jahren würde es schon schwierig werden, ihm das Formular zu erklären. Und die Zeitung war auch schon ein Jahr alt. Ob er jetzt überhaupt noch lebte, war fraglich …

Es klopfte.

»Ich würde gerne mein Haus abreißen, aber habe Schwierigkeiten, weil eine ältere Dame nicht umziehen möchte«, stand in der Terminübersicht.

Uemura seufzte und rief »Herein!« in Richtung Tür. Da klingelte das Handy in seiner Tasche.

»Ah, Manabu? Ich bin's, ich!«

Sein großer Bruder Ken'ichi, der im Norden der Präfektur lebte.

Uemura schnalzte mit der Zunge.

»Ich arbeite gerade!«

Ein dicker Mann mit grau meliertem Haar stand schon im Zimmer.

»Ah, tschuldige, nur, weißt du, Mama liegt im Bett, ich dachte, du könntest sie vielleicht mal anrufen.«

Sein Herz schlug ein Mal, kräftig.

»Was ist ihr passiert?«

»Nein, nichts, nichts. Ihr ist nur ein bisschen schwindelig. Das geht mit Schlafen wieder weg.«

»Wenn das bis heute Nacht noch so geht, komme ich vorbei.«

»Aaah, schon gut, schon gut. Du hast keine normalen Arbeitszeiten, ist okay.«

Bei der Totenandacht, bei der Beerdigung ihres Onkels, selbst als ihr Haus gebrannt hatte, hatte Ken'ichi »schon gut, schon gut« gesagt.

»Wenn du vorbeikommst, nur weil ihr schwindelig ist, wird Mama das bestimmt leidtun. Du bist ja so oder so der Stolz der Familie.«

Ken'ichi vergaß nicht, seine Lieblingsphrase anzubringen.

2

Nach sechs weiteren Klienten war es 17 Uhr.

Die Räume der Anwaltskammer waren von der Kanzlei Fujimi drei Stationen mit dem Bus entfernt. Als Uemura dort ankam, machten sich die zwei Büroangestellten gerade auf den Weg nach Hause. Tee bekam er keinen mehr. Der Boss-Anwalt, Taizō Fujimi, hatte deren Winterbonus reduziert und es damit erklärt, dass er Uemura angestellt hatte.

»Konntest du was Großes an Land ziehen?«

Diesmal hatte den üblichen Satz nicht Taizō gesprochen, sondern dessen Sohn, Norio.

Der hatte einfach nur die Phrase von seinem Vater übernommen, mehr nicht. Norio war vor ihm im Justiz-Forschungs- und Trainingsinstitut gewesen. Sie waren seit Kindertagen befreundet, und als Uemura in Tokio gescheitert war, hatte Norio ihm angeboten, zurückzukehren und gemeinsame Sache zu machen. Taizō hatte beschlossen, mit genau achtzig Jahren in Rente zu gehen, und sie wollten danach die Kanzlei als Partner gemeinsam führen. Norios Angebot ließ bei Uemura keine Wünsche offen, aber als es dann endlich so weit war, war Taizō in bester Verfassung, körperlich topfit und hatte keinerlei Ambitionen, zurückzutreten.

»Irgendwann bekommen wir das hin.« Norio presste bei jeder Gelegenheit entschuldigend die Hände zusammen, aber es gab keinen Zweifel, dass Uemuras Leben als Schnorrer-Anwalt anhalten würde, bis Taizō, der letzten Monat 81 geworden war, zusammenbrach oder starb.

Als Uemura Norio von Yasuko Shimamura erzählte, reckte Taizō am hinteren Schreibtisch den Kopf. Seine Ohren waren gut wie eh und je.

»He, Herr Uemura! Haben Sie etwa die Verteidigung eines Polizisten übernommen?«

»Ist das was Schlechtes?«

Als Uemura zurückfragte, verschränkte Taizō übertrieben empört die Arme.

Er pflegte kein linkes Gedankengut. Er war einfach gegen die Staatsgewalt eingestellt. Und er setzte ein absurd kompliziertes Gesicht auf, mit dem er dem Schnorrer-Anwalt wohl irgendetwas sagen wollte. Ein Anwalt vom Lande. Das war sein Fluch. Uemura hatte ein Flashback, von dem Büro in Roppongi, von dessen Fenstern man auf schicke Tokioter Straßencafés hinabsah. Helle Sonnenstrahlen. Büroangestellte, schöner als Models. Modische Krawatten zu maßgeschneiderten Anzügen. Beständig gingen Leute ein und aus, und Aufträge von zehn oder hundert Millionen Yen nahm man gelassen entgegen.

Taizō hatte seine Pose noch nicht erklärt. In seinem Kopf ratterte es offensichtlich. Wie viel Anzahlung er bekommen würde.

Das Büro könnte das sicherlich gebrauchen.

Uemura sagte, dass er ein Testament fertigstellen müsse, und verließ das Büro. Das würde er morgen machen. Er ging zum Bahnhof und stieg in die Bahn, die nur alle dreißig Minuten fuhr. Zu sich nach Hause. Sein Ärger hatte sich in Kopfschmerzen verwandelt, und seit Langem wollte er mal früh ins Bett.

»Sag mal ehrlich, was soll ich denn machen? Hier gibt's keine einzige Vorbereitungsschule für sie.«

Zu Hause angekommen, hatte Akikos aufdringliche Stimme ihn gepackt.

»Ich glaube wirklich, wir müssen nach Tokio. Wenn es so weitergeht, kommt Mami an keine normale Uni.«

Uemura zog sich wortlos um.

Er sprach mit den Augen.

Wie hast du selbst es denn gemacht? Warst auf einer drittklassigen Uni, an die jeder kommt, hast kein bisschen gelernt und dein Leben mit Schönheitswettbewerben verbracht ...

»Ich schlaf 'ne Runde.«

Das war das Einzige, was er sagte, als er in sein Schlafzimmer ging. Akiko sah ihm beleidigt nach. Dabei schmerzte das schlaff gewordene Fleisch ihres auffallenden Doppelkinns in Uemuras Augen.

Er dachte, dass es weder Liebe noch eine Ehe war, sondern nur ein Vertrag.

Eine Auszeichnung als Rechtsanwalt und drei Trophäen bei der Wahl zur Schönheitskönigin. Sie hatten beide den Vertrag gebrochen. Uemura hatte seine Pflicht vernachlässigt, für ein luxuriöses Leben zu sorgen, und Akiko ihre Pflicht aufgegeben, eine schöne, treusorgende Ehefrau zu sein.

Uemura legte sich aufs Bett.

Er schloss die Augen, konnte aber nicht einschlafen. Im Liegen verstärkten sich die Schmerzen in seinen Schläfen noch.

Wie es seiner Mutter wohl ging?

Gefühle hatte er kaum für sie. Auf die Empfehlung seiner Dorf-Mittelschule hin war Uemura auf eine private Oberschule nach Tokio gegangen, was seine ungebildete Mutter nicht nur mit Stolz, sondern noch mehr mit Erstaunen erfüllt hatte, weswegen ihr Verhalten Uemura gegenüber schrecklich unnatürlich wurde. Sein Vater hatte die weiter entfernten Felder verkauft, und sein Bruder Ken'ichi seine Pläne aufgegeben, an die Uni zu gehen. *Ah, schon gut, schon gut, ich werd ja sowieso den Bauernhof übernehmen.* Uemura konnte sich nicht erinnern, seiner Familie gedankt zu haben. Er wollte etwas werden. Musste etwas werden. Mit einem Gefühl wie Ungeduld quälte er sich durch drei Jahre Oberschule.

Er schaffte sofort die Aufnahmeprüfung an der Universität T. War geistig hellwach. Für das Jurastudium hatte er sich entschieden, weil ein bekannter Journalist von einer fälschlich beschuldigten Person berichtet hatte, was ihn beeindruckt hatte. Aber bis zum juristischen Staatsexamen dauerte es sieben Jahre. Mietkosten. Lebenshaltungskosten. Kosten für die Prüfungsvorbereitung. Vater musste einen Großteil seiner Felder verkaufen. Nach zwei Jahren im Justiz-Forschungs- und Trainingsinstitut war Uemura dreißig geworden. Drei Jahre lang arbeitete er als Schnorrer-Anwalt in der Kanzlei, bei der er schon sein Praktikum gemacht hatte, wechselte dann ins Büro für Öffentlichkeitsarbeit und machte sich dort im zweiten Jahr mit seinem älteren Kollegen selbstständig mit einer gemeinsamen Kanzlei für Zivilrecht inmitten von Roppongi.

Das war noch während der Zeit der Bubble-Economy. Weder Aufträge noch Geld waren schwer zu bekommen. Uemura arbeitete fieberhaft, wie besessen. Er wollte sie sich zurückholen. Diese lange Zeit, in der er in einem feuchten Loch von einer Wohnung nichts gemacht hatte, als sich mit dem Gesetzbuch auseinanderzusetzen. Er verfluchte die Zeit, seit er 15 Jahre alt geworden war, das Elternhaus hinter sich gelassen hatte, in Wohnheimen gelebt hatte und die Aufnahmeprüfung der Universität T zu bestehen sein einziges großes Ziel gewesen war. Deswegen nahm er mit großer Selbstverständlichkeit Aufträge mit hohem Honorar an. Er nahm sich eine Topwohnung im obersten Stock und eine schöne Frau, wie sie ihm entsprachen. Der sichtbare Beweis seines Erfolgs verdeckte die unsichtbare Leere in seinem Herzen.

Uemura wälzte sich in seinem Bett herum.

Vorletztes Jahr im Frühling war dann sein Partner verhaftet worden. Verdacht auf Zweckentfremdung von Spareinlagen einer Immobilienfirma, als deren Insolvenzverwalter er eingesetzt worden war. Um Verluste in einem anderen Fall auszugleichen. Ausstehende Gelder von einem Auftrag wurden von einem Yakuza-Mitglied beim Eintreiben gestohlen, und das musste er kompensieren.

Uemura war entsetzt gewesen, aber es war auch kein Blitz aus heiterem Himmel. Am Ende der Bubble-Economy gab es viele Kredithaie, die dunklen Geschäften nachgingen. Es war ein ständiger Drahtseilakt, bei dem man sich keinen Fehler erlauben konnte.

Ihr Büro wurde von der Polizei durchsucht, die Bilder davon mehrfach im Fernsehen gezeigt.

Da man vermutete, dass er ein Komplize sein könnte, wurde Uemura immer wieder verhört. Damals verlor er auf einen Schlag seine Arbeit als Berater bei zehn Firmen, und seine Kanzlei ging schneller unter, als man gucken konnte. Er kündigte seinen Schnorrer-Anwälten und Büroangestellten, nahm Aufträge zu Dumpingpreisen an, verkaufte sein Apartment und pumpte das Geld ins Büromanagement, aber es brachte alles nichts. An dem Tag, an dem als Kreditsicherheiten die Gesetzessammlung mit dem schwarzen Einband, Büromaschinen usf. abtransportiert wurden, lag in der Ecke seines leeren Büros nur noch die staubbedeckte Kopie des Artikels über die »falschen Anschuldigungen«, der ihn damals dazu gebracht hatte, jahrelang Seiten umzublättern.

Kein Kollege hatte Uemura helfen wollen. Niemand wollte jemanden mit so einem beschmutzten Image in seiner Kanzlei. Uemuras persönlicher Ruf hatte entsprechend gelitten. Er hatte bisher keinen einzigen Fall als Strafrechtler angenommen. Die Wahrscheinlichkeit, da zu verarmen, weil die Familie des Angeklagten keine finanziellen Mittel hatte, war zu hoch. Auch kleine zivilrechtliche Fälle hatte er ignoriert. Ein Anwalt, den man nur mit Geld zur Arbeit bewegen konnte. Jetzt bekam er die Quittung für die Jahre davor.

Er verzweifelte. Verfiel dem Alkohol, und um den zu bezahlen, arbeitete er bei einer Immobilienfirma. Ein Disziplinarkomitee der Anwaltskammer wurde eingesetzt. Es war nur noch eine Frage der Zeit, bis er eine Disziplinarstrafe erhielt. Akiko fing an zu arbeiten. Verdiente Geld mit Versicherungen, im Außendienst. Einmal nahm er Zigarettenrauch in ihrem Haar wahr und gab ihr eine Ohrfeige. Weinend, aber mit einem Lächeln im Gesicht murmelte Akiko: »Ich hab den Falschen erwischt.«

Die Sache ist vorbei, dachte Uemura damals. Sie hatte sich bei der Wahl ihres Mannes vertan. Diese Worte seiner Frau drückten mehr als alles andere aus, dass Uemura sich in seinem Leben verkalkuliert hatte.

Uemura blickte an die dunkle Zimmerdecke.

Norio Fujimis Vorschlag schien damals nicht nur Uemura selbst, sondern, nach außen hin, auch die kriselnde Ehe gerettet zu haben. Sie hatten genug zu essen. Altertümliche Bezeichnungen wie »Schnorrer-Anwalt« sollte man sowieso zu den Akten legen. Sie würden tun, als wäre nichts gewesen, ihre Arbeit erledigen und müssten sich die Ehepaar-Masken nicht abreißen.

Aber ...

Im seinem tiefsten Innern lagen immer noch diese drei Jahre vergraben, in denen er ein motivierendes Stirnband trug, auf dem »Aufnahmeprüfung Universität T« stand, und am liebsten weinen wollte. Wie eine Insektenpuppe in der Erde hatten sie sieben Jahre lang gewartet. Dieser Hohlraum, nichts gewonnen und nichts erreicht zu haben, war nun freigelegt.

Uemura stieg aus dem Bett.

Er steckte seinen Kopf in den Wandschrank und holte eine Pappkiste nach der anderen hervor.

Adressbücher. Visitenkarten. Unzählige Postkarten ...

Sogar während seiner wilden Zeit in Roppongi hatte Uemura nie aufgehört, Neujahrskarten und Mitteilungen von Adressänderungen zu versenden. Das hatte er sich während seiner Oberschulzeit angewöhnt. Einmal im Monat hatte er seinen Eltern Postkarten geschrieben und berichtet, was passiert war und wie sein Ergebnis in den Probeexamen ausgefallen war.

Uemura ging zu dem kleinen Schreibtisch und schaltete die Lampe darauf an. Er steckte sich das Bündel Postkarten, das er bis gestern durchgesehen hatte, unter die Achsel, öffnete das neue Bündel und drehte eine Karte nach der anderen um. Er suchte nach den Zeichen »Präfektur W«. Da hatte er einige Freunde und Bekannte. Leute, die er in Tokio kennengelernt hatte, die aber jetzt hier in lokalen Firmen arbeiteten ...

Jedes Mal wenn er jemanden entdeckte, nahm er seinen Stift zur Hand. »Ich arbeite inzwischen als Anwalt in W. Wenn Du mal Fragen hast, kannst Du Dich jederzeit bei mir melden …«

Er hatte nie ernsthaft daran gedacht, Networking zu betreiben. Aber nur wenn er diese Postkarten schrieb, konnte er vergessen, was er war: ein Schnorrer-Anwalt, dessen Haar langsam dünner wurde.

3

Die *Tōyō* vom nächsten Morgen machte Uemura sprachlos.

Der Artikel schloss an denjenigen über Kaji an, den er am Vortag bei der Beratung gelesen hatte. Nein, Artikel sollte man das nicht nennen, es war ein Exklusivbericht.

Die große Überschrift stach hervor:

Polizei fälscht Aussageprotokoll im Fall Kaji

Staatsanwaltschaft gibt stillschweigende Erlaubnis aufgrund von geheimem Tauschhandel

Uemura überflog den Artikel und holte aus seiner Tasche einen Notizblock und einen Stift hervor. Schrieb das Wichtigste auf:

- Sōichirō Kaji hat am 4.12. Ehefrau ermordet. 2 Tage später, am 6., ist er ins Kabuki-Viertel von Shinjuku gegangen.
- Die Präfekturpolizei von W fürchtete die Verbreitung dieser Informationen und hat deswegen das Protokoll der Zeugenaussage gefälscht und so an die Staatsanwaltschaft von W geschickt. Im Protokoll stand: »ist am 6. durch die Präfektur gestreift, um einen Ort zum Sterben zu suchen«.
- Die Staatsanwaltschaft von W hat die Fälschung durchschaut und eine Untersuchung der Präfekturpolizei angeordnet.

- Zur selben Zeit hat die Präfekturpolizei einen Beamten der Staatsanwaltschaft wegen Gepäckdiebstahls auf der Radrennbahn festgenommen. Bei der Kontaktaufnahme mit der Staatsanwaltschaft wurde der geheime Deal angebahnt.
- Die Staatsanwaltschaft stellte in einer internen Revision fest, dass der besagte Staatsbeamte in zahlreichen Fällen Geld unterschlagen hat. Da man befürchtete, dass der Fall durch die untergebene Ermittlungsbehörde aufgedeckt würde, forderte man, dass der Beamte ausgeliefert werde. Damit gingen sie de facto einen geheimen Tauschhandel mit der Polizei ein.
- Im Endeffekt hat die Staatsanwaltschaft die Untersuchung der Polizeibehörde abgebrochen und die Aussage von Kaji akzeptiert, dass er »umhergestreift sei, um einen Ort zum Sterben zu suchen«.

Uemura war immer noch erstaunt.

Allein dass ein Polizist im Dienst seine Frau umgebracht hatte, war ja schon eine außerordentliche Neuigkeit. Aber die Umstände, die diesen Fall begleiteten, die geheime Fehde zwischen Polizei und Staatsanwaltschaft, die sich da entfaltete ...

Keine alltägliche Geschichte. Das würde kein einfacher Fall werden vor Gericht. Bei dem Gedanken schlug Uemuras Herz heftig.

Er wartete, bis es 7 Uhr war, und rief Yasuko Shimamura in ihrer Wohnung an. Yasuko hatte noch gestern Abend den Artikel über Kajis Großvater entdeckt. Sie hatte gezögert, sich bei Uemura zu melden, weil es bereits so spät geworden war.

»Sagen Sie mir bitte den Namen und die Adresse des Altenheims, ich würde jetzt gleich hinfahren.«

Er notierte es sich, beendete mit dem Versprechen, sie am Nachmittag zu treffen, das Gespräch, zog sich eilig an und verließ das Haus. Bis zur Bushaltestelle am Fuß des Hügels dauerte es fünf Minuten. Dann bis zum Bahnhof K noch einmal dreißig Minuten. Er brauchte dringend eine Fahrerlaubnis, wenn er vorhatte, in so einer ländlichen Großstadt zu bleiben.

Vom Bahnhof K fuhr er mit dem Regionalzug aufs Land. Eine knappe Stunde Richtung Norden. Im Zug war es leer. Uemura saß allein in einem der Vierer-Sitzbereiche und betrachtete die vorbeigleitenden Häuser.

Das Pochen in seiner Brust hatte sich nicht beruhigt.

Der Fall Kaji würde die Blicke der Öffentlichkeit auf sich ziehen. Dort der Verteidiger sein. Wenn das glattginge, würde Uemuras Name mit einem Schlag in der ganzen Präfektur bekannt werden.

Unabhängigkeit …

Er wusste, dass es schwierig werden würde. Es gab praktisch niemanden, der im täglichen Leben die Existenz von Anwälten zur Kenntnis oder sie in Anspruch nahm.

Und trotzdem gab es in den städtischen Gebieten der Präfektur W erstaunlich viele Anwälte; wenn man die Bevölkerungszahlen und die Anzahl der Kanzleien ins Verhältnis setzte, war der Markt schon fast gesättigt. Die meisten Anwälte kamen von hier, hatten schon während der Mittel- und Oberschule ein Netzwerk gepflegt und waren mit ihrer Kanzlei fest in der Gegend verwurzelt. Man hatte den Markt stillschweigend unter sich aufgeteilt. Da als Außenseiter ohne Wurzeln und ohne persönliche Kontakte einzudringen war keine leichte Sache.

In bergigeren Gebieten, der sogenannten »Zero-One-Zone«, gab es große Bereiche, in denen kein oder nur ein Anwalt ansässig war. S-Dorf, in dem Uemura geboren und aufgewachsen war, war so ein Bereich. Aber an solchen Orten ließ sich kein Geld verdienen.

Bei Streit schlichteten die Alten, und alles wurde in Gesprächen geklärt, so lief das auf den Dörfern.

Mit der Einstellung, freiwillig seine Dienste anzubieten und jegliche Beratung anzunehmen, mochte es gehen. Doch wenn man genug Geld für den Lebensunterhalt einer Familie verdienen wollte, indem man zwischen den Menschen, die sich morgen, übermorgen und bis zum Tod immer wieder treffen würden, das Recht zu Wort kommen ließ, war doch die Bereitschaft notwendig, die Dorfgemeinschaft zu zerstören.

Deswegen wartete er darauf, dass Taizō Fujimi starb. Freute sich auf den Tag, wenn er zusammen mit dessen Sohn Norio die Kanzlei übernehmen würde. Aber wenn es möglich war, wollte er aus eigener Kraft …

Die kleinen Flammen, die in seiner Brust brannten, waren sicher der letzte Rest Willenskraft, dachte Uemura.

Er kam am Bahnhof D an, seinem Ziel.

Das hier war bestimmt so eine Zero-One-Zone. Vor dem Bahnhof gab es nur drei Geschäfte, und so weit das Auge reichte, breiteten sich braune Felder aus, über denen der kalte Wind Staub aufwirbelte.

Er fragte einen Bahnhofsangestellten nach der Adresse des Altenheims und erfuhr, dass es drei Kilometer Richtung Westen lag. Der Angestellte gab dem gegenüberliegenden Souvenirhändler ein Handzeichen. Uemura hatte gehört, dass es schwierig war, eine der Privattaxen zu finden, aber tatsächlich waren es zumeist gesetzeswidrige, private »Schwarztaxen«.

»Zum Alten-Intensivpflegeheim ›Seisei-En‹.«

Die graue Mauer war zur Hälfte geschwärzt, das Gebäude machte einen beklemmenden Eindruck. Am Eingang klopfte Uemura sofort mit den Knöcheln an das kleine Fenster auf der rechten Seite. Die Visitenkarte eines Anwalts hatte fast dieselbe Macht wie ein Polizeiausweis. Eine Angestellte, dünn wie ein kahler Baum, führte ihn, ohne nach Gründen zu fragen, fröhlich zum betreffenden Zimmer.

Shōsuke Kaji saß auf einem Bett am Fenster.

Die gertenschlanke Frau sah plötzlich füllig aus – so abgemagert war Shōsuke Kaji.

Die Angestellte rief ihn immer wieder, sie schrie schon fast, und bis er endlich seine trüben Augen ein wenig öffnete, zweifelte Uemura schon halb daran, dass der alte Herr vor ihm überhaupt noch lebte.

»Könnten Sie uns kurz allein lassen? Wir werden auch über Privates sprechen.«

Nachdem er sie hinausgeschickt hatte, formte Uemura seine Hände zu einem Megafon und rückte nah an die lilafarbenen Ohren heran.

»Sie sind Herr Shōsuke Kaji, richtig?«

Keine Antwort.

Er versuchte es noch viele Male, erfolglos. Am Ende schrie er noch einmal, wie die Angestellte es getan hatte, aber er konnte den Hundertzweijährigen nicht zu einem Nicken bewegen.

Uemura sah sich im Zimmer um.

Die Betten waren ordentlich in zwei Reihen aufgestellt. Alle Alten schienen in etwa demselben Zustand wie Shōsuke Kaji zu sein. Nur einer saß mit aufgerichtetem Oberkörper da und sah zu ihm. Seine eingesunkenen Augen, die keinen Fokus mehr fanden, starrten, als würden sie eine entfernte Vergangenheit oder vielleicht die nächste Welt sehen.

Es war still.

Auf dem Flur war auch nichts mehr zu hören.

Uemura begann. Er öffnete die Tasche zu seinen Füßen und holte daraus das Formular zur Ernennung eines Verteidigers hervor. Seine Finger zitterten etwas.

Er nahm Shōsuke Kajis Hand, die auf dessen Bauch ruhte. Keine Körperwärme. Drückte in diese kalte Hand einen Kugelschreiber und fixierte darüber den Stift mit seiner eigenen Hand. Schrieb aufs Papier. Adresse, Vor- und Nachname …

Er nahm den Stift an sich, holte die rote Stempeltinte heraus und machte einen Daumenstempel. Auf dem Papier blieb ein Abdruck zurück, bei dem man nicht sicher sein konnte, ob er von einem Finger stammte oder nur ein Fleck war. Mit einem Taschentuch wischte er die Farbe vom Finger. Während er das tat, sah er sich im Zimmer um. Nur die eingesunkenen, ziellosen Augen blickten in seine Richtung.

Er verließ das Heim wie auf der Flucht.

Das Taxi, das auf ihn gewartet hatte, brachte ihn zum Bahnhof D, und er stieg in den pünktlichen Zug Richtung Tokio.

Als er losfuhr, fiel es ihm wieder ein.

Wenn er sich vom Bahnhof D dreißig Minuten in entgegengesetzter Richtung schaukeln ließe, käme er nach S-Dorf. *Wenn ich die Zeit habe, geh ich Mama besuchen.* Das hatte er auf der Hinfahrt abwesend gedacht.

Aah, schon gut, schon gut. Du bist ja …

Das hatte nicht sein Bruder gesagt, das waren seine eigenen Worte. Obwohl keine anderen Fahrgäste im Zug saßen, drückte Uemura seine Tasche fest unter seine Achsel.

4

Es war gerade 13 Uhr geworden, als er wieder am Bahnhof K ankam.

Uemura wartete im Café vor dem Bahnhof auf Yasuko Shimamura. Währenddessen las er den Artikel der *Tōyō* noch einmal von vorn. Es gab einen Punkt, der ihm unklar war.

Natürlich. Obwohl der Artikel so lang war, stand da kein Wort darüber, warum Sōichirō Kaji nach Tokio gefahren war. Wahrscheinlich hatte der Autor diese Information nicht.

Sein Ziel war Shinjuku, das Kabuki-Viertel. Und da der Grund nicht genannt wurde, hinterließ das einen unangenehmen Nachgeschmack.

Nach etwa 15 Minuten tauchte Yasuko im Café auf. Sie sah bedrückt aus. Wahrscheinlich hatte sie die *Tōyō* gelesen.

»Tut mir leid, dass Sie warten mussten.«

Kaum hatte sich Yasuko gesetzt, breitete Uemura das Dokument zur Ernennung eines Verteidigers auf dem Tisch aus.

»Die Formalitäten sind erledigt. Damit kann ich zur Zentralstation gehen und Polizeihauptmeister Kaji direkt treffen. Was möchten Sie ihm mitteilen?«

Yasuko nickte und schien sich die nächsten Worte gut zu überlegen.

»Der Bericht ist angekommen. Bitte teilen Sie ihm das mit.«

»Der Bericht …? Was für ein Bericht?«

»Es reicht schon, wenn Sie ihm nur das ausrichten.«

Sie sagte das mit Nachdruck, damit er keine Fragen mehr stellte.

Uemura beugte sich über den Tisch.

»Frau Shimamura, haben Sie eventuell etwas falsch verstanden? Der Verteidiger steht auf der Seite des Angeklagten. Damit ich Polizeihauptmeister Kajis Verteidiger werden kann, müssen Sie mir die Wahrheit sagen.«

Yasuko blieb stumm. Hatte ihren Blick ein Stück von Uemuras Gesicht abgewendet.

»Bitte sagen Sie es mir. Welcher Bericht?«

Keine Antwort.

Ich würde ihm gerne etwas mitteilen – Yasukos gestrige Worte bekamen plötzlich einen wörtlichen Sinn. Sie wollte wirklich nur, dass er etwas ausrichtete. Yasuko wollte dem inhaftierten Kaji unbedingt sagen, dass der »Bericht« angekommen sei, und hatte dafür einen Anwalt engagiert.

Uemura trank einen Schluck Kaffee. Dabei dachte er noch einmal gründlich nach.

Der Bericht ist angekommen. Wahrscheinlich mit der Post angekommen. In Kajis Privatwohnung wohnte momentan niemand. Das hieß, dass Yasuko an seinen Briefkasten gegangen war. Nein, das hieß bestimmt, dass Kaji veranlasst hatte, dass seine Post in ihre Wohnung umgeleitet wurde. Und dann wurde also dieser Bericht weitergeleitet. Damit Kaji das erführe, hatte Yasuko sogar extra einen Anwalt engagiert. Es erschien logisch, dass Kaji sie darum gebeten hatte. Das musste er getan haben, bevor er sich selbst angezeigt hatte. *Sag mir Bescheid, wenn der Bericht angekommen ist.*

Die Frage war jetzt, was für ein Bericht das war. Berichte konnten alles Mögliche sein; von der Polizei, einer Gruppe, einem Verein … Sicherlich von irgendeiner Organisation, bei der Kaji Mitglied war.

Uemura stellte die Tasse zurück auf den Tisch.

»Frau Shimamura, haben Sie die *Tōyō* heute Morgen gesehen?«

»Ja … ich habe es gelesen.«

»Hat dieser Bericht etwas mit dem Kabuki-Viertel zu tun?«

Yasukos Gesicht zeigte deutlich ihre Unruhe.

Also hatte er damit zu tun.

Uemura drang weiter in sie.

»Bitte reden Sie offen. Sollte die Information für Polizeihauptmeister Kaji ungünstig sein, wird niemand durch mich davon erfahren.«

Yasuko neigte den Kopf, als wäre sie nicht sicher, was das bedeutete.

Uemura versuchte es mit einer Veranschaulichung.

»Damit will ich sagen, dass dieser Bericht, falls er mit dem Milieu des Kabuki-Viertels zu tun hat und anstößig ist, Polizeihauptmeister Kaji bei der Verurteilung zum Nachteil ausgelegt werden könnte, wenn er ans Licht kommt.«

Yasukos Gesicht wurde rot vor Wut.

»So einer ist Sōichirō nicht! Der Bericht ist überhaupt nicht anrüchig. Wenn Sōichirō in Shinjuku war, dann sicher, weil …«

Er wartete einige Sekunden, aber Yasuko sprach nicht weiter.

»Warum ist Polizeihauptmeister Kaji ins Kabuki-Viertel gegangen?«

Yasuko antwortete nicht. Atmete schwer.

»Dann sagen Sie mir bitte, um was für einen Bericht es sich handelt.«

Yasuko drückte sich mit einem gequälten Gesichtsausdruck die Hand an die Brust.

»Frau Shimamura, wenn ich Ihr Anwalt werden soll ...«

Yasuko unterbrach ihn.

»Ehrlich gesagt weiß ich nicht mal, ob Sōichirō wissen will, dass der Bericht angekommen ist. Er hat gesagt, dass er auf eine Postsendung von seiner Gruppe warte, und deswegen dachte ich, es wäre gut, ihm Bescheid zu sagen. Mehr nicht.«

»Was für eine Gruppe?«

Yasuko blickte zu Boden.

»Wenn Sie es mir sagen, könnte der Bericht oder sein Besuch im Kabuki-Viertel vielleicht sogar zu seinem Vorteil ausgelegt werden. Bitte reden Sie ganz offen. Denken Sie daran, dass es im Sinne von Polizeihauptmeister Kaji ist.«

Yasuko dachte nach und blickte dann mit tränenfeuchten Augen auf.

»Mehr werden Sie von mir nicht hören. Fragen Sie Sōichirō bitte direkt.«

5

Wie er vermutet hatte, war der Wachmann der Zentralstation nicht so leicht zu umgehen.

Zuerst hatte Uemura das Dokument zur Ernennung eines Verteidigers zur Gegenzeichnung eingereicht und darum gebeten, direkt mit Sōichirō Kaji zu sprechen. Die Panik, die das auslöste, hatte schon fast etwas Komisches. Anscheinend trugen sie einen ziemlichen Schock davon, als sie erfuhren, dass der ehemalige Polizeihauptmeister Kaji einen Wahlverteidiger hatte. Alle Polizisten um ihn herum warfen ihm ausnahmslos feindselige Blicke zu. Das war verständlich. Nachdem heute Morgen der geheime Tauschhandel zwischen Polizei und Staatsanwaltschaft aufgedeckt worden war, war die Station wuterfüllt.

Der Leiter der Polizeiverwaltung war für das Management der Zellen verantwortlich und rief im Kriminaldezernat im zweiten Stock an. Mit geblähter Brust kam dann ein Abteilungsleiter von dort herunter, der sich Komine nannte. Der redete nicht um den heißen Brei herum. Während der laufenden Untersuchung gebe es keine Erlaubnis für einen Besuch. Auch die Staatsanwaltschaft habe gesagt, dass keine direkten Treffen möglich seien. Das wiederholte Komine ganze drei Mal. Als Uemura nach dem zuständigen Staatsanwalt fragte, antwortete er, dass das Morio Sase sei, die Nummer drei in der Hierarchie der Lokalen Staatsanwaltschaft. Die Präfekturpolizei und die Staatsanwaltschaft hatten wegen dieses Falls eine Verabredung getroffen. Ohne den Staatsanwalt würde er keine Erlaubnis für ein Gespräch bekommen. Komine zweifelte offensichtlich daran, dass Uemura die Arroganz besaß, dort hinzugehen, und lächelte ihn dreist an, doch als Uemura ihm erzählte, dass Sase ein Kommilitone aus seiner Zeit im Justiz-Forschungs- und Trainingsinstitut war, verschwand jegliches Lächeln und alles Blut aus Komines Gesicht.

Uemura drängte den Taxifahrer, möglichst schnell in die Lokale Staatsanwaltschaft von W zu fahren.

Er trug sich im Wärterzimmer in die Liste für Besprechungen ein und wartete auf dem Sofa. Nach etwa zwanzig Minuten rief ihn der Wärter. Das Zimmer von Staatsanwalt Sase war ganz hinten im zweiten Stock.

Sein Sekretär war nicht im Raum. Nur Sase saß allein an einem Schreibtisch, den Rücken zum Fenster, und studierte irgendwelche Unterlagen.

»He, das ist unerwartet.«

Diese Begrüßung kam von Sase. Sie hatten sich seit dem Trainingsinstitut etwa zwanzig Jahre lang nicht gesehen.

»Ich habe mir schon gedacht, dass du es bist.«

Mit diesen Worten setzte Uemura sich auf den Klappstuhl, der für Angeklagte vorgesehen war. Als er in den Nachrichten gehört hatte, dass ein Polizist im Dienst seine Frau getötet habe, hatte er sich schon gedacht, dass aufgrund der Bedeutung des Falls Sase, der als dritthöchster Staatsanwalt an der Spitze der Behörde stand, die Sache übernehmen würde. Dass er an die dritte Stelle gerückt war, hatte er den jährlichen Neujahrskarten entnommen. Gerade erst vor etwa zehn Tagen hatte Uemura selbst eine Postkarte abgeschickt, auf der stand, dass er zurückgekehrt war, um hier als Anwalt zu arbeiten.

»Du hast es wohl nicht leicht?«

Sase lachte und blickte auf Uemuras Haaransatz. Sase selbst hatte, verglichen mit früher, extrem eingefallene Wangen, und zu seiner ursprünglichen coolen Erscheinung hatte sich auch etwas Unheimliches gesellt.

»In der Polizeistation war 'ne Menge los, ist es hier auch so unruhig?«

Bei Uemuras Worten entfuhr Sase ein kleines, abfälliges Lachen.

»Das haben wir einem Journalisten mit großer Vorstellungskraft zu verdanken.«

»Entspricht es etwa nicht den Tatsachen, was er geschrieben hat?«

»Tja, wäre gut, wenn man das wüsste.«

Nachdem er das ausdruckslos gesagt hatte, sah Sase Uemura in die Augen.

»Du wirst also der Verteidiger von Sōichirō Kaji?«

»Ja. Deswegen bin ich hier. Bitte gib mir die Erlaubnis, mit ihm direkt zu reden.«

»Geht nicht«, sagte Sase leicht dahin.

»Warum? Befindet er sich nicht in der Verfassung, mit einem Anwalt zu sprechen?«

»Wir sind noch bei der Ermittlung. Also warte noch ab.«

»Gespräche mit dem Anwalt sind prinzipiell immer erlaubt. Auch die Staatsanwaltschaft hat doch sicher ihre Regelungen von Gesprächen mit Anwälten erneuert.«

»Die sind wegen dieses blödsinnigen Artikels nervös geworden. Also hab da mal ein bisschen Verständnis.«

Sases Redeweise war arrogant.

Er, der im ersten Anlauf das Staatsexamen bestanden hatte, wusste nichts von der in der Erde schlummernden Puppe.

Scharfe Worte bahnten sich den Weg aus Uemuras Mund.

»Dann sehen wir uns also wieder, wenn ich beim Landgericht eine Beschwerde wegen Behinderung des Kontaktrechts eingelegt habe. So richtig extravagant, mit Presse.«

Sase sah Uemura unverwandt an.

»Warum nimmst du das denn so ernst?«

Uemura fühlte sich durchschaut und wurde noch wütender.

»Das sollte ich dich fragen. Sag mir mal, was das soll! Wieso machst du einen geheimen Tauschhandel mit der Präfekturpolizei? Und nennst dich trotzdem noch Staatsanwalt? Ist dir das gar nicht peinlich?«

»Lass dich nicht für dumm verkaufen. Kannst du mir ein Beispiel nennen, wann die Zeitungen mal nicht gelogen haben?«

»Versuch du nicht, mich übers Ohr zu hauen. Kaji ist ja wohl wirklich ins Kabuki-Viertel gegangen.«

»Er ist in der Präfektur umhergeirrt, um einen Ort zum Sterben zu suchen – das waren seine Worte.«

»Dann lass mich ihn treffen. Das möchte ich mit meinen eigenen Ohren hören.«

Sase holte tief Luft.

»Gut, mach ich. Morgen dann. Am 15. Dezember, 13 Uhr, für 15 Minuten. In Ordnung?«

Uemura nickte. Eigentlich hatte er sich dreißig Minuten erhofft, aber er wollte dieses erste Treffen nach zwanzig Jahren nicht noch feindseliger gestalten, als es ohnehin schon war.

Er hatte auch Schuldgefühle. Er war selbst nicht auf einem Weg hergekommen, bei dem er dem Staatsanwalt mit allzu viel Selbstgerechtigkeit gegenübertreten konnte. Ganz zu schweigen davon, dass das, was Uemura für das Dokument zur Ernennung eines Verteidigers in seiner Tasche getan hatte, dem, was Polizei und Staatsanwaltschaft mit der Zeugenaussage von Kaji getan hatten, ziemlich nahekam.

»Dann schulde ich dir was.«

Uemura erhob sich, wurde aber von Sase aufgehalten.

»Uemura, wie alt bist du?«

»Ich? 49.«

»Dacht ich's mir.«

»Was dachtest du dir?«

»Sōichirō Kaji ist auch 49.«

»Weiß ich. Und?«

Bei seiner Antwort setzte Sase sein Anwaltsgesicht ab.

»Was ändert sich, wenn man knapp fünfzig wird?«

»Was meinst du?«

»Am Seelenzustand … an der Weltanschauung oder der Einstellung zu Leben und Tod.«

Es fühlte sich an, als wäre eine Hand bis in die Tiefen seines Herzens eingedrungen.

»Gar nichts ändert sich. Ich dachte mal, dass man mit fünfzig wenigstens ein bisschen einsichtiger ist. Aber nichts ändert sich. Man ist so unreif wie eh und je.«

Seine wahre Meinung sprudelte aus ihm hervor.

Sase nickte und wandte kurz darauf Uemura ein sanftmütiges Gesicht zu.

»Kaji will mit fünfzig sterben.«

»Was?«

»Ich weiß nicht, wieso, aber bin mir sicher, dass er sterben will. Den Eindruck hatte ich bei jedem unserer Verhöre.«

»Und wie kommst du darauf?«

»Bevor er sich selbst angezeigt hat, hat er an einer Kalligrafie gearbeitet. *Der Mensch lebt fünfzig Jahre.*«

Also ein Abschiedsbrief ...

Uemura betrachtete Sases Profil, der den Blick zum Fenster gerichtet hatte.

Es war schwer zu sagen, was er dachte. Warum leitete er Infos aus der Befragung an den Anwalt der Gegenseite weiter?

Wollte er einfach, dass Uemura nicht zu hart mit Kaji umging? Oder vertraute er Uemura das an, was er selbst nicht bewerkstelligen konnte, nämlich Kajis Motive aufzudecken?

Uemura konnte nicht sagen, was von beiden. Aber das Profil des Mannes, der ihn im Justiz-Forschungs- und Trainingsinstitut dazu gebracht hatte, den überstrengen Lehrer »Rasierklinge« zu nennen, hatte etwas Melancholisches angenommen und seine frühere Schärfe und sein Strahlen verloren.

Von der Staatsanwaltschaft fuhr Uemura mit dem Bus Richtung Büro.

Er würde Kaji dazu bringen, die Wahrheit zu sagen.

Nicht für Kaji, natürlich, aber auch nicht für Yasuko Shimamura oder für Sase.

Er überlegte sich noch im Bus den Entwurf für ein Fax, das er an die Medienvertreter schicken würde.

»Am heutigen Tage hat Herr Sōichirō Kaji einen privaten Verteidiger erhalten. Morgen ab 13 Uhr wird dieser in der Zentralstation von W mit seinem Klienten reden. Im Anschluss daran wird es vor der Station über den Inhalt dieser Besprechung eine Pressekonferenz ...«

6

Am Tag darauf blies ein starker Wind, und es regnete.

Uemura war früh aufgestanden und hatte Verschiedenes im Büro erledigt, verließ es aber um 10 Uhr vormittags wieder. Am Abend zuvor hatte er einen Anruf von der Zweigstelle der *Tōyō* bekommen. Der Journalist, der den Exklusivbericht geschrieben hatte, wollte mit ihm sprechen, ehe er Kaji traf.

Er klappte seinen Schirm zusammen und öffnete die Cafétür, als er auf einem Platz am Fenster jemanden warten sah, der Kleidung trug, wie er es von einem Journalisten erwartete.

»Sind Sie Herr Nakao von der *Tōyō*?«

So angesprochen, nickte der Mann perplex.

Sie tauschten schnell ihre Visitenkarten aus.

Yōhei Nakao, Journalist in der W-Filiale der *Tōyō*.

»Entschuldigen Sie, dass ich Sie von der Arbeit abhalte.«

Bei jemandem, dem so eine Sensation gelungen war, erwartete man Selbstbewusstsein und Stolz, aber der Gesichtsausdruck von Nakao vor ihm war finster. Sein Blick ging unstet hin und her, und er sah sogar nervös aus.

Und plötzlich verstand Uemura. Das war eine Reaktion auf die heutigen Morgenausgaben. Als Uemura allein im Büro die Zeitungen durchgegangen war, hatte es keine einzige gegeben, die die Informationen zum Fall Kaji aufgegriffen hatte.

Er hatte irgendwann mal von einem ihm bekannten Journalisten gehört, dass ein Sensationsartikel dadurch einer wurde, dass andere Zeitungen ihn kopierten.

Entsprechend konnte Nakaos Artikel sich nicht zu einem Sensationsartikel entwickeln, wenn er von den anderen Zeitungen ignoriert wurde.

Dort musste er mit den Fragen beginnen.

»Die anderen Zeitungen haben's nicht gebracht, was?«

Nakao blickte Uemura böse an.

»Denen ist es nicht gelungen, Beweise dafür zu finden. Das passiert manchmal bei großen Sensationen.«

Uemura nickte bedächtig.

Das stimmte wahrscheinlich. Die Journalisten der anderen Zeitungen hatten bestimmt bei Polizei und Staatsanwaltschaft nachgefragt, ob das, was in der *Tōyō* stand, stimmte. Und die beiden Ermittlungsbehörden hatten sich zusammengerauft und vehement dementiert. Das passte den anderen Zeitungen gut in den Kram, und sie hatten sich entschieden, die Sache totzuschweigen. Wenn im Raum stand, dass der Artikel der *Tōyō* eine Falschmeldung war, hatten sie selbst ja ihre Pflicht erfüllt. So gesehen war Nakaos Sensation wohl eine Nummer zu groß gewesen. Aber …

Es schien offensichtlich, dass Nakao irgendwie in der Zwickmühle steckte.

»Ich kann es Ihnen ganz klar sagen. Was in dem Artikel steht, ist alles wahr. Ich habe für alles Beweise.«

Es hörte sich kläglich an. Nakao war deprimiert und in ein tiefes Loch gefallen – er hatte landesweit einen erstaunlichen Artikel veröffentlicht und sah sich nun noch gezwungen zu beweisen, dass er sich auf Tatsachen berief.

Ist ja schon gut. Der Artikel entspricht der Wahrheit. Das wollte er Nakao am liebsten sagen.

Wenn Sōichirō in Shinjuku war, dann sicher, weil ...

Die unbedachten Worte von Yasuko hatten bewiesen, dass Kaji nach Tokio gefahren war. Polizei und Staatsanwaltschaft würden die gefälschte Aussage und den geheimen Tauschhandel vermutlich ewig abstreiten. Aber wenn Kaji seine Aussage revidierte, würde alles zusammenbrechen. Das war die einzige Methode zu zeigen, dass der Artikel der *Tōyō* wahr war.

Und das war auch Uemuras Absicht.

Als Rechtsanwalt wollte er Kaji dazu bringen, die Wahrheit zu erzählen, und dann diese beispiellose Lüge, mit der Polizei und Staatsanwaltschaft die Öffentlichkeit hinters Licht führen wollten, aufdecken.

Vermutlich hatte Kaji, um seine Organisation nicht zu kompromittieren, die Fälschung seiner Aussage zugelassen. Die Polizei hatte sich auf Kajis Treue ausgeruht und leichtsinnig behauptet, die Aussage sei nicht verändert worden. Doch Uemura besaß jede Menge Informationen, die weder die Untersuchungsbehörden noch die Medien kannten. Und er hatte eine Strategie. Vor allem aus den Erfahrungen während seiner Zeit in Roppongi, die von Geld und Gier geprägt gewesen war, wusste er, wie er Schwachstellen finden und benutzen konnte.

Die Chancen standen fünfzig-fünfzig, schätzte Uemura.

»Jedenfalls passiert gar nichts, wenn Polizeihauptmeister Kaji nicht endlich die Wahrheit sagt.«

Nakao nickte mehrfach bei Uemuras Worten.

»Es ist wirklich sehr frustrierend. Egal, wie wichtig es für uns wäre, wir dürfen einen inhaftierten Verdächtigen nicht treffen.«

An dieser Ausdruckweise merkte man doch, dass er von Uemura abhängig war.

»Sie kommen sicher zu der Pressekonferenz heute Nachmittag?«

»Natürlich. Ich denke, wir werden alle hingehen. Die zittern doch alle innerlich vor Angst.«

»Also, bis dann.«

Uemura schnappte sich die Rechnung und stand auf.

»Nein, das übernehme ich …«

Die Art, wie er die Rechnung Uemura aus der Hand riss, war schon fast grob.

Uemura sagte spontan: »In den nächsten Morgenausgaben werden sicher alle Zeitungen das Gleiche schreiben, was auch in Ihrem Artikel stand.«

Nakao hörte auf zu blinzeln und senkte den Kopf tief, als würde er in sich zusammenfallen.

7

Der Wind hatte sich gelegt, und auch der Regen war in feines Nieseln übergegangen.

Uemura befand sich tief im Feindesland. Um 12.45 Uhr betrat er den Eingangsbereich der Zentralstation von W. Er ging in den zweiten Stock hinauf, und als er die Tür zur Kriminalabteilung öffnete, starrten ihn etwa zwanzig Kriminalbeamte gleichzeitig an, als hätten sie nur darauf gewartet, dass er eintrat. Unter die Kriminalbeamten hatten sich eindeutig auch Menschen anderen Schlags gemischt. Vermutlich welche aus der Verwaltung, die hinter den Kulissen dafür sorgen sollten, dass der Fall Kaji wieder unter Kontrolle gebracht wurde …

Er hatte schon lange Abteilungsleiter Komines Präsenz gespürt, der sich nur zehn Meter vor ihm befand.

»Guten Tag.«

Nach dem Gruß zeigte Uemura das Formular mit dem ausgewiesenen Datum und der Uhrzeit. Es war heute Morgen per Fax von der Staatsanwaltschaft gekommen. Komine warf einen Blick auf die Unterschrift von Morio Sase und stand wortlos auf. Uemura ging durch den dunklen Korridor, den Blick auf Komines Rücken gerichtet, der seinen Ärger nicht verbarg. Sie liefen auf eine Eisentür zu, die schon rostig geworden war. Der Eingang zur Arrestzelle. Als Komine einen Knopf seitlich der Tür drückte, öffnete sich kurze Zeit später die Durchgangstür, und der Wärter dahinter zeigte sein nervöses, blasses Gesicht.

Direkt rechts neben dem Eingang war der Besprechungsraum.

Uemura setzte sich auf einen Klappstuhl. Warf einen Blick auf seine Armbanduhr. 12.55 Uhr. Auf der anderen Seite der Trennwand aus Hartplastik stand der Stuhl für den Verdächtigen zusammengeklappt an die Wand gelehnt.

Uemura hatte entschieden vorzugeben, dass Yasuko Shimamura ihn als Verteidiger nominiert hatte. Kaji war Polizist. Ihm war zwar möglicherweise bewusst, dass seine Schwägerin nicht das Nominierungsrecht besaß, aber wenn er hörte, dass ein Großvater, den er noch nie persönlich getroffen hatte, der Auftraggeber war, würde er Uemura sicher auf der Stelle wieder wegschicken oder darauf bestehen, dass er überhaupt keinen Verteidiger brauche …

Es war 13 Uhr. Uemura war schon ganz angespannt, aber die Tür gegenüber öffnete sich nicht. Eine Minute Verspätung. Zwei Minuten … drei Minuten … Uemura stand auf. Es war offensichtlich, dass sie ihn hinhalten wollten. Er hatte nur 15 Minuten. Die Polizei wollte sie weiter verkürzen. Als er gerade den Wärter rufen wollte, war es so weit.

Die Tür für die Verdächtigen öffnete sich.

Uemura sog den Atem ein. Zwei klare Augen betrachteten ihn. Das waren die Fenster zu Sōichirō Kajis Seele; das konnte man auf dem Foto in der Zeitung gar nicht sehen. Auch Sase hatte diesen Augen gegenübergesessen. Und geschlussfolgert, dass Kaji sterben wolle.

Sie beide setzten sich, auf den gegenüberliegenden Seiten der Trennwand, gleichzeitig hin. Man würde ihn rufen, wenn die Zeit vorbei sei, sagte der Wärter tonlos und wendete ihnen den Rücken zu. Uemura hielt ihn irritiert zurück.

»Er hat vier Minuten Verspätung. Sagen Sie dem Abteilungsleiter, dass das Gespräch bis 13.19 Uhr dauern wird.«

Der Wärter verließ den Raum, ohne sich umzudrehen. Uemura hatte laut gerufen, aber wurde ignoriert. Und währenddessen lief die Uhr weiter.

Beruhige dich, warnte Uemura sich selbst und rückte dann mit dem Gesicht näher an die Trennwand heran.

»Ich heiße Manabu Uemura. Frau Yasuko Shimamura hat mich als Ihren Verteidiger nominiert.«

»Danke, aber ich kann unmöglich einen Verteidiger ...«

Kaji reagierte genau wie angenommen, weswegen Uemura ihn schnell unterbrach: »Sie können nicht den Wunsch Ihrer Schwägerin einfach ignorieren. Es würde sie traurig machen, wenn Sie ablehnen. Sie macht sich große Sorgen um Sie. Deswegen ...«

Er musste ihn überzeugen und befragen. Ihm blieb keine Zeit.

»Ihre Schwägerin hat mir eine wichtige Nachricht für Sie anvertraut.«

Kaji sah überrascht aus. Als wüsste er in etwa, welche Nachricht das sein könnte.

»Sie wissen schon ...«, deutete Uemura an. *Ich bin Ihr Verteidiger und habe von Yasuko alles erfahren.* Das wollte er Kaji glauben machen.

»Der Bericht von Ihrer Gruppe ist eingetroffen.«

»Der Bericht ...«

Kajis Gesicht verdunkelte sich. Er hatte mit etwas anderem gerechnet. Seine Augen verrieten es.

Wenn Yasuko schwer zu lesen war, war das hier eindeutig. Kaji wartete nicht auf den Bericht. Er wollte etwas anderes von dieser »Gruppe«.

»Sicherlich wird das, was Sie erwarten, schon bald ankommen.«

Er hatte den Köder ausgeworfen, aber Kaji biss nicht an.

Die Unterhaltung führte ins Nirgendwo. Es waren schon fast fünf Minuten vergangen.

»Herr Kaji, in der gestrigen Morgenausgabe der *Tōyō* wurden einige Interna zu Ihrem Fall aufgedeckt.«

Kaji schien das zu wissen. Sein Gesicht zeigte kein Erstaunen, seine Augen sahen nur etwas traurig aus.

»Auch, dass Sie ins Kabuki-Viertel gegangen sind.«

»Nein, ich war …«

»Aber das muss nicht unbedingt zu Ihrem Nachteil ausgelegt werden. Wenn wir die Wahrheit offenlegen, könnte es sogar ein Beweis für Ihre Aufrichtigkeit sein.«

»Aber ich sagte doch, Herr Uemura …«

Er verriet nichts.

»Die Welt ist schlecht. Wenn nur bekannt wird, dass Sie im Kabuki-Viertel unterwegs waren, weiß man noch nicht den Grund. Die Leute schwatzen gern, und man wird Sie lächerlich machen, indem man erzählt, Sie hätten den Leichnam Ihrer Frau zurückgelassen, um sich noch einmal zweifelhaften Vergnügungen hinzugeben. Wollen Sie das?«

Kaji seufzte kurz und sagte: »Das ist mir egal.«

»Ich verstehe schon, dass Sie die Präfekturpolizei schützen wollen. Aber was tut die Polizei für Sie?«

Wahrscheinlich wurde das Gespräch abgehört. Mit diesem Gedanken im Hinterkopf fuhr Uemura fort.

»Die Präfekturpolizei hat Sie im Stich gelassen. Geopfert, könnte man sagen. Das Einzige, was Ihnen bleibt, ist, Ihre Ehre selbst wiederherzustellen.«

Kaji blickte zu Boden.

»Ich habe keine Ehre mehr, die ich herstellen könnte. Ich habe meine Frau ermordet.«

Uemura beugte sich vor.

»Ich bin 49 Jahre alt, genau wie Sie. Ich habe mich angestrengt im Leben. In meiner Vergangenheit gibt es Dinge, auf die ich stolz bin, und Dinge, auf die ich nicht stolz bin. Aber in meinem Alter kann ich nicht mein ganzes Leben in den Dreck ziehen lassen. Seinen Charakter schlechtmachen zu lassen, aus der Gesellschaft ausgelöscht zu werden, das ist zu grausam. Finden Sie nicht?«

Das Plastik der Trennwand war von Uemuras Atem weiß beschlagen.

Ich hab den Falschen erwischt …

Akikos Murmeln kreiste in seinen Ohren.

»Herr Kaji, wir haben nicht mehr viel Zeit. Ich frage Sie direkt. Sie waren im Kabuki-Viertel, richtig?«

Kaji schloss die Augen.

»Nein … Ich bin in der Präfektur umhergelaufen, um einen Ort zum Sterben zu suchen.«

Uemuras Wut arbeitete sich von der Tiefe seines Magens nach oben. Gleich alt. Vom Leben gezeichnet. Aber er durfte mit dem Mann vor sich kein Mitleid haben.

Uemura setzte an der Schwachstelle an.

»Reden wir offen. Frau Yasuko Shimamura hat mir gegenüber bestätigt, dass Sie ins Kabuki-Viertel gegangen sind. Ich habe vor, das der Presse mitzuteilen. Ihre Schwägerin wird gegen die Menge von Reporterfragen, mit denen sie bombardiert wird, wohl kaum ankommen.«

Kaji riss die Augen auf.

»Herr Kaji, ich möchte von Ihnen die Wahrheit hören. Warum sind Sie ins Kabuki-Viertel gegangen? Was haben Sie dort gesucht?«

Kaji streckte seinen Rücken. Seine Lippen bewegten sich. Jetzt war es so weit. Hinter Kaji öffnete sich eine Tür.

»Die Zeit ist um.«

Uemura stieß beim Aufstehen seinen Stuhl um.

»Es sind noch vier Minuten! Das ist Behinderung des Kontaktrechts!«

Der Wärter sah Uemura nicht in die Augen, sondern signalisierte Kaji aufzustehen. Der beugte seinen Kopf vor dem Wärter.

»Ich bitte Sie. Nur noch eine Minute … es wäre mir sehr wichtig …«

Der Wärter schien überrascht, tauschte vor der Tür mit irgendwem leise Worte aus und verschwand.

Kaji blickte Uemura direkt an. Seine Augen waren so tieftraurig, dass Uemura instinktiv zurückwich.

»Mein Sohn ist verstorben, meine Frau habe ich getötet. Dass ich mit dieser Schande weiterlebe, liegt daran, dass ich glaube, dass es noch jemanden gibt, für den ich wichtig bin. Weil es jemanden gab, der mir das gesagt hat. Deswegen muss ich noch ein Jahr … nur ein Jahr …«

Der Mensch lebt fünfzig Jahre …

Uemura legte seine Hand auf die Scheibe der Trennwand.

»Ich verstehe nicht. Was meinen Sie? Wer hat Ihnen was gesagt?«

»Das kann ich nicht sagen. Ich will diesen Menschen beschützen, wenigstens den …«

»Aber …«

Kajis Gesicht kam plötzlich näher.

»Herr Uemura, haben Sie niemanden, den Sie schützen möchten?«

Uemura verfiel in Panik.

Er war bestürzt. Ihm fiel weder ein Gesicht noch ein Name ein.

Hinter Kaji öffnete sich die Tür. Diesmal kam nicht nur der Wärter, sondern auch Komine herein. Sein Gesicht zeigte, dass jede Diskussion zwecklos war.

»Ich bitte Sie, lassen Sie die Sache ruhen.«

Mit diesen Worten verließ Kaji das Besprechungszimmer.

Uemura ging wie benommen die Treppen hinunter.

Der Regen hatte vollkommen aufgehört. Kaum hatte er die Station verlassen, wurde er von einer Schar von Reportern umringt. Auch das Fernsehen war gekommen. Abseits der Gruppe stand auch Yōhei Nakao, in dessen Gesicht sich eine Mischung aus Erwartung und Angst spiegelte.

Ein Bündel Mikrofone wurde Uemura vor den Mund gehalten. Gleich neben ihm stand der Boss-Anwalt, Taizō Fujimi. Er glättete sich die dicken Augenbrauen mit Spucke, wohl in der Annahme, dass die Fernsehkameras auch ihn einfangen würden.

Uemura setzte seinen Kopf wieder in Gang.

Was sollte er sagen, und wie?

Kaji ist ins Kabuki-Viertel gegangen. Das konnte er eindeutig sagen. Mit dieser Aussage wurde klar, dass das Szenario, das Polizei und Staatsanwaltschaft angefertigt hatten, komplett erlogen war. Und Uemuras Gesicht und Stimme, die diesen nie da gewesenen Skandal offenlegten, würden landesweit im Fernsehen ausgestrahlt werden.

Bei dem Gedanken lief es ihm kalt den Rücken runter.

Er wandte den Kopf.

Zweiter Stock der Station. Ein Fenster mit Eisengitter …

Er hatte den Eindruck, als würde Kaji ihn von dort aus beobachten.

Uemura schüttelte das Phantom ab.

Diese Chance …

Es war seine letzte Chance.

Er ballte die Faust. Auf seiner Stirn sammelte sich Schweiß.

»Also, sind Sie alle so weit?«

Die Reporter antworteten, als hätte er sie alle unter seiner Kontrolle, als ein lautes Handyklingeln zu hören war. Die Reporter suchten simultan in ihren Taschen.

»Ist das nicht Ihrs, Herr Uemura?«, fragte jemand.

Er griff danach, und es war tatsächlich sein Handy, das schrillte.

»Dann lassen Sie mich das hier noch schnell erledigen«, sagte Uemura und ging an den Apparat.

»Ah, ich bin's, ich!«

Uemura wandte der Gruppe von Reportern den Rücken zu.

»Was denn? Gerade isses schlecht.«

»Aah, tschuldige, tschuldige, Mama ist jetzt doch im Krankenhaus, weißt du.«

»Im Krankenhaus …!«

»Keine Sorge, keine Sorge. Sie ist nur ein bisschen erschöpft.«

»Ich komme morgen vorbei.«

»Ah, schon gut, schon gut, du bist … ehrlich gesagt hat Mama mir verboten, darüber zu sprechen. ›Manabu strengt sich aus Barmherzigkeit jeden Tag an. Wenn wir ihn da her-rufen, werden wir von den Göttern bestraft.‹«

Uemura legte auf. Sofort hatte er das Bündel Mikrofone wie-der vor sich. Wurde aufgefordert, anzufangen.

Barmherzigkeit …

Uemura öffnete den Mund. Aber es kamen keine Worte he-raus, und er erinnerte sich an die tieftraurigen Augen.

8

Als er nach Hause kam, war es nach 21 Uhr.

Ungewöhnlicherweise näherte sich ihm seine Tochter Mami. In einem erschütternd kurzen Rock.

»Papa, du sahst super aus im Fernsehen!«

»Findest du.«

»Aber echt, und unsere Zeitung, ist doch krass. Sagen einfach, dass der Polizist ins Kabuki-Viertel gegangen ist.«

Dabei wandte Mami ihren Kopf zur Küche.

»Mama! Schnell! Ich muss noch Hausaufgaben machen!«

Akiko kam angetrippelt. Sie versteckte irgendwas hinter ihrem Rücken. Mami nahm es sich.

»Tada!«

Sie drückte ein dünnes Kästchen an die Brust. Eine rote Schleife war darumgewickelt.

Akiko kicherte.

»Was soll denn das komische Gesicht. Du hast doch Geburtstag!«

Fünfzig.

Im Kästchen war eine Krawatte. In Farbe und Design seinem Alter angepasst …

Ohne ein Wort des Dankes ging Uemura ins Schlafzimmer.

Er holte eine Pappkiste aus dem Wandschrank, nahm das Bündel Karten hervor und breitete es auf dem kleinen Schreibtisch aus.

Suchte nach den Zeichen »Präfektur W«.

Sōichirō Kaji war ein guter Mensch. Das sagte sich Uemura immer wieder, während er aus dem Augenwinkel das rote Band wahrnahm.

1

Der Shinkansen zurück war leer.

Keigo Fujibayashi saß auf einem Fensterplatz und sah mit leerem Blick den vorbeiziehenden grellen Neonschildern nach. Er hatte das Wochenende in seinem Haus in Setagaya verbracht und war mit dem letzten Zug am Sonntag von Tokio zurück zur Präfektur W unterwegs, wo er arbeitete. Dieses Leben führte er jetzt schon seit über zwei Jahren. Die Hinfahrt, aber noch mehr die Rückfahrt deprimierten ihn. Weil er den Dingen nicht entkam, die er zu Hause gesehen hatte und die sich in seine Netzhaut gebrannt hatten.

Sein gebrochener Vater. Und seine eigene Frau Sumiko, die durch die Pflege seines Vaters völlig abgezehrt war.

Auch heute hatte Vater zum Haareschneiden gehen wollen. Zu seiner Zeit als Richter hatte er einmal in der Woche den Friseur in der Nähe aufgesucht. Seitenscheitel, hinter den Ohren und im Nacken hochgeschoren. Das sollte Ernsthaftigkeit und Rechtschaffenheit ausdrücken; sein Stil für den Gerichtssaal. Immer wieder erinnerte er sich daran. *Ich komm gleich wieder.* Mit diesen entschiedenen Worten stand er jeden Tag zig Mal auf.

Aber lieber Schwiegervater, heute ist doch Montag. Wenn Sumiko ihm das nervös ins Ohr flüsterte, blickte Vater mit leeren Augen auf den Wandkalender. Der Abreißkalender wurde nicht weitergeblättert und zeigte jeden Tag »Montag« an. Vater setzte sich wieder und betrachtete die Zeitungen auf dem Tisch. Die Politikseite. Internationales. Wirtschaft ... Jeden Tag las er die Zeitung von »Montag« aufs Neue. Wenn man ihn hinderte, sich die Haare schneiden zu lassen, wurde er nur selten wütend. Allerdings war das ein Zeichen dafür, dass seine Krankheit weiter fortgeschritten war.

»Der Verdächtige, Sōichirō Kaji, wurde von seiner Frau Keiko, die Angst vor ihrer fortschreitenden Alzheimer-Erkrankung hatte, angefleht, sie umzubringen ...«

Diese Zeile aus der Anklageschrift weckte eine leise Wut bei Fujibayashi. Am Ende des letzten Jahres hatte der »Mord eines Polizisten im Dienst an seiner Ehefrau« die Gesellschaft erschüttert. Übermorgen war der erste Verhandlungstag.

»Der Angeklagte gibt an, sich entschieden zu haben, seine Frau zu töten, und die Hände um ihren Hals gelegt zu haben, woraufhin die Frau an Ort und Stelle erstickt sei.«

Fujibayashi war der beisitzende Richter zur Linken im Beratungsgremium der Verhandlung. Sonderassistenzrichter mit 37 Jahren. Von den drei Richtern hatte er zwar den niedrigsten Rang, aber er hatte die Verantwortung für diesen Prozess übernommen, und es oblag ihm, den Urteilsspruch zu verfassen.

Wie hatte er sie so einfach umbringen können?

Konnte er für sich sagen, dass er alle anderen Mittel ausgeschöpft hatte?

Den Zeitungen zufolge hat sich Sōichirō Kaji nach dem Mord an Keiko nicht sofort gestellt, sondern war nach Shinjuku ins Kabuki-Viertel gegangen. Und es gab sogar Hinweise darauf, dass die Polizei und die Staatsanwaltschaft Kajis Aussage gefälscht hatten, um diese unbegreifliche Tat zu vertuschen.

Fujibayashi bemerkte etwas Weißes im Fenster gegenüber und drehte sich um. Im Januar sah man Schnee nur selten in Tokio. Oder vielleicht hieß das auch, dass er schon in der nächsten Präfektur war. Die Neonschilder und Lichter der Hochhäuser waren schon fort, und die einzelnen Häuschen, deren Silhouetten im dunklen Zugfenster zu sehen waren, schienen ein wenig traurig.

In jedem der Häuser gab es kleine Anzeichen dafür, dass sie von Menschen bewohnt waren. Freude und Leid waren eng beieinander. Sicher gab es auch alte Menschen darunter, die, wie sein Vater, durch eine Erkrankung ihre Persönlichkeit verloren hatten. Sicherlich gab es viele Familien, deren Körper und Seele schon ganz abgenutzt von den anhaltenden Anstrengungen der Pflege waren. Die alternde Gesellschaft würde in Zukunft noch viel mehr Familien zerstören und das Lachen und die Unbeschwertheit aus den Gesichtern der Menschen stehlen.

Fujibayashi seufzte leise.

Die Leute glaubten, dass ein Richter so etwas Lebensnahes nicht verstehen könne. In seinem Hinterkopf hatte er noch den TV-Bericht, der vor ein paar Tagen zur Justizreform ausgestrahlt worden war. Richter hätten keine Ahnung vom Leben und seien unmenschlich. Als diese populäre Meinung von einem intelligenten Menschen vorgetragen wurde, hatte Fujibayashi das Bedürfnis verspürt, ihn ins Innere seiner Brust schauen zu lassen, während er Richtung Norden fuhr.

Seine Sorgen hörten einfach nicht auf.

Sein Sohn Takashi hatte Sumiko unter Tränen gebeten, dass er seine Clubaktivitäten beenden dürfe. Es gab keinen Grund, weiterzumachen, hatte keinen Sinn mehr, sagte er. Er habe

Tischtennis damals sowieso nur begonnen, weil es im Trend lag, und mochte es nicht mal besonders. Aber sie sagte, es sei schlecht, die Dinge nur halb zu machen und dann aufzugeben. Er würde dabei vielleicht seine Freunde verlieren. *Probier's doch noch ein bisschen*, ermutigte sie ihn. Er sollte es erst mal versuchen, dann würde man weitersehen.

Und seine Tochter Masami wollte Elektroorgel lernen, hatte sie wohl gesagt. Wie konnte sie. Dabei hatte sie erst vor einem halben Jahr einen Riesenterz gemacht, dass sie nicht mehr Klavier spielen wolle …

Was ihm Kopfschmerzen bereitete, war der Universitätslehrer, der nebenan eingezogen war. Hatte sich beschwert, dass die Grundstücksgrenzen nicht richtig gezogen seien. Der Bescheid über den Grundbucheintrag war in einem Bankschließfach, dessen Schlüssel sich sein Vater genommen und nicht zurückgebracht hatte. Die ganze Familie hatte sich in Bewegung gesetzt und den Schlüssel schließlich gefunden, aber um die Box zu öffnen, musste er an einem Wochentag zur Bank gehen.

Er musste sich dafür freinehmen, aber es warteten noch mehr als einhundert Verfahren auf sein Urteil. Vielleicht sollte er Sumiko fragen. Nein, ging nicht. Die Box hatte noch nicht mal seine Mutter geöffnet, und man konnte nicht wissen, was drinlag …

2

15. Januar, 9.15 Uhr. Landgericht W, Abteilung Strafrecht, Richterzimmer ...

»Der Angeklagte heute ist 49, oder?«

Sein Vorgesetzter Tsujiuchi sprach, während er die Arme durch die Richterrobe steckte, Fujibayashi an.

»Ja. Genau.«

»Haben Sie den Artikel, der neulich in der Zeitung stand, gelesen? Aus der Statistik der Nationalen Polizeibehörde geht hervor, dass unter allen Mordfällen der letzten fünf Jahre die meisten von 49-Jährigen begangen wurden.«

Dabei blickte Tsujiuchi in den Spiegel an der Wand. Vor dem kämmte sich gerade Kawai die Haare und reagierte übertrieben überrascht mit: »Na so was!«

»Fünfzig Jahre alt zu werden ist im Leben ein Meilenstein. Das immerhin kann man schon sagen. Seit ich selbst fast so alt bin, verstehe ich das; Menschen in dem Alter empfinden einen extremen Stolz darauf, die Dinge, die sie betreffen, selbst zu entscheiden. Die Selbstmordrate ist da auch besonders hoch. Als die Bubble geplatzt ist, hatte das ja schlimme Folgen für die Arbeit, aber auch für die persönlichen Beziehungen. Da gab es viele, die, als ihre Stelle weggekürzt wurde, das weder mit ihrer Familie noch ihren Freunden besprochen haben. Und das Ende von dieser Verzweiflung und dem einsamen Leid war dann, dass sie Verbrechen begangen oder sich umgebracht haben. Diesmal sollte man zwar auch die Pflege eines Alzheimer-Patienten berücksichtigen, aber na ja, wenn er sich da mit jemandem beraten hätte, wäre das Verbrechen vielleicht vermeidbar gewesen. Also wenn man's recht bedenkt, bemitleidenswert.«

Fujibayashi war überrascht, wie genau Tsujiuchis Einschätzung war. Allerdings traf ihn das letzte »bemitleidenswert«.

»Andererseits, Herr Tsujiuchi, kann bei dem Fall kaum die Rede davon sein, dass der Angeklagte von der Pflege erschöpft gewesen wäre. Ich weiß zwar nicht, warum, aber nachdem er seine Frau umgebracht hat, hat er ihren Leichnam zurückgelassen und ist nach Tokio gefahren.«

Tsujiuchis Augenbrauen waren nach oben gewandert, und er strahlte Missbehagen aus.

»Aber Fujibayashi, das wäre eine Vorverurteilung.«

Blind für die eigenen Verfehlungen, rügte er Fujibayashi und wandte sich zur Tür. Sekretär Akita hatte seinen Kopf hereingeschoben und gab bekannt, dass es Zeit sei.

Tsujiuchi als Vorsitzender Richter ging voraus, danach kam Kawai, der Gerichtsbeisitzer zur Rechten, dann Fujibayashi, Gerichtsbeisitzer zur Linken – das war die festgelegte Reihenfolge beim Verlassen des Zimmers.

Während sie durch den Gang für Richter liefen, bereute Fujibayashi seine eigenen Worte ein wenig. Sein Auftreten war zwar sanft, doch dieser Tsujiuchi war zutiefst missgünstig und stolz und duldete keine Kommentare oder gar Widerspruch von Untergebenen. Vom gleichen Schlag wie der Direktor des Landgerichts, die beiden hatten eine komplizierte Verbindung zueinander, deswegen wurde der kleinste Fehltritt dem Direktor übermittelt.

Vorsichtig sein, ermahnte Fujibayashi sich. Wenn seine Arbeitsbeurteilung negativ ausfiel, könnte er in irgendeine abgelegene Gegend versetzt werden, und dann könnte er nicht mehr nach Setagaya pendeln.

Gerichtssaal drei. An der hinteren Wand des Raums, vor der Eingangstür für Richter, standen die drei aufgereiht in ihren Richterroben. Tsujiuchi blickte auf seine Armbanduhr. Fujibayashi konnte nicht umhin, ebenfalls auf die Uhr zu schauen. Exakt 10 Uhr. *Also dann.* Mit einem kleinen ermutigenden Laut stieg Tsujiuchi die drei Stufen empor und drückte die beiden Flügel der Tür auf. Kawai folgte nach.

Eine einmalige Chance.

Das murmelte Fujibayashi, wie jedes Mal, leise vor sich hin, als er hinter den beiden den Gerichtssaal betrat.

3

»Erheben Sie sich!«

Die schrille Stimme des Gerichtsdieners hallte in dem fensterlosen Gerichtssaal, und alle Anwesenden standen auf. Man begrüßte sich gegenseitig, und als Erster nahm Tsujiuchi auf dem im Zentrum stehenden Richterpodest als Vorsitz Platz. Während sich wie eine Welle das Geräusch sich setzender Leute im Raum ausbreitete, ließ sich Fujibayashi zu Tsujiuchis Linken nieder und blickte zum Platz des Angeklagten. Die drei Stufen, die sie vorher erklommen hatten, trennten den Raum in eine Seite, die herabblickte, und eine, auf die herabgeblickt wurde.

Sōichirō Kaji saß mit leicht gesenktem Kopf zwischen zwei Gefängniswärtern. Sein Gesicht konnte man nicht gut sehen, dafür aber das Weiß seines Nackens, seine Füße, die in Sandalen steckten, hinterließen einen Eindruck von Kälte.

Etwa die Hälfte der dreißig Besucherplätze war belegt. Alle dreizehn Gesichter aus dem Presseclub der Justiz waren da. Offenbar war niemand von den Angehörigen des Angeklagten oder Hinterbliebenen des Opfers anwesend. Links in der hintersten Reihe saßen fünf Männer in Anzügen Schulter an Schulter. Jeder mit einem steinernen Gesichtsausdruck. Vermutlich aus dem Polizeirevier von W, machten sie jedoch einen anderen Eindruck als die üblichen Kriminalbeamten, die sich die Aussagen von Angeklagten anhörten. Vielleicht kamen die aus der Verwaltung. Schließlich hatte der Fall Kaji die Präfekturpolizei in ihren Urfesten erschüttert.

Scheinbar gab es keine Besucher aus der Bevölkerung. Heutzutage gab es täglich besondere Fälle oder sensationelle Ereignisse, bei denen man seinen Ohren nicht trauen wollte. Selbst Fälle, die zur Zeit ihres Bekanntwerdens die Blicke der Massen auf sich gezogen hatten, blieben nur dann im Gedächtnis, wenn der Angeklagte berühmt oder der Vorfall skandalös oder bizarr war.

Und selbst wenn der Fall im Gedächtnis geblieben war, fehlte der notwendige Ansporn dafür, sich zur Anhörung zu begeben. Ein Polizist im Dienst. Mord an der Ehefrau. Alzheimer-Erkrankung. Diese Menge an gesellschaftlich relevanten Wörtern konnte Menschen schwermütig machen, aber sicherlich eigneten sie sich nicht für ein Spektakel.

Auf dem Platz für den Staatsanwalt saß die Nummer drei der Lokalen Staatsanwaltschaft, Morio Sase. Mit seinen geschlossenen Augen und verschränkten Armen strahlte er die gleiche Distanziertheit aus wie immer.

Der Verteidiger war ... Fujibayashi hatte den Namen in den Unterlagen gelesen, aber diesen Anwalt, Manabu Uemura, sah er zum ersten Mal.

Ein Mann um die fünfzig mit schlechtem Geschmack und schütterem Haar. Laut Sekretär Akita hatte er seine Arbeit in Tokio verloren und war letztes Jahr zurück in seinen Geburtsort gekommen.

Wie auch immer sein Hintergrund war, Fujibayashi war insgeheim neugierig auf ihn. Er war nicht vom Staat bestimmt worden, sondern von einer Privatperson. Wenn er Material an die Hand bekommen hatte, das für den Angeklagten sprach, würde er sicherlich intensiv auf die Frage eingehen, ob Polizei und Staatsanwaltschaft im Komplott Kajis Aussage gefälscht hatten.

»Die Gerichtssitzung ist eröffnet – Angeklagter, vortreten«, ließ Tsujiuchi mit ernster Stimme verlautbaren.

Kaji stand auf und trat mit angespanntem Schritt vor den Zeugenstand.

Fujibayashi hörte auf zu blinzeln, als er in sein Gesicht sah.

Unschuldige Augen. Sie fügten sich ganz natürlich in seinen milden Gesichtsausdruck. Kein Funken Gefallsucht oder Trotz. Natürlich mussten seine schönen Augen und Worte nicht unbedingt über seinen Charakter Aufschluss geben. Man lernte etwas, wenn man neun Jahre lang im Gerichtssaal gesessen hatte, aber Fujibayashi hatte den Eindruck, dass die klaren Augen von diesem Kaji nicht normal waren.

Tsujiuchi begann mit der Personenfeststellung.

»Name?«

»Sōichirō Kaji.«

Seine Stimme war leise und etwas rau.

»Geburtsdatum?«

»23. März 1952.«

»Alter?«

»49.«

»Beruf?«

Kajis Gesicht trübte sich.

»Ehemaliger ... Polizist.«

»Zum Zeitpunkt des Vorfalls waren Sie noch im Dienst, richtig?«

»So ist es.«

»Was war damals Ihre Einheit und Ihr Rang?«

»Vizedirektor der Ausbildungsabteilung der Zentralstation der Präfekturpolizei von W. Polizeihauptmeister.«

Fujibayashi blickte auf. Hinter den Besucherplätzen öffnete sich einen Spaltbreit die Tür, und ein schlanker Mann trat ein.

Er erinnerte sich an das eckige Gesicht. Einer der Leiter des ersten Dezernats der Präfekturpolizei von W. Er hieß Shiki, wenn er sich recht erinnerte. Im letzten Sommer hatte es im Gerichtssaal bei einer Anklage wegen Raubmords einen Streitpunkt wegen eines anderen Vergehens gegeben, und Shiki war zum Angriffsziel des Verteidigers geworden. Da zeigte er beeindruckend Haltung. Er zögerte keine Minute und legte trotzdem nicht die für Menschen aus der Kriminalabteilung typische arrogante Attitüde an den Tag, sondern erwies sich mit seiner logischen Rede im Duell mit der Verteidigerseite als würdiger Gegner, sodass das Gericht schlussendlich zugunsten der Präfekturpolizei entschieden hatte.

Und dieser Shiki setzte sich gerade rechts in die letzte Reihe. Die Gruppe aus den besagten fünf Männern, die aussahen wie Verwaltungsbeamte, wurde unruhig. Ein junger Mann im Anzug, dessen Gesicht an die Zelluloidmasken erinnerte, die auf dem Nachtmarkt verkauft wurden, flüsterte dem Mann neben sich, der sein Vorgesetzter zu sein schien, etwas ins Ohr. Shiki kümmerte sich nicht darum und blickte stumm auf Kajis Rücken im Zeugenstand. Als würde er sich Sorgen machen. In jedem Fall, dachte Fujibayashi, hatte Shiki ein anderes Ziel als die fünf Männer, auch wenn sie alle von der Präfekturpolizei waren.

Tsujiuchi wandte sich an den Staatsanwalt.

»Herr Staatsanwalt, bitte verlesen Sie die Anklageschrift.«

Sase stellte sich kerzengerade auf.

»Anklagepunkte«: Der Angeklagte hat am 4. Dezember 2001 gegen 20 Uhr in der Wohnung des Angeklagten im 4. Abschnitt vom Bezirk Shinmachi, Haus acht in W-Stadt, Präfektur W …«

Sase las den Tathergang vor, als wollte er jemanden damit bedrohen. Der Verteidiger sandte von Anfang an einschüchternde Blicke auf die Richter-Ebene. Ein hochmütiges Verhalten, das zu sagen schien: *Die Verhandlung wird den Gerichtssaal spalten.*

»Die genaue Bezeichnung des Verbrechens und der dazugehörige Paragraf sind im Strafgesetzbuch Paragraf 2-0-2, Vertragsmord. Und nun weiter zur Verhandlung.«

Während sich Sase setzte, informierte Tsujiuchi Kaji über sein Recht zu schweigen und fuhr mit der Vernehmung fort.

»Also, bitte lassen Sie uns hören, was Sie zu der eben vom Staatsanwalt verlesenen Anklageschrift zu sagen haben. Gibt es Fehler in den genannten Anklagepunkten?«

»Nein.«

Kaji hatte mit fester Stimme geantwortet.

Tsujiuchi wandte sich an den Verteidiger.

»Hat die Verteidigung etwas hinzuzufügen?«

Uemura hatte die Hände auf den Tisch gestützt und antwortete, halb sitzend, halb stehend: »Ich habe nichts hinzuzufügen.«

Tsujiuchi nickte ein Mal, bedeutete Kaji, auf seinen Platz zurückzukehren, und sah wieder Sase an.

»Dann beginnen wir jetzt mit der Beweisaufnahme. Herr Staatsanwalt, bitte beginnen Sie.«

Sase stand auf, die Zusammenfassung der Anklageverlesung in der Hand.

»Die Fakten, die der Staatsanwaltschaft als Beweise vorliegen, sind die folgenden.«

Entsprechend der üblichen Form wurden Kajis Hintergrund und Lebenslauf detailliert beschrieben.

»Der Angeklagte ist als zweiter Sohn seiner Mutter Tsune Kaji und seines Vaters Masao in C-Dorf geboren, hat dort die Grund- und Mittelschule absolviert und ist dann an die Staatliche Oberschule in E-Dorf gegangen. Während seines Abschlusses hat er die Aufnahmeprüfung für die Polizeiausbildung absolviert und bestanden. Er wurde von der Präfekturpolizei von W zum Polizisten ernannt und hatte dann nach dem Rotationsprinzip in Station G, O und L eine Anstellung. Mit 26 Jahren ist er mit dem Opfer des vorliegenden Falles, Keiko, eine arrangierte Ehe eingegangen. Nach seiner Beförderung zum Polizeihauptmeister hat er lange Zeit an der Polizeischule als Lehrer gearbeitet und ist seit März 2000 Vizedirektor der Ausbildungsabteilung in der Polizeiverwaltung des Hauptquartiers der Präfektur W.«

Nun kam der familiäre Hintergrund.

»Beide Eltern sind früh verstorben. Er hat mit seiner Frau Keiko und seinem Sohn Toshiya in der Dienstwohnung gelebt, aber der Sohn ist 1993 an akuter myeloischer Leukämie erkrankt und im Dezember des folgenden Jahres mit 13 verstorben. Daraufhin ist Kaji mit seiner Frau Keiko in die Wohnung seiner Familie umgezogen.«

Sase behielt einen Moment lang einen Schluck Wasser aus seinem Glas im Mund. Dann begann er mit der Beschreibung der Vorgeschichte und des Tathergangs.

»Seine Frau Keiko klagte seit etwa zwei Jahren über Kopfschmerzen und Schwindel, was sie zunächst unmethodisch mit frei verkäuflichen Mitteln bekämpfte, aber da sich keine Zeichen der Besserung einstellten …«

Im April letzten Jahres hatte Kaji seine Frau Keiko fast gezwungen, ins Krankenhaus zu gehen. Die Untersuchung hatte Alzheimer ergeben. Scheinbar hatte Keiko über aus der Bibliothek entliehene Fachliteratur bereits selbst herausgefunden, woran sie litt. Die Krankheit schritt schneller fort als erwartet, und sie verwechselte oft Daten und Wochentage und konnte, wenn sie auf die Uhr schaute, nicht mehr sagen, wie spät es war. Sie wurde immer vergesslicher, verpasste wichtige Verabredungen. Sie hatte sich angewöhnt, Notizen zu machen, damit diese Ausfälle nicht weiter passierten, vergaß dann aber immer wieder, dass sie sich diese Notizen gemacht hatte.

Fujibayashi fühlte, wie schnell sein Herz schlug. Das konnte man sich nicht ohne Mitgefühl anhören.

Ab dem Sommer, als sie sich sicher über ihre Krankheit war, hatte sie immer wieder gesagt, dass sie sterben wolle. Und am 4. Dezember, am Todestag ihres Sohnes Toshiya, war sie zusammen mit Kaji zum Grab ihres Sohnes gegangen. Keiko hatte das Grab gefegt, den Grabstein gewaschen und lange Zeit gebetet. Wenn er noch leben würde, wäre er jetzt volljährig, hatte sie gesagt und geweint.

Doch Keiko vergaß all das. Zurück zu Hause, sagte sie am Abend aufgebracht: »Wir sind nicht zum Grab gegangen!«

Kaji versicherte ihr mehrfach, dass sie gegangen seien, aber erfolglos.

»Keiko hatte sogar den Todestag ihres Sohnes vergessen. Sie hielt sich nicht mehr für eine Mutter. Nicht mehr für einen Menschen. Sie schluchzte, dass sie sterben wolle, und äußerte dem Angeklagten gegenüber, dass sie wenigstens als eine

Mutter sterben wolle. Sterben wolle, solange sie sich noch an Toshiya erinnerte. Flehte ihn an, sie zu töten. Sie führte die Hände des Angeklagten an ihren eigenen Hals und bat ihn, es für sie zu tun, es aus Barmherzigkeit zu tun.«

Der Gerichtssaal war vollkommen still.

»Alles Weitere entspricht den Aufzeichnungen in der Anklageschrift.«

Sase blätterte eine Seite um.

Auch Fujibayashi warf einen Blick auf die Zusammenfassung der Anklageverlesung, die nun an seinem Platz angekommen war. Nun würde die »Nachbefragung« zur Sprache kommen.

Sase begann.

»Nach der Tat hat der Angeklagte zunächst ebenfalls Selbstmord begehen wollen und am kommenden Tag, dem 5., im eigenen Haus dafür Vorbereitungen getroffen. Er versuchte es mehrere Male, doch konnte es nicht zu Ende bringen. Am 6. hat er das Haus verlassen und ist in der Präfektur umhergelaufen, um einen Ort zum Sterben zu suchen, konnte sich jedoch nicht dazu bringen und ist deswegen mit der Absicht, sich selbst anzuzeigen, am Morgen des 7. in die Zentralstation von W gegangen. Dort hat er die genannte Straftat allumfassend gestanden, weswegen er in der Polizeiwache vorläufig festgenommen wurde.«

Fujibayashi blickte auf die Besucherplätze.

In der Präfektur umhergelaufen, um einen Ort zum Sterben zu suchen.

Er erinnerte sich an einen Zeitungsbericht, in dem das stand. Ja, die meisten großen Zeitungen hatten übernommen, dass er die Präfektur nicht verlassen habe. Aber es war eine

Tatsache, dass er ins Kabuki-Viertel von Shinjuku gegangen war. Zum einen sprach dafür, dass der genaue Ort bekannt war. Zum anderen und vor allem aber hatte Fujibayashi die Reaktion der fünf Gestalten auf den Besucherplätzen überzeugt. In dem Augenblick, in dem aus Sases Mund die Wörter »in der Präfektur« gefallen waren, hatten sie alle synchron ihre Schultern fallen lassen. Ihr vor Sorge verkrampfter Körper hatte sich entspannt. Dennoch konnten sie noch nichts über die Haltung des Verteidigers sagen, der bisher geschwiegen hatte.

»Zur Prüfung der oben genannten Fakten verlese ich die aufgenommenen Beweisstücke und bitte um deren Prüfung.«

Sases Stimme hallte im Gerichtssaal, und an dieser Stelle schaltete sich Tsujiuchi ein.

»Hat der Verteidiger zum Antrag auf Prüfung der Beweise des Staatsanwalts Einwände?«

Fujibayashi sah zu Uemura auf dem Verteidigerstuhl.

Das war der entscheidende Moment.

Unter den Beweisstücken befand sich auch Kajis Geständnisprotokoll.

Sollte er Zweifel an der Freiwilligkeit dieses Geständnisses haben, musste er nun zur Beweisaufnahme des Protokolls Einspruch erheben und damit eine Zeugenvernehmung des Polizeibeamten beantragen, der Kaji vernommen hatte.

Uemura blickte auf die Unterlagen vor sich. Die Zeit schien sich zu dehnen.

Sein Stuhl bewegte sich, als Uemura wieder in die halb stehende Position ging.

»Punkt eins und Punkt zwei stimme ich zu.«

Fujibayashi hielt einen Moment den Atem an.

Aus den Augenwinkeln sah er Shiki in den Besucherplätzen aufstehen.

Tsujiuchi sprach schnell.

»Gut, dann wurde alles akzeptiert und wird geprüft. Herr Staatsanwalt, bitte die Zusammenfassung.«

»Punkt eins. Der Ermittlungsbericht, den der administrative Angestellte der Zentralstation von W, Akio Ishizaka, vom 10. Dezember 2001 verfasst hat. Er beginnt damit, dass der Angeklagte am 7. Dezember zur Zentralstation kam und aussagte, dass er seine Ehefrau umgebracht habe ...«

Die Beweisführung ging weiter.

Die fünf Männer auf den Besucherplätzen hatten sich beruhigt. Der mit dem Maskengesicht lächelte sogar ein bisschen.

Eine Farce ...

Fujibayashi ballte die Hände auf seinen Knien zu Fäusten.

Die nächste öffentliche Anhörung wurde für den 5. Februar anberaumt, und der erste Gerichtstag schloss ohne weitere Vorkommnisse.

4

Zehn Minuten später versammelten sich die wichtigsten Mitglieder des Gerichts in einem kleinen Raum neben dem Richterzimmer, um den weiteren Prozessverlauf zu besprechen. Die drei Richter Tsujiuchi, Kawai, Fujibayashi. Dazu Staatsanwalt Sase und Verteidiger Uemura.

Man konnte das fast als »Versteckten Gerichtssaal« bezeichnen, und der Vorsitzende Richter Tsujiuchi übernahm das Ruder.

»Also, Sie waren … Herr Uemura. Wie steht es mit Zeugen?«

»Ich möchte einen Zeugen vorladen. Die Schwägerin des Angeklagten. Oder, einfacher gesagt, die Schwester des Opfers.«

»Aha. Und worüber wird die aussagen?«

»Hauptsächlich über die Situation der Alzheimer-Erkrankung des Opfers. Dass sie schon sehr weit fortgeschritten war.«

»Und wie lange?«

»Etwa 15 Minuten.«

»Also nur die eine Schwägerin, richtig?«

»Ja. Mit den Kollegen von der Polizei ist es etwas heikel …«

»Ja, da haben Sie wahrscheinlich recht.«

Fujibayashi fühlte sich von diesem Austausch abgestoßen.

Er konnte sich nur einen einzigen Grund vorstellen, aus dem Uemura zugelassen hatte, dass das fabrizierte Aussageprotokoll als Beweismittel zugelassen wurde. Dass, wenn die Wahrheit ans Licht käme, es für Sōichirō Kaji unangenehme Folgen hätte. Das Kabuki-Viertel von Shinjuku. Das war nicht nur ein Ortsname, der einen gewissen Eindruck hinterließ, es war auch ein Ort, bei dem Kaji sich schuldig fühlte. Und das wusste Uemura. Deswegen spielte auch er bei dem Spiel mit, das Polizei und Staatsanwaltschaft zusammen mit dem gefälschten Protokoll ausgeheckt hatten. Mit anderen Worten, die Interessen der drei Parteien deckten sich.

Nein …

Es waren ja nicht drei, sondern vier Parteien. Das konnte man so sagen. In dem Moment, in dem Uemura »Ich stimme zu« sagte, hatte Fujibayashi vernommen, wie vom Vorsitzenden Richter ein kleines erleichtertes Seufzen ausgegangen war. Aus den Zeitungen hatte Tsujiuchi mit Sicherheit noch die Worte »Kabuki-Viertel« und »gefälschtes Protokoll« im Hinterkopf. Deswegen hatte er für möglich gehalten, dass die Antwort »Ich stimme nicht zu« hätte lauten können. Dann hätte sich die Verhandlung endlos in die Länge gezogen. Und das hasste Tsujiuchi. Fujibayashi wusste selbst am besten, dass ein schneller Prozessverlauf einen auf der Karriereleiter voranbrachte. Wahrscheinlich zweifelte Tsujiuchi auch irgendwo an den Hintergründen des Falls. Und dennoch verschloss er die Augen und wollte den Prozess möglichst schnell zu Ende bringen.

Wie erwartet setzte Tsujiuchi ein gezwungenes Lächeln auf und begann zu reden.

»Es scheint keine größeren Streitpunkte zu geben. Herr Sase, denken Sie, Sie können bis zum nächsten Mal das Schlussplädoyer vorbereiten?«

»Kann ich«, antwortete der unwirsch. Mit einem Gesicht, als hätte er Tsujiuchis Absicht von Anfang an durchschaut.

Tsujiuchis künstliches Lachen rutschte etwas.

»Und Sie, Herr Uemura? Würden Sie ein Schlussplädoyer vorbereiten können?«

Uemura sah etwas perplex aus und rollte seinen Notizblock zusammen.

»Ja … Also irgendwie werde ich das schon schaffen.«

»Gut, dann machen wir es so.«

Tsujiuchi nickte zufrieden. In diesem Moment wurde entschieden, dass die Verhandlung des Falls Kaji im Schnellverfahren mit der zweiten öffentlichen Anhörung abgeschlossen und dass mit der dritten das Urteil verkündet werden sollte. Das war nichts Ungewöhnliches. Selbst bei Mordfällen konnte gelegentlich, wenn der Angeklagte die Tat vollständig zugab und keine weiteren Streitpunkte bestanden, so entschieden werden. Aber …

Fujibayashi war unzufrieden. Konnte man denn über den Mord eines Polizisten im Dienst an seiner Ehefrau so einfach entscheiden? Der Fall betraf doch auch das Problem der Pflege von Alzheimer-Patienten. Es ging doch nicht an, dass man den vier Parteien erlaubte, sich in der Absicht zu verbünden, die Tatsachen zu verschleiern.

Und dennoch sagte er nichts. Wenn sowohl Staatsanwaltschaft als auch Verteidiger die Existenz von weiteren Fakten leugneten, war es schwer für einen Richter zu sagen, dass da doch was sei. Ein Gericht konnte nur anhand der Beweise entscheiden, die in der Verhandlung aufgeführt wurden.

»Also dann …«

Tsujiuchi erhob sich. Da fing plötzlich Uemura an zu sprechen.

»Ich hätte da eine Bitte an das Gericht.«

»Was denn?«

»Es ist davon auszugehen, dass Sōichirō Kaji auch jetzt noch über Selbstmord nachdenkt. Ich würde Sie bitten, natürlich während seiner Haft, aber auch im Landgericht besondere Vorsicht walten zu lassen.«

Fujibayashi sah Uemura grimmig an.

Ihm fiel nichts Besseres ein als eine aggressive Strategie, die darauf abzielte, die Bewährungsstrafe abzuwenden. Egal, ob im Landgericht oder außerhalb, es musste immer eine Wachperson in der Nähe der Zelle des Angeklagten bleiben. Er hatte gar keine Möglichkeit zum Selbstmord. Das wusste Uemura, und dass er es trotzdem extra betonte, lag wohl daran, dass er bei den Richtern Mitleid für den reuigen Kaji wecken wollte. Das Verbrechen stand eben an der Grenze zur Tötung auf Verlangen. Und deswegen setzte Uemura da an. Wenn er die Bewährungsstrafe abwendete, konnte der Verteidiger neben dem Honorarvorschuss und dem Tagegeld auch noch ein saftiges Erfolgshonorar abgreifen.

Und Tsujiuchi glaubte ihm das auch noch.

»Hat er so etwas gesagt?«

Sicher fühlte er sich bestätigt, weil die Worte aus seiner Rede vor Prozessbeginn darin widerhallten. *Selbstmord des Angeklagten im Landgericht.* Sein Gesicht sah aus, als hätte er sich gerade die Schlagzeile vorgestellt.

»Herr Uemura, hat der Angeklagte Ihnen gegenüber so etwas gesagt?«

»Nicht direkt, aber dass er mit fünfzig sein Leben beenden wolle. Er hat sich dahingehend vorbereitet.«

Tsujiuchi blickte auf die Anklageschrift vor sich und überprüfte das Geburtsdatum.

»23. März … Das ist ja bald. Aber meint er das ernst, mit der Vorbereitung?«

»Davon gehe ich aus.«

Sase hatte geantwortet.

»Was? Haben Sie etwa auch davon gehört, Herr Sase?«

»In seiner Wohnung lag eine Kalligrafie: *Der Mensch lebt fünfzig Jahre*. Wenn er fünfzig wird oder wenn er das fünfzigste Lebensjahr abgeschlossen hat … So habe ich das verstanden.«

Fujibayashi war schockiert.

Vom Verteidiger hatte er ja nichts anderes erwartet, aber dass sich auch der Staatsanwalt auf die Seite des Angeklagten stellte! Und dazu noch Sase, der als besonders strenger Staatsanwalt galt. Mehr Beweise brauchte man nicht, um zu wissen, dass Polizei und Staatsanwaltschaft unter einer Decke steckten. Die Polizei hatte ihn wohl darum gebeten, die Strafe möglichst milde ausfallen zu lassen.

Fujibayashi blickte den beiden abwechselnd in die Augen.

Sie sahen nicht aus, als führten sie etwas im Schilde.

Was bedeutete das?

Plötzlich sah er wieder Kajis klare Augen vor sich.

Waren die beiden vielleicht von diesen Augen beeinflusst worden? Wollten sie diesen Kaji vielleicht am liebsten retten? Möglich.

Fujibayashi machte das zutiefst wütend.

Das war doch nur ein Mann, der seine Frau, die ihn viele

Jahre begleitet hatte, nicht mal lange gepflegt, sondern spontan erwürgt hatte. Und dann deutete er an, dass er Selbstmord begehen wolle, bekam dafür Mitleid, und niemand dachte daran, dass er vielleicht seiner Gefängnisstrafe entgehen wollte? Der hatte den Leichnam seiner Frau zurückgelassen und war ins Kabuki-Viertel gegangen! Japans größtes Rotlichtviertel. Da musste man sich doch die Frage stellen, ob er sich dort vergnügt hatte. Wenn er nichts Unlauteres vorhatte, wieso sollte er dann den Grund dem Gerichtssaal vorenthalten?

All diese wirbelnden Verdachtsmomente kondensierten sich in Worten, die sich den Weg durch seinen Hals bahnten.

»Ich hätte da eine Frage an Sie beide. Ist der Angeklagte vor seiner Selbstanzeige nach Tokio gefahren?«

Uemura sah Fujibayashi erschrocken an. Sase starrte weiter nach vorn, aber man konnte sehen, dass er bleich geworden war.

»Fujibayashi …«, begann Tsujiuchi harsch, aber Fujibayashi hörte nicht auf.

»In der Zeitung stand, dass er ins Kabuki-Viertel von Shinjuku gegangen sei. Und aufgrund verschiedener Aspekte glaube ich, dass das stimmt.«

Mehrere scharfe Blicke trafen Fujibayashi.

»Der Einzige, der weiß, was der Mann gemacht hat, ist er selbst«, warf Sase abfällig in den Raum und stand auf. Uemura folgte ihm hastig und verließ ebenfalls das Zimmer.

Tsujiuchis Gesicht war blutrot.

»Und Sie halten sich für einen Richter?«

Fujibayashi drehte seine aneinandergelegten Knie zu Tsujiuchi.

»Immerhin ist es eindeutig, dass sie lügen. Das werden Sie doch sicherlich auch mitbekommen haben.«

»Reden Sie keinen Blödsinn! Geurteilt wird im Gerichtssaal!«

»Sie sind doch derjenige, der den Kampf außerhalb der Arena stattfinden lässt. Oder haben Sie etwa nicht gerade diese Selbstmordgeschichte sofort für bare Münze genommen und zugelassen, dass wir beeinflusst werden?«

»Warum sollten wir mit denen streiten? Streiten sollen doch wohl Verteidiger und Staatsanwalt! Das Gericht muss immer seine Neutralität wahren.«

»Aber …«

»Jetzt hören Sie auf. Wenn Sie weiterreden, werde ich Sie von diesem Fall abziehen.«

Fujibayashi knirschte mit den Backenzähnen und schluckte seine Worte hinunter.

Tsujiuchi stand auf und sagte: »Denken Sie über sich nach! Wenn Ihr Vater Sie so sehen würde, würde er weinen.«

5

Um 17 Uhr verließ er das Landgericht.

Da sie alle drei im selben Gebäude wohnten, stiegen sie in denselben schwarzen Dienstwagen.

Kawai sprach kein einziges Wort. In seinem Gesicht ließ sich ablesen, dass er nicht mit jemandem in eine Schublade gesteckt werden wollte, der sich mit dem Vorsitzenden Richter angelegt hatte.

Die angespannte Atmosphäre strahlte aus, sodass sogar Saiki vom Zivilgericht ins Schweigen verfiel.

Fujibayashi empfand widersprüchliche Gefühle. Er hatte zu viel gesagt. Oder nicht genug gesagt. Die zwei Gedanken stritten miteinander.

Als er seine Dienstwohnung betrat, war da ein Fax von Sumiko aus Tokio gekommen. Vater war im Flur hingefallen und hatte sich den kleinen Finger der rechten Hand gebrochen.

Er rief sofort an.

»Es tut mir so leid.«

Sumikos Stimme klang bedrückt.

»Da musst du dich doch nicht entschuldigen. Wenn ich ihn die letzte Zeit angesehen habe, habe ich bemerkt, dass er sich nicht mehr normal bewegt.«

»Ja ...«

»Auch wenn er körperlich fit ist, wenn die Befehle vom Gehirn verwirrend sind, passiert so was. Und du kannst ja auch nicht 24 Stunden am Tag auf ihn aufpassen. Also vergiss die Sache und geh heute früh schlafen.«

Als er aufgelegt hatte, stellte Fujibayashi den Heizlüfter an und legte sich aufs Sofa. Über eine Stunde blieb er so. Unterlagen, die er lesen musste, und besonders Urteile, die er schreiben musste, lagen aufgetürmt vor ihm. Aber er konnte die Willenskraft nicht aufbringen. Hatte keinen Appetit. Er war in der Laune, ins Bett zu gehen, ohne sich wenigstens gewaschen zu haben.

Tsujiuchis Worte klangen in seinen Ohren nach.

Wenn Ihr Vater Sie so sehen würde, würde er weinen.

Wenn er die Augen schloss, sah er seinen Vater. Seinen breiten Rücken, der am Schreibtisch im Arbeitszimmer saß.

Als er ein Kind war, hatte er einfach nur Angst vor seinem Vater gehabt. Schweigsam und stur. Und trotzdem empfindlich und jähzornig. An freien oder Home-Office-Tagen schloss er sich von früh bis spät in sein Arbeitszimmer ein. Weil es ihn bei der Arbeit störte, durfte man keine Freunde einladen. Die Dienstwohnung war am Ende einer Sackgasse gelegen und eignete sich, weil keine Autos fuhren, gut zum Spielen, aber sobald man auch nur ein bisschen lauter wurde, öffnete Vater das Fenster und schrie ihn an. Oder wenn er Ball spielte. Oder Rollschuh fuhr. Vater öffnete das Fenster. Sogar, wenn er mit Steinen auf den Asphalt malte, machte das seinen Vater nervös.

Sein Vater war ein Eigenbrötler. Er hatte absolut kein Sozialleben. Wenn sich Verwandte oder Nachbarn trafen, ließ er sich nie blicken, er schien sich von der Welt isoliert und in die Ecke zurückgezogen zu haben. Raus ging er überhaupt nur zum Haareschneiden; am Einkaufen oder Reisen hatte er keinerlei Interesse, und in eine Bahn oder einen Bus war er in seinem Leben kaum eingestiegen.

Er hätte heute wunderbar als Paradebeispiel für den »Richter, der keine Ahnung vom Leben hat«, an den Pranger gestellt werden können, aber selbst sein Vater hätte sich wohl nicht in seinen kühnsten Träumen vorstellen können, dass einmal die Zeit kommen würde, in der Richter kritisiert wurden.

Groß Karriere hatte er nicht gemacht. Fujibayashi fand, dass das schlimm für seine Mutter war. Sie hatte Vater wohl, als sie noch jung war und in einem billigen Restaurant in der Nähe der Uni arbeitete, kennengelernt. Vor sieben Jahren war Vater in Rente gegangen, und vielleicht aus Erleichterung war sie im Frühling darauf plötzlich an einem Herzinfarkt gestorben. Seither hatte Vater allein in dem Haus in Setagaya gelebt.

Dass Vaters Zustand sich verändert hatte, hatte Fujibayashi vor fünf Jahren bemerkt, als er gerade vom Landgericht des Bezirks Tōyama nach Tokio zurückgekehrt war. Er war in seine Dienstwohnung gezogen und hatte ab und zu in Setagaya vorbeigeschaut. Kurze Zeit danach kam ein Anruf vom Friseur seines Vaters. Nach dem Haareschneiden, wenn es Zeit war zu zahlen, gab Vater ihm sein Portemonnaie und bat ihn, den Betrag rauszunehmen, erzählte er. Als er das hörte, hatte er nur gedacht, dass Zahlen und Rechnen schwieriger geworden waren für seinen Vater.

Das war der Anlass, sich genauer mit dem Zustand seines Vaters zu beschäftigen. Er bemerkte mehrere Eigenartigkeiten. Er aß manchmal vier- oder fünfmal am Tag. Stellte die Waschmaschine noch einmal an, obwohl sie schon durchgelaufen war. Und er ging immer häufiger zum Haareschneiden. Einmal alle fünf Tage, einmal alle drei Tage, bis er schließlich den Weg zum Friseur vergessen hatte und in einem Kōban warten musste, bis er abgeholt wurde.

Dadurch, dass er wenig sprach und keine Sozialkontakte hatte, wurde die Krankheit so spät bemerkt. In einem spezialisierten Krankenhaus wurde dann Altersdemenz des Alzheimer-Typs festgestellt.

In recht fortgeschrittenem Stadium.

Sumiko hatte sich bereit erklärt, bei Vater zu leben. Direkt danach wurde Fujibayashi in die Präfektur W versetzt. Er hatte seinen Vorgesetzten nicht von der Krankheit seines Vaters erzählt. Dafür gab es einen Grund. Die Möglichkeit, dass vermutet würde, dass Vater schon vor seiner Pensionierung von der Krankheit befallen gewesen sein könnte. Wenn diese Zweifel dazu führen sollten, dass die vergangenen Fälle noch einmal aufgerollt wurden, hätte ihm sein Vater, der nur für die Arbeit gelebt hatte, zu sehr leidgetan.

Er hatte schon überlegt, ob er die Versetzung ablehnen sollte. Er schämte sich, die Pflege seines Vaters auf Sumiko allein abzuschieben. Aber sie hatte scherzhaft gesagt, dass es immer noch angenehmer sei, als sich mit den anderen Ehefrauen aus den Dienstwohnungen zu treffen. Mit dem Shinkansen konnte er in drei Stunden zwischen dem Haus und seiner Dienstwohnung pendeln. Das sagte er sich, als er sein Single-Exilleben begann.

Aber Sumiko hatte viel mehr zu leiden, als er sich hätte vorstellen können. Sein Vater baute mehr und mehr ab. Von frühmorgens bis zum Schlafengehen verlangte er nach Essen, plünderte den Reiskocher und den Kühlschrank, ging manchmal mit Fäkalien beschmiert durch die Wohnung. Und vor allem musste sie ihn davon abhalten, mehrmals täglich zum

Friseur zu gehen. Er schrie sie wie wild geworden an, stieß sie manchmal von sich, sodass Sumiko an Armen und Beinen Verletzungen davontrug.

Das war der Moment, an dem sie staatliche Pflegehilfe beantragten. Davor hatten sie erst zurückgeschreckt. Sich Sorgen gemacht, was man über ihn denken würde. »Der Richter ist senil geworden.« Sie wollten nicht, dass so etwas bekannt würde.

Aber es verging kein weiterer Monat, bis sie sich diese Haltung nicht mehr leisten konnten. Sumiko war körperlich und seelisch an ihre Grenzen gelangt. Fujibayashi stellte im Bezirksrathaus einen Antrag. Der Prüfer untersuchte Vater und legte den Pflegegrad zwei fest. Ein Pflegeplan wurde erstellt. Sie hatten vor, Vater mehrmals in der Woche einem Pflegeheim anzuvertrauen, damit Sumiko sich erholen konnte, aber in den allermeisten Fällen verweigerte Vater den Gang ins Heim. Bis heute. Das war der Stand der Dinge. Sumiko hatte maximal einmal in der Woche Ruhe.

Fujibayashi stand vom Sofa auf.

Er ging in die Küche und holte Nudeln aus dem Kühlschrank, die er sich braten wollte. Vernünftig essen und die Arbeit erledigen. Sumiko würde auch heute Nacht wieder zu kämpfen haben.

Sōichirō Kaji im Zeugenstand tauchte deutlich vor seinen Augen auf.

Er wusste, dass es gefährlich war, zu weit zu gehen. Aber er wollte Kaji demaskieren. Seinen wahren Charakter offenlegen, der sich hinter diesen klaren Augen verbarg. Es würde schwer werden, diesen Impuls zurückzuhalten.

6

Seit der ersten Anhörung war mehr als eine Woche vergangen, und das Verhältnis der drei Richter der ersten Strafrechtsabteilung war angespannt.

Sie aßen nicht mehr gemeinsam. Von den Meetings abgesehen, sprach weder Tsujiuchi noch Kawai viel mit Fujibayashi. Sie stritten aber auch nicht. Gingen alle drei fleißig ihrer Arbeit nach. Man konnte es sich nicht leisten, an diesem Arbeitsplatz zu faulenzen.

Niemand sprach den Fall Kaji an, nicht mal die Sekretäre. Nur einmal hatte Tsujiuchi Fujibayashi gegenüber fallen lassen, dass er doch machen solle, was er wollte. Doch auch Fujibayashi beschäftigte sich keineswegs nur mit dem Fall Kaji, und auch der Streit, der die erste Anhörung begleitet hatte, verschwand nach und nach aus seinen Gedanken.

Er durfte keinen einzigen seiner Fälle vernachlässigen. *Eine einmalige Chance.* Er glaubte, dass jedes einzelne Gerichtsurteil eine einmalige Chance war. Nachdem Fujibayashi ins Richteramt getreten war, war das das Einzige, was sein Vater ihm aus seiner Erfahrung als Richter mit auf den Weg gegeben hatte. Wenn eine Verhandlung vorbei war, traf man den Angeklagten nie wieder. Und gerade deswegen müsse er die Zeit im Gerichtssaal ganz dem Angeklagten widmen. Das hatte er sich zu Herzen genommen. Genau wie bei der Teezeremonie war auch in der Gerichtswelt die Vorgabe, die Menschen, die einem anvertraut waren, mit dem ganzen Herzen willkommen zu heißen.

Der Januar neigte sich dem Ende zu, und Fujibayashi nahm sich die Freiheit, Urlaub zu beantragen und nach Tokio zu fahren. Um den Streit um die Grundstücksgrenzen beizulegen, musste er den Grundbuchauszug aus dem Schließfach der Bank holen. Einerseits bellte der Uniprofessor nebenan wie ein Spitz, und andererseits wollte er vor der zweiten Anhörung des Kaji-Falls nächste Woche alles andere erledigt haben.

S-Bank, Setagaya-Filiale ...

Vorher hatte er zig Mal Kontakt mit dieser Bank gehabt. Weil er zwar den Schlüssel zur Box letztlich gefunden hatte, aber der Stempel, der als Unterschrift fungierte, nicht mehr aufzufinden war. Dafür hatte er unzählige Formulare ausfüllen und mit der Post schicken müssen, aber dennoch hatte seine Position als Richter wohl den Rechtsweg etwas verkürzt.

In der Filiale angekommen, ging Fujibayashi die Treppen rechts zum ersten Stock hoch und rief mit dem Telefon, das am Eingang zu den Schließfächern hing, einen Mitarbeiter zu sich. Vielleicht, weil er angekündigt hatte, heute kommen zu wollen, stand neben dem Angestellten auch noch ein Vertreter der Filialleitung und rieb sich die Hände. Nachdem die Formalitäten zur Änderung des Stempels erledigt waren, füllte er noch alle notwendigen Stellen eines Formulars aus und wurde nun endlich zu den Schließfächern begleitet.

Nummer 87. Der Angestellte zog eine Aluminiumbox hervor und trug sie in einen engen Nebenraum.

»Lassen Sie sich ruhig Zeit.«

Als der Angestellte den Raum verlassen hatte, atmete Fujibayashi tief durch und hob den Deckel ab.

Der Grundbuchauszug sprang ihm nach dem Öffnen sofort ins Auge. Und dann war da …

Ein eng geschnürtes Bündel verschlossener Briefe.

Weil Mutter an das Schließfach nicht rankam, hatte er angenommen, dass er eventuell auf erotische Bilder stoßen würde. Das stimmte glücklicherweise nicht, aber als er auf dem ersten versiegelten Brief einen Frauennamen las, war er gezwungen, einen anderen Grund zu erwägen, aus dem Mutter nicht an das Schließfach gedurft hatte.

Sollte Vater etwa eine Freundin nebenbei gehabt haben …

Yaeko Yamaguchi.

Fujibayashi nahm den Brief heraus. Öffnete ihn ruckartig. Er wollte den Inhalt mit eigenen Augen sehen.

»Damals habe ich Sie gehasst, weil Sie so ein strenges Urteil gefällt haben. Aber im Gefängnis habe ich viel nachgedacht und bin nun froh, dass Sie so streng waren. Ich dachte, dass ich diese Strenge gebraucht habe. Ich bin nun wieder frei und habe sogar den Mann geheiratet, mit dem ich seit Langem zusammen bin.

Wirklich, vielen herzlichen Dank. Von nun an möchte ich dafür leben, den Menschen, denen ich Schwierigkeiten bereitet habe, Gutes zu tun.«

Fujibayashi atmete erleichtert auf und faltete den Brief zusammen, ehe er noch einmal in die Box griff. Er entfernte das Gummiband, das die Briefe zusammenhielt.

Natürlich hatte er gedacht, dass es sich bei allen Briefen um Dankesschreiben handeln müsste, aber da lag er falsch. Alle anderen Umschläge waren völlig blank. Weder eine Briefmarke noch ein Absender oder Empfänger standen darauf.

Fujibayashi wählte einen aus und zog den Brief heraus.

Mit einem Mal fühlte er Wehmut.

Es war Mutters Schrift.

»Bei diesem Herrn Sukawa hatte ich von Anfang an nicht das Gefühl, dass er böswillig ist. Wahrscheinlich nur auf die schiefe Bahn geraten, weil er kein Geld hatte. Der verdient etwa ein Viertel von dem, was Du in einem Monat bekommst. Aber er hat fünf Kinder. Da hatte er schon allerhand zu tun, nur damit die was zu essen hatten. Ich war als Kind auch ziemlich arm, deswegen weiß ich das, aber wenn man immer Hunger hat, dann verliert man seine Emotionen. Natürlich sein Lachen, aber auch seinen Zorn und seine Traurigkeit.«

Fujibayashi sah sich die Briefe einen nach dem anderen an. Sie waren alle gleich. Alles Briefe seiner Mutter an seinen Vater.

Mehr als vierzig, von recht alten bis relativ neuen.

Hinter dem Eigenbrötler stand Mutter. Vater hatte sich, wenn er sich bei einem Urteil nicht sicher war, mit Mutter besprochen und ihren Rat gesucht. Der einzige »normale Mensch«, den Vater kannte, war Mutter.

Fujibayashi stand wie erstarrt.

Das war Vaters Schatz?

Er wusste nicht, ob es war, weil er von seinem Vater als Richter enttäuscht war oder weil er plötzlich das Verhältnis seiner Eltern zueinander verstanden hatte. Er fühlte jedenfalls, wie seine Körpertemperatur mit einem Mal erheblich stieg.

7

5. Februar. Landgericht von W, Gerichtssaal drei.

»Frau Yasuko Shimamura, bitte treten Sie vor.«

Die Frau in mittlerem Alter auf den Besucherplätzen schob die halbhohe Tür am Ende der Absperrung auf und trat in den Zeugenstand. Ein Gerichtsdiener näherte sich und gab die Zeugen-Karte und einen Stift weiter.

In der hintersten Reihe saßen die fünf Männer in Anzügen. Etwas von ihnen entfernt Shiki aus Dezernat I, alleine. Dieselben Gesichter wie in der ersten Anhörung.

Er lenkte seinen Blick auf Sōichirō Kaji.

Eine ruhige Person. Diese Beschreibung stimmte. Und doch hatte der Mann jemanden umgebracht.

Tsujiuchis Stimme ertönte.

»Name?«

»Yasuko Shimamura.«

»Alter?«

»56.«

Tsujiuchi forderte die Zeugin auf, die eidesstattliche Erklärung vorzulesen.

»Bitte antworten Sie wahrheitsgemäß. Sollten Sie lügen, kann das den Strafbestand des Meineids erfüllen. Also dann, der Verteidiger bitte.«

Uemura stand auf.

»Wie ist Ihre Beziehung zum Angeklagten?«

»Er ist mein Schwager.«

»Und zum Opfer Keiko Kaji?«

»Sie ist meine jüngere Schwester.«

»Was war Ihre Schwester für ein Mensch?«

»Fröhlich und aktiv, eine liebenswürdige Schwester.«

»Ich werde Ihnen jetzt Fragen zur Alzheimer-Erkrankung Ihrer Schwester stellen. Wann ist sie Ihnen aufgefallen?«

Yasuko Shimamura neigte ihren Kopf ein wenig zur Seite.

»Aufgefallen … das nicht direkt, aber seit ungefähr zwei Jahren habe ich öfter mal gedacht, dass was komisch ist. Sie hat meinen Geburtstag vergessen. Normalerweise hat sie mir jedes Jahr ein Geschenk geschickt. Kurze Zeit später habe ich das angesprochen, und sie ist in Panik geraten und hat sich viele Male bei mir entschuldigt.«

Uemura nickte.

»Wie hat sich ihre Krankheit dann entwickelt?«

»Sie ist schnell fortgeschritten. Ich habe mir Sorgen gemacht und Keiko oft besucht, aber ihr Zustand war schlimm. Sie aß viele Male am Tag, oder sie aß gar nichts. Am meisten erschreckt habe ich mich, als sie mich einmal nicht erkannt hat. Sie hat mich ›Mama‹ genannt, und ich musste weinen.«

Fujibayashi hatte Schwierigkeiten zu atmen.

Uemura fuhr fort.

»War sich Ihre Schwester der eigenen Krankheit bewusst?«

»Ja. Sie wusste es.«

»Was hat sie darüber zu Ihnen gesagt?«

»Dass sie sterben wolle. Jedes Mal wenn ich sie besucht habe, seit dem Sommer.«

»Im Scherz?«

»Nein. Sie hat es ernst gemeint.«

Fujibayashi war erstaunt über Yasukos kraftvolle Stimme. Sie war im Zeugenstand, um Kaji zu retten. Das wurde aus ihren Worten deutlich.

»Welchen Eindruck hatten Sie vom Ehepaar Kaji?«

Als Uemura das fragte, trübte sich das Gesicht der Zeugin.

»Als ihr einziger Sohn Toshiya an einer Krankheit verstorben ist … waren sie vor allem zu bemitleiden …«

»Wie war das Verhältnis der beiden?«

»Wirklich gut. Jeder konnte das Vertrauen zwischen den beiden sehen.«

»Hat der Angeklagte Sie nach der Tat zu Hause besucht?«

»Ja, das hat er.«

»Warum?«

»Um sich bei mir zu entschuldigen. Dass es ihm unendlich leidtut, was meiner Schwester passiert ist.«

»Was haben Sie geantwortet?«

»Dass er sich nicht bei mir entschuldigen muss. Denn ich denke, ein Ehepaar steht sich sogar näher als Geschwister.«

Uemura wartete einen Moment und fragte dann in ruhigem Ton weiter.

»Hegen Sie einen Groll gegen den Angeklagten?«

»Nein.«

»Das war alles.«

Fujibayashi seufzte kurz.

Es war klar, warum der Verteidiger Yasuko Shimamura vorgeladen hatte. Sie hegte keinen Groll. Das war es, was er die Schwester des Opfers aussagen lassen wollte.

Tsujiuchi sah Sase an.

»Haben Sie noch Fragen, Herr Staatsanwalt?«

»Nein.«

Nach der kalten Antwort wandte Tsujiuchi sein Gesicht wieder nach vorn. Die Zeugin trat zurück.

»Dann bitte der Angeklagte, treten Sie vor.«

Kaji ging in den Zeugenstand. Er hob den Kopf.

»Herr Verteidiger, bitte.«

Auf Tsujiuchis Aufforderung hin stand Uemura wieder auf. Er blickte auf Kajis Profil.

»Wie fühlen Sie sich?«

»Ich denke, dass ich etwas getan habe, was ich nie wiedergutmachen kann.«

»Ihr Sohn ist an Leukämie gestorben, richtig?«

Bei der Frage zitterte Kajis Körper unvermittelt.

»Ja.«

»Konnte seine Krankheit nicht mit einer Knochenmarktransplantation geheilt werden?«

»Wir haben keinen geeigneten Spender finden können.«

»Hätte ein geeigneter Spender ihn retten können?«

»Ich bin sicher, dass er hätte gerettet werden können.«

Kaji sprach die Worte mit Nachdruck aus. Das erste Mal seit Beginn der Verhandlung.

»Der Tod Ihres Sohnes war sicher schwer für Sie.«

»Ja …«

»Wie war es für Ihre Frau?«

»Sie hat nicht mehr gesprochen … ein halbes Jahr lang hat sie fast nichts gemacht als schlafen, aufstehen und sich wieder hinlegen.«

»Dann war es sicherlich ein Schock für sie, dass sie seinen Todestag vergessen hatte?«

Kaji sah zu Boden.

»Ja … das glaube ich.«

»Das war alles.«

Tsujiuchi sah zu Sase.

»Herr Staatsanwalt, haben Sie Fragen?«

»Nein.«

Tsujiuchi nickte und wandte sich an Kawai zu seiner Rechten, dann kam er mit dem Gesicht ganz nah an Fujibayashi heran und flüsterte: »Wenn Sie was zu sagen haben, dann jetzt.«

Das klang seltsam freundlich. Wollte Tsujiuchi ihn etwa ermutigen, um ihn dann, wenn er ungehorsam war, zu degradieren?

Er legte seine Finger zusammen und beugte sich vor.

»Dann hätte ich noch einige Fragen. Kennen Sie das Pflegeversicherungssystem?«

»Ja. Kenne ich.«

»Seit wann kennen Sie es?«

»Seit letztem Jahr im … Frühling, glaube ich.«

»Verstehe. Mit anderen Worten kannten Sie es zum Zeitpunkt der Tat.«

»Ja …«

»Warum haben Sie nicht daran gedacht, Ihre Frau weiterleben zu lassen?«

»In dem Moment … tat sie mir zu sehr leid.«

»Sie haben Ihre Frau also ihr zuliebe umgebracht. Ist es das, was Sie sagen wollen?«

Kaji senkte den Kopf.

»Bitte zeigen Sie Ihr Gesicht. In Wirklichkeit war Ihnen Ihre Frau nicht wichtig. Ist es nicht so?«

Auf den Besucherplätzen wurde es etwas unruhig.

Kaji blickte Fujibayashi mit ungläubigen Augen an.

»Sie war mir wichtig.«

»Warum lassen Sie den Leichnam dieser wichtigen Person dann zwei Tage lang zurück? Hat Ihnen das gar nicht leidgetan?«

Das vorher so ruhige Gesicht verzerrte sich.

Fujibayashi drang weiter in ihn.

»Wollten Sie ihr wirklich mit Ihrem Selbstmord folgen?«

»... ja.«

»Und Sie sind in der Präfektur umhergezogen, um einen Ort zum Sterben zu suchen.«

»Richtig.«

»Wo sind Sie wirklich hingegangen?«

Jetzt kam er zum Kern der Sache.

Fujibayashi fühlte mehrere scharfe Blicke auf sich.

Sase sah ihn an. Auch Uemura. Und auf den Besucherplätzen Shiki.

Alle mit derselben Art von Blick.

Keine Drohung. Aber auch kein Flehen. Was war es dann?

Fujibayashi atmete schwer.

Das passende Wort drängte sich in sein Hirn.

Sie wachten streng über ihn.

Das war es. Sowohl Sase als auch Uemura und Shiki. Sie waren weder Freund noch Feind, doch jeder ging über seine Befugnisse hinaus, indem er Kaji insgeheim schützte.

Fujibayashi spürte den Schweiß auf seiner Stirn.

Tsujiuchi blickte ihn an.

»Keine weiteren Fragen?«

»Nein, noch nicht.«

Noch wollte er sich nicht geschlagen geben.

»Sie waren nicht in der Präfektur. In Wirklichkeit waren Sie ...«

Dann hörte er auf zu sprechen.

Kajis Augen waren tränenfeucht. So tief und weit, dass sie wie Seen aussahen.

Er hatte den Eindruck, eine Stimme zu hören.

Bitte lassen Sie die Sache ruhen …

Fujibayashi hatte die Sprache verloren.

Tsujiuchi hatte seinen Kopf geneigt, als wollte er in Fujibayashis Gesicht blicken.

»War das alles?«

»…«

»Das war alles, richtig?«

Tsujiuchi schnalzte leise mit den Lippen. Er hatte wohl erwartet, dass Fujibayashi vor Gericht die Fassung verlieren würde.

»Der Angeklagte darf zurücktreten.«

Kaji verbeugte sich tief vor Fujibayashi und drehte sich um. Fujibayashi schaute dem sich entfernenden Rücken mit leerem Blick hinterher.

Tsujiuchi blickte nach links und rechts.

»Keine weiteren Beweisaufnahmen von Staatsanwaltschaft oder Verteidiger?«

»Nein.«

»Dann schließen wir hiermit die Beweisaufnahme, und ich bitte um die Schlussplädoyers. Herr Staatsanwalt, bitte.«

Sase stand auf.

»Schlussplädoyer – im Fall der vorliegenden Anklage können die in diesem Gerichtssaal aufgeführten Beweise als ausreichend erachtet werden. Dass ein Polizist, dessen Aufgabe es ist, für Recht und Ordnung zu sorgen, ein solches Verbrechen begangen hat, hat einen starken Einfluss auf die Gesellschaft, und er trägt große Verantwortung für dieses im Affekt begangene Verbrechen.«

Der harte Klang seiner Stimme hallte im Gerichtssaal.

»Strafforderung – in Anbetracht der Umstände und unter Zuhilfenahme früherer Urteile in ähnlichen Fällen erachte ich eine Gefängnisstrafe von vier Jahren für den Angeklagten als angemessen.«

Lächerlich. War, was Fujibayashi gedacht hatte. Verglichen mit dem harten Schlussplädoyer war die Strafforderung milde.

»Der Verteidiger, bitte.«

»Schlussplädoyer – alle Anklagepunkte wurden bestätigt. Dass ein Polizist im Dienst das Leben eines anderen Menschen nimmt, ist ein Verbrechen, das man nicht entschuldigen kann, doch bitte ich, die folgenden Punkte zu berücksichtigen, die für den Angeklagten sprechen. Als Erstes: Der Angeklagte hat sich selbst angezeigt und fühlt tiefe Reue. Zweitens: Das fortgeschrittene Stadium der Alzheimer-Erkrankung des Opfers war ...«

Das Schlussplädoyer zog sich dahin.

Dahinter sollte kein Eigeninteresse stecken? Nicht beim Verteidiger, beim Staatsanwalt oder den Polizisten des ersten Dezernats?

Alles für Sōichirō Kaji.

Er dachte wieder an die Worte von Sase. *Der Einzige, der weiß, was der Mann gemacht hat, ist er selbst.*

Aber warum dann? Warum setzten sie sich alle für Kaji ein?

Er verstand es nicht.

Zum ersten Mal fühlte sich Fujibayashi im Gerichtssaal einsam.

8

Home Office. An dem Tag musste er nicht ins Gerichtsgebäude, sondern vertiefte sich in seiner Dienstwohnung in die Arbeit.

In dem zehn Quadratmeter umfassenden hinteren Zimmer, das er als Büro nutzte, ärgerte sich Fujibayashi über seinen Stift, der sich nicht bewegen wollte. Er schrieb an dem Urteil für einen Raubüberfall mit Körperverletzung, aber in seinem Kopf gab es nur eines: die Besprechung morgen im Richterzimmer.

Sōichirō Kaji. Strafforderung: vier Jahre Gefängnis.

Laut der Übersicht über die Urteile des vergangenen Jahres, die er Sekretär Akita aufgetragen hatte anzufertigen, lag die Strafe für Tötung auf Verlangen zwischen drei und fünf Jahren. Eliminierte man den einen Doppelmord, dann reduzierte sich die Gefängnisstrafe auf unter drei Jahre auf Bewährung.

Aber Kaji hatte die Tat begangen, als er noch Polizist war. Und er hatte das Verbrechen begangen, ohne über Pflegeoptionen nachzudenken. Dabei hätte Keiko Kaji bei entsprechender Pflege sicher einen friedlichen Lebensabend verbringen können …

Er spürte, dass sich die Schiebetür hinter ihm öffnete.

Sumiko hatte sich geräuschlos genähert und stellte eine Tasse Tee auf den Beistelltisch. Heute war Vater glücklicherweise ins Pflegeheim gegangen. Obwohl sie sich in Ruhe in Setagaya hätte entspannen können, war Sumiko in den Shinkansen gestiegen, um in seiner Dienstwohnung sauber zu machen.

In Fujibayashis Kopf tauchte plötzlich Mutters Schrift auf.

»Warte mal, Sumiko«, rief er ihr hinterher, als sie das Zimmer verlassen wollte.

»Ja?«

»Willst du mir mal kurz zuhören?«

Er bat sie, sich zu setzen, und erzählte ihr den Fall Kaji einmal von vorn bis hinten. Es dauerte mehr als eine Stunde. Sumiko hörte sich mit dem Tablett auf den Knien und einem nachdenklichen Gesicht alles an, nickte mal, wischte sich mal verstohlen die Augenwinkel.

»Und was denkst du? Über den Fall.«

»Ich kann doch dazu gar nichts sagen …«

»Ich bitte dich. Ich würde es gern hören.«

Sumiko blickte nach unten. Fixierte einen Punkt auf den Tatami-Matten.

»Du trägst die Last der Pflege. Ich weiß doch gar nicht, wie es wirklich ist. Deswegen würde ich sehr gern deine Meinung hören.«

»In Ordnung.«

Sumiko setzte sich aufrecht hin und streckte den Rücken durch.

»Ich finde diesen Herrn Kaji sehr freundlich.«

»Was?«

Fujibayashi war perplex.

Sumiko blickte ihn an. Direkt in die Augen, mit Nachdruck.

»Mir hat er das auch gesagt.«

»Was …?«

»Dass ich ihn sterben lassen soll. Dein Vater.«

Ihm wurde schwarz vor Augen.

»Das … hast du nie erzählt.«

»Ich konnte es dir nicht erzählen. Ich wollte dich nicht traurig machen.«

»Wann …?«

»Vor zwei Jahren. Als dein Vater noch manchmal normal wurde. Er hatte Angst. Ich glaube, er hat gemerkt, dass er sich selbst verliert. Deswegen hat er es zu mir gesagt. ›Ich will, dass du mich sofort umbringst. Bitte lass mich sterben.‹«

Fujibayashi blickte zur Decke.

»Ich konnte das nicht. Hätte es nie gekonnt. Jemanden zu töten …«

»Ja, natürlich nicht. So etwas könntest du nicht.«

Fujibayashi sah in Sumikos tränenfeuchte Augen.

»Aber ich habe oft daran gedacht, damals. Dass ich will, dass er fort ist. Das hab ich mir gewünscht. Wie schön es wäre, wenn er zum Friseur ginge und nie wieder zurückkäme.«

Sumikos Stimme klang schrill.

»Wie schön es wäre, wenn er einfach sterben würde.«

»Sumiko.«

Sumiko ließ sich nicht unterbrechen und fuhr fort.

»Und deswegen denke ich, dass dieser Herr Kaji freundlich ist. Seine Frau muss sich auch furchtbar gefühlt haben. Für eine Mutter ist es doch das Schlimmste, wenn ihr Kind vor ihr stirbt. Wenn Takashi oder Masami sterben würden und ich begreifen würde, dass ich ihre Namen oder ihren Todestag vergesse, dann würde ich ganz sicher auch sterben wollen. Und ich würde dich sicher bitten, mich umzubringen.«

Fujibayashi vergaß beim Zuhören sogar das Blinzeln.

»Und ich glaube, das hat Herr Kaji begriffen. Deswegen hat er seine Frau umgebracht. Und seine eigenen Hände beschmutzt.«

»…«

Seine eigenen Hände beschmutzt …

»Es tut mir leid. Darf ich jetzt gehen?«

Sie wollte allein sein, um zu weinen.

Sumiko erhob sich. Ihre Knie gaben nach, und sie stützte sich mit den Händen auf der Tatami ab. Auf ihrem weißen Handrücken war noch ein blauer Fleck zu sehen.

Fujibayashi sagte: »Ich danke dir.«

»Hm?«

»Ich danke dir wirklich. Dass du dich um Vater gekümmert hast …«

Sie schaffte es nicht bis aus dem Zimmer. Viele dicke Tränen tropften auf die Tatami.

Fujibayashi wandte sich dem Tisch zu.

Freundlich …

Diese Freundlichkeit hatten sie gesehen.

Sase. Und Uemura. Und Shiki.

Fujibayashi schüttelte den Kopf.

Nein.

Wenn Kaji aus Freundlichkeit gehandelt hatte, dann sollte es auf der Welt besser keine Freundlichkeit geben.

Er würde Sumikos Freundlichkeit wählen.

Die Freundlichkeit, nicht zu töten …

Fujibayashi nahm den Stift zur Hand. Schrieb auf den Notizblock.

»Urteilstext: Der Angeklagte wird mit vier Jahren Haft bestraft.«

Ohne Bewährung. Die empfohlenen vier Jahre. Er hatte sich entschieden.

Sōichirō Kaji. Am Tag der Urteilsverkündung, am 5. März, würde er ihn zum letzten Mal sehen. Ein nächstes Mal würde es nicht geben. Aber er würde den Namen nie vergessen.

Eine einmalige Chance.

Fujibayashi dachte erneut über die Bedeutung dieser Worte nach.

1

Er öffnete das Fenster.

Es roch nach Morgen. Er spürte die Kälte auf der Haut. Nur ein paar Tage noch, dann war das auch vorbei. Als er seinen Kopf durch das Fenster des Büros der Abteilung für den Strafvollzug, das sich im Obergeschoss des Sicherheitstraktes befand, nach draußen steckte, blickte er direkt auf eine hohe graue Mauer aus nacktem Beton, die sich genau in Augenhöhe befand. Von dort lenkte er seinen Blick ein kleines bisschen weiter nach oben, ließ ihn über die weit entfernten, im Morgendunst verschwimmenden Häuserreihen schweifen und sog die Morgenluft tief in sich auf. Das gehörte zu seiner morgendlichen Routine, seitdem er vor nunmehr drei Jahren seinen Dienst hier in der Justizvollzugsanstalt M angetreten hatte.

Seiji Koga tastete mit der Hand nach dem Fensterrahmen.

Denn als er ganz fest ausatmete, wurde ihm schummrig vor Augen. Das passierte ihm in der letzten Zeit oft. Es war nicht so etwas Ernstes wie ein Schwindelanfall, eher schien der Ausdruck »getrübte Sicht« zutreffend zu sein, den man auch in diversen Fernschspots immer wieder zu hören bekommt. Koga schob das einfach aufs Alter, und jedes Mal wenn sich seine Sicht trübte, nahm er sich selbst auf den Arm, indem er sich einen »alten Sack« nannte, und rieb sich die Augen.

Na ja, noch ein Jahr durchhalten, dann ist es ja geschafft!

Nächstes Jahr im Frühjahr würde er in Rente gehen können. Vierzig Jahre als Gefängniswärter neigten sich dem Ende zu.

Koga senkte den Blick; er sah nun wieder scharf. Das Dach des Gefängnisgebäudes, wo die Zellen waren, und das Dach des Fabrikgebäudes warfen das Sonnenlicht zurück, sodass es ihn blendete. Wenn er morgens seinen Dienst zu einem neuen Arbeitstag antrat, verspürte er keinerlei Enthusiasmus mehr, und auch Ehrgeiz oder das Gefühl, einer besonderen Berufung zu folgen, wollten sich nicht mehr einstellen.

»Nur keine Zwischenfälle!«, murmelte er, so als sagte er eine Beschwörungsformel auf.

Er schloss das Fenster. Vom Hauch des Frühlings war nichts mehr zu spüren. Wo würde er wohl im nächsten Jahr dem Frühling nachspüren? In Hokkaidō vielleicht, wo sein Sohn mit seiner Frau lebte? Oder hier in dieser Stadt in einer Wohnung, von der aus man auf die hohe Mauer sah …?

Koga wandte sich zur Tür. In dem geräumigen Büro, in dem die Tische fein säuberlich nebeneinanderstanden, war keine Menschenseele, es war mucksmäuschenstill. Er verließ den Raum und ging die Treppe hinunter. Mit dem Generalschlüssel öffnete er das Tor zum Gang und betrat das Gebäude mit den Zellen.

Aus den Lautsprechern an der Wand ertönte Vogelgezwitscher. Es war 6.40 Uhr in der Frühe. Zeit zum Aufstehen.

Koga bog in den Gang nach rechts ab und machte sich auf den Weg zum Parterre des Gebäudes Nr. 2. Dies war der Teil der JVA, in dem die Neuzugänge, die gerade erst verurteilt worden waren, in Einzelhaft saßen. Es gab einen Grund dafür, dass Koga, der schon immer seinen Dienst extrem früh angetreten hatte, heute noch früher dran war als sonst. Die Staatsanwaltschaft hatte ihm nämlich mitgeteilt, dass der Mann, der gestern eingeliefert worden war, suizidgefährdet sei.

Der Gefangene Nr. 348. Sōichirō Kaji. 49 Jahre. Gehörte zum Polizeipräsidium der Präfektur W. Seine an Alzheimer erkrankte Frau hatte inständig darum gebeten, sterben zu dürfen, daraufhin hatte er sie erwürgt. Das Landgericht W befand ihn in der ersten Instanz der Tötung auf Verlangen für schuldig und verurteilte ihn zu vier Jahren Zuchthaus. Kaji legte keine Berufung ein, und das Urteil wurde rechtskräftig.

Das war also so ein lästiger Zuchthäusler. So sah man diese Verurteilten in der Justizvollzugsanstalt M. Koga dachte auch nicht anders. Sollte es zum Schlimmsten kommen, dann würden die da oben Koga, der die allgemeine Oberaufsicht hatte, dafür zur Verantwortung ziehen, das war klar.

Im Flur vor den Einzelzellen war Asada zu sehen, der die Nachtschicht geschoben hatte. Er war gerade dabei, jede einzelne Zelle noch einmal zu überprüfen. Kogas Herz machte einen ganz leichten Sprung. Er hatte immer gedacht, dass Asada ein loyaler Untergebener sei, doch in der jüngsten Zeit hatte er Anlass, das Gegenteil zu glauben.

Koga rief Asada mit leiser Stimme zu sich.

»Na, wie sieht's aus?«

»Sind alle ganz normal aufgestanden. Es gibt nichts, was der Rede wert wäre.«

»In Ordnung. Danke.«

Mit den Worten ging er sofort auf die Tür der Zelle 5 zu. Er zog die Abdeckung am Fenster der Zellentür hoch und spähte in das Innere.

Sōichirō Kaji stand mit gekrümmtem Rücken in der Mitte der knapp drei Quadratmeter großen Zelle, gekleidet in einen grasgrünen Sträflingsanzug, und kehrte. Da er erst am Vortag eingeliefert worden war, waren seine Bewegungen noch ungelenk.

Koga studierte den Gesichtsausdruck des Insassen.

Er wirkte genau wie am Tag zuvor. Hatte nicht den Gesichtsausdruck eines Menschen, der völlig verzweifelt war. Er hatte große, klare Pupillen, sein Blick wirkte kraftvoll. Wenn man vierzig Jahre lang Verurteilte im Strafvollzug beobachtet hat, ist man sehr wohl in der Lage, die Reaktion auf die Inhaftierung oder den seelischen Zustand des Gefangenen einzuschätzen. Die Augen von Kaji waren lebendig. Es waren Augen, die konkrete Ziele und Träume für das Leben »draußen« hatten. Anders gesagt, bedeutete dieser Ausdruck, dass er enge Verbindungen mit Menschen außerhalb des Knasts hatte. Man könnte sogar noch weitergehen und sagen, dass ein Insasse, der einen solchen Blick hatte, auf keinen Fall Selbstmord begehen würde.

Und dennoch …

Es war unklar, was das für »Verbindungen« waren. Neulich hatte sich Koga die persönliche Akte dieses Gefangenen ganz genau durchgelesen, aber er hatte nirgends einen Hinweis auf einen Menschen entdecken können, mit dem Kaji in besonderer Weise verbunden sein könnte. Ja, je genauer man sich das Leben von Kaji ansah, desto mehr gelangte man zu der Überzeugung, dass die Ehefrau, um die er sich gekümmert hatte, tatsächlich seine einzige Verbindung zur Gesellschaft gewesen war. Kaji hatte den einzigen Sohn, Toshiya, den er mit seiner Frau Keiko hatte, verloren. Im Jahr 1993 war dieser plötzlich an akuter myeloischer Leukämie erkrankt, und im darauffolgenden Jahr im Dezember war er im zarten Alter von nur 13 Jahren gestorben. Kajis Eltern und Geschwister waren ebenfalls bereits verstorben. Sein Großvater war noch am Leben, aber sie hatten überhaupt nichts miteinander zu tun. Deshalb dürfte Kaji eigentlich außer seiner Frau, mit der ihn die Trauer um den Verlust des Sohnes verband, keinen Menschen mehr gehabt haben, mit dem er auf vertrautem Fuße stand.

Und Keiko hatte er getötet. Auch wenn er darum gebeten worden war, blieb die Tatsache bestehen, dass er diese Frau, die seine letzte Verbindung zur Gesellschaft gewesen war, im Affekt umgebracht hatte. So erschien es Koga nur logisch, was die Staatsanwaltschaft geschrieben hatte: »Kaji ist am Leben verzweifelt, und es besteht die Gefahr, dass er den Freitod wählt.« Den Brief geschrieben hatte Morio Sase von der Lokalen Staatsanwaltschaft; er war gleich nach dem Oberstaatsanwalt und dem Gruppenleiter der ranghöchste Staatsanwalt der örtlichen Ermittlungsbehörde und zuständig für den Fall Kaji. Konkret waren es drei Punkte, die Anlass zur Sorge gaben. Erstens, nach der Ermordung seiner Frau hatte Kaji in der Zeit, die er zu Hause verbrachte, einen Suizidversuch begangen, der ihm missglückte. Zweitens hatte Kaji angegeben, er sei auf der Suche nach einem geeigneten Ort zum Sterben durch die Stadt geirrt. Und drittens hatte Kaji, bevor er sich freiwillig stellte, eine Kalligrafie verfasst, auf der *Der Mensch lebt fünfzig Jahre* stand. Abgesehen von diesen Tatsachen hatte Staatsanwalt Sase, unter Berücksichtigung des bei dem Verhör gewonnenen Gesamteindrucks, als eigene Stellungnahme Folgendes festgehalten: »Für den Moment hegt der Beschuldigte keine Suizidgedanken mehr, doch ist zu vermuten, dass er im Alter von 50 oder 51 Jahren versuchen wird, sich das Leben zu nehmen.«

Und bis zur Vollendung des fünfzigsten Lebensjahres war es bei Kaji nicht mehr weit. Sein fünfzigster Geburtstag war am 23. März, also übermorgen.

Asadas Stimme durchschnitt scharf die Luft in dem Korridor.

Koga blickte noch einmal durch die Öffnung der Zellentür. Da kreuzte sich sein Blick mit dem von Kaji, und innerlich zuckte er zurück. Er blickte in ein Gesicht, das ganz und gar nicht wie das eines Polizisten wirkte; es war ruhig und ausgeglichen und wirkte sehr freundlich.

Koga öffnete mit einer abrupten Bewegung die Zellentür. Der erste Eindruck zählte. Wenn man auch nur die geringste Unsicherheit gegenüber dem Sträfling zeigte, würde der Umgang schwierig werden. Indem er ohne Grund plötzlich die Zellentür aufriss, stellte er klar, wer hier das Sagen hatte und wer zu spuren hatte.

Kaji verneigte sich höflich und setzte an zu einem »Guten Morgen«.

Doch Koga fiel ihm grob ins Wort, mit ehrfurchtgebietender Stimme und einem ebensolchen Gesichtsausdruck.

»Sie haben wohl gestern nichts gelernt!«

»Bitte …?«

»Wenn Sie einem Beamten gegenüberstehen, haben Sie Ihre Sträflingsnummer und Ihren Namen zu sagen. Und bevor Sie den Mund aufmachen, bitten Sie um die Erlaubnis, sprechen zu dürfen. Verstanden?«

Kaji nahm einen angespannten Gesichtsausdruck an, stand stramm und sagte: »Ich bin Nr. 348, Sōichirō Kaji. Ich bitte um die Erlaubnis, sprechen zu dürfen.«

»Strammstehen ist nicht nötig.«

»Ich … bitte um die Erlaubnis, sprechen zu dürfen.«

»Gut.«

»Wie soll ich mich verhalten, wenn eine Inspektion ansteht?«

»Warten Sie sitzend in der Zelle.«

»In Ordnung. Danke.«

Koga musterte Kaji, der sich höflich verneigte, kalten Blickes. Dieser Mann wollte sich in zwei Tagen umbringen. Koga zwang sich, unter Berücksichtigung dieser Umstände, ihm noch etwas Zeit einzuräumen, doch er sagte nichts mehr. Zum gegenwärtigen Zeitpunkt gab es bei Sōichirō Kaji keine Anzeichen für einen bevorstehenden Suizid. Das konnte man mit absoluter Sicherheit sagen. Es gab doch irgendetwas da draußen. Eine Verbindung, die Kaji die Kraft gab, weiterzuleben …

Während er den Korridor entlangging, um zu seinem Büro zurückzukehren, hing Koga seinen Gedanken nach.

Kaji hatte seinen Sohn verloren, der sein Ein und Alles gewesen war; er hatte seine Frau umgebracht und war nun ganz allein auf dieser Welt. Was für einen Grund konnte es geben, dass ein Mann in einer solchen Situation einen Sinn darin sah weiterzuleben? Eine Verbindung, die Kaji Kraft gab … Eine Verbindung, die aber in dem Moment nicht mehr existieren würde, wenn Kaji fünfzig Jahre alt wurde.

Koga kam nicht darauf. Er hatte nicht den geringsten Schimmer.

Wenn dieser Mann ein bestimmtes Alter erreicht hat, wird er sich umbringen. Kann es denn überhaupt einen Menschen geben, der mit einem solchen Beschluss im Herzen lebt?

Es kam ihm vor wie eine tickende Zeitbombe oder eine böse Prophezeiung.

Oder etwa …?

Etwas kam Koga in den Sinn, während er die Treppen hinaufstieg. Der Schlüssel zur Lösung dieses Rätsels fand sich vielleicht im Kabuki-Viertel. Sōichirō Kaji hatte sich erst drei Tage, nachdem er seine Frau erwürgt hatte, gestellt. Was er in den Tagen gemacht hatte, war unklar. Die Zeitungen sprachen unisono von den »fraglichen zwei Tagen«. Es war die *Tōyō*, die eine Antwort darauf gab. In einem Artikel dieser Zeitung hatte gestanden, Kaji habe in der Präfektur W einen Shinkansen bestiegen und sei nach Tokio ins Kabuki-Viertel gefahren.

Wenn das stimmte, hatte er eine Verbindung in diesen Distrikt …

Koga schrak zusammen. Das Telefon klingelte. Rasch betrat er sein Büro und eilte zu dem ganz hinten im Raum stehenden Schreibtisch des Leiters der Vollstreckungsabteilung.

»Ja, Abteilungsleitung.«

»Guten Tag. Hier Hauptkommissar Shiki vom Dezernat I der Kriminalpolizei der Präfektur W.«

Koga fühlte eine leichte Anspannung.

»Guten Tag. Hier ist Koga, zuständiger Beamter für die allgemeine Koordination der Besserungsmaßnahmen. Worum geht es denn?«

»Es geht um Herrn Sōichirō Kaji, der Mitglied unserer präfekturalen Polizeibehörde war. Ich habe mich nach dem Ort seiner Inhaftierung erkundigt, und es hieß, er sei bei Ihnen in Gewahrsam?«

»Verstehe.«

Koga bejahte die Frage nicht, noch verneinte er sie. Von seiner Art zu sprechen her und auch, weil er Ausdrücke benutzte wie »in Gewahrsam«, schien kein Zweifel darüber zu bestehen, dass dieser Mann, der sich Shiki nannte, ein Polizeibeamter war, aber dennoch konnte er so eine Frage nicht einfach beantworten.

Shiki fuhr fort, wobei er wohl voraussetzte, dass Kaji tatsächlich hier inhaftiert war.

»Was mich interessiert, ist Kajis Zustand. Wie geht es ihm derzeit?«

Genau das, was Koga erwartet hatte. Die Polizeibehörde der Präfektur W wollte wissen, ob bei Kaji die Gefahr eines Suizids bestand oder nicht.

»Hmm, was soll ich sagen ...«

Koga drückte sich bewusst unklar aus. Auch wenn sein Gesprächspartner ein Polizeibeamter sein sollte, war es nicht rechtens, dass er die Privatangelegenheiten eines Sträflings preisgab. Das Geheimhaltungsprinzip wurde im Strafvollzug noch um einiges strenger gehandhabt als bei der Polizei. Der Häftling, der hier einsaß, war der Gefangene Nr. 348 und nicht ein Mensch, der Sōichirō Kaji hieß.

»Mir ist bewusst, dass meine Frage nicht regelkonform ist. Dennoch wäre ich dankbar, wenn Sie mich aufklären würden.«

Koga fühlte sich ob der mehrfachen Nachfrage in die Enge getrieben. Auch die Position des Beamten Shiki, der ihn hier anrief, war ihm nicht klar. Es stand zwar außer Frage, dass er ein ehemaliger Kollege des Häftlings war, doch der vorliegenden Abschrift des Urteilspruches zufolge gehörte Kaji zum Zeitpunkt des Verbrechens nicht der Kriminalabteilung an, sondern er war Vizechef der Ausbildungsabteilung. Dann war Shiki also kein Freund von Kaji, sondern vielleicht derjenige, der für die Ermittlungen im Fall Kaji zuständig gewesen war.

Es war Shiki, der das Schweigen brach.

»Ich möchte Kaji sehen. Wäre das möglich?«

»Das ist nur Verwandten gestattet.«

Koga äußerte zunächst einmal das, was den Regeln entsprach. Dann fuhr er mit gesenkter Stimme fort.

»Wie dem auch sei, ich kann Ihnen da nicht weiterhelfen. Wenden Sie sich bitte an meine Vorgesetzten. Entschuldigung, aber ich habe sehr viel zu tun und würde das Gespräch gerne hiermit beenden.«

»Bitte warten Sie, Herr Koga.«

Als er völlig unerwartet beim Namen genannt wurde, zuckte Koga zusammen.

»Bitte lassen Sie es gut sein. Ich kenne Sie nicht. Außerdem ruft kein Mensch zu einer solch frühen Zeit bei jemandem an.«

»Dafür entschuldige ich mich. Ich dachte, ich rufe besser an, bevor die Nachtschicht nach Hause geht. Eine Sache wüsste ich gerne noch, dann werde ich auflegen. Ich bitte Sie, mir zu sagen, was für einen Eindruck Kaji macht.«

»Also gut. Dann sage ich es Ihnen, aber ich sage nur das. Über einen Menschen namens Kaji weiß ich nichts, aber ich kann Ihnen sagen, dass es in der Zeit von gestern Abend bis heute Morgen in unserer Einrichtung keine außergewöhnlichen Vorkommnisse gegeben hat. Damit entschuldigen Sie mich bitte.«

Bevor der andere noch irgendetwas sagen konnte, hatte Koga schon aufgelegt.

Für nichts und wieder nichts hatte man ihm einen schwierigen Fall aufgedrückt, und sein Seelenfrieden war gestört. Noch mehr Unannehmlichkeiten wollte er auf gar keinen Fall.

Der Nachdruck, mit dem dieser Shiki darauf bestanden hatte, Informationen zu bekommen, ärgerte Koga, und die Vorbehalte, die er schon seit langer Zeit gegenüber den Polizeibehörden hegte, drohten die Oberhand zu gewinnen.

Koga stützte sich mit beiden Händen auf die Lehne des Bürostuhls. Er musste in dieser Stellung verharren, bis beide Augen wieder scharf sahen.

»Du alter Sack!«, murmelte Koga angewidert vor sich hin.

Heute war der Tag, an dem die wöchentliche Besprechung der Justizvollzugsbeamten mit dem Vorgesetzten stattfinden würde. Bevor sein Chef auftauchte, musste er sich noch Notizen machen zu dem, was er sagen wollte, dachte er, ohne jedoch gleich zur Tat zu schreiten.

2

Die Besprechung der Beamten der Justizvollzugsanstalt M begann um 10 Uhr. Neben Anstaltsleiter Motohashi nahmen die Leiter der verschiedenen Abteilungen teil. Von der Abteilung für den Strafvollzug waren Abteilungsleiter Sakurai, Unterabteilungsleiter Takeuchi und der Leitende Beamte Karino anwesend, ferner Koga, der die Oberaufsicht über alle hatte.

Es gab mehrere Tagesordnungspunkte, aber der wichtigste Punkt der heutigen Sitzung war tatsächlich das »Problem Kaji«.

Als Abteilungsleiter Sakurai den Sachverhalt in groben Zügen erläutert hatte, verschränkte Motohashi nachdenklich die Arme. Im Sitzungsraum hätte man eine Stecknadel fallen hören können. Jedes einzelne der Worte, die Motohashi nun äußern würde, würde Ziel und Zweck der Bemühungen aller Beschäftigten definieren, sie wären die Regeln, an die man sich zu halten hatte, und sie würden die Atmosphäre in der JVA bestimmen.

Motohashi sah Sakurai an.

»Der Geburtstag des Polizeihauptmeisters ist also übermorgen?«

»Jawohl.«

»Wie sieht es denn tatsächlich aus? Macht er den Eindruck, als wollte er sich das Leben nehmen?«

Ihm stand ins Gesicht geschrieben, dass er keinen Deut auf das gab, was die Zeitungen schrieben.

Sakurai richtete seinen Blick auf Koga.

»Was diesen Punkt betrifft, so bitte ich Herrn Koga, der die Oberaufsicht hat, um einen Bericht.«

Koga holte tief Luft. Den Notizblock in der Hand, verneigte er sich.

»Ich berichte über die Ergebnisse der Beobachtung des Häftlings Nr. 348 bis zum heutigen Tag. Gestern konnte man vom Zeitpunkt der Erledigung der Aufnahmeformalitäten bis zum Schlafengehen nichts Außergewöhnliches feststellen. Was den Nachtdienst betrifft, so hatte ich diesen angewiesen, den Rundgang, der im Abstand von 15 Minuten durchgeführt wird, auf einen Abstand von 10 Minuten zu verkürzen und den Häftling zu überwachen; vorgefallen ist nichts. Es scheint, dass er gut geschlafen hat. Heute Morgen war er zeitig wach, und auch das Frühstück hat er aufgegessen. Er verbüßt seine Strafe in überaus folgsamer Haltung und gab seinen Aufsehern gegenüber auch keinerlei Widerworte. Vorhin habe ich mir auf dem Sportplatz die Übungen angesehen, welche mit den Neuzugängen gemacht werden; Häftling Nr. 348 mischte sich unter die anderen Häftlinge und marschierte mit ihnen nach den Anweisungen des Vertreters der Sonderschutztruppe. Das ist alles.«

»Und was ist Ihre persönliche Meinung?«, fragte Motohashi.

Koga, der sich gerade eben gesetzt hatte, erhob sich wieder.

»Bis jetzt zumindest lassen sich bei ihm die Unruhe und Unsicherheit, die man oft bei Personen feststellt, die einen Suizid planen, weder in seinen Worten noch in seinem Verhalten beobachten.«

»Das heißt dann wohl, er sieht nicht so aus, als würde er sich umbringen wollen?«

Koga nickte nicht. Denn ein Vertreter der Allgemeinen Abteilung prüfte stets das Protokoll.

»Mit absoluter Sicherheit kann man das nicht sagen.«

Als Koga die Worte, die er sich zurechtgelegt hatte, äußerte, zog Motohashi die Augenbrauen zusammen und blickte Yamamura, den Leiter der Buchhaltungsabteilung, finster an.

»Was ergab die Durchsuchung der beschlagnahmten persönlichen Gegenstände?«

Hastig begann Yamamura in seinem Notizblock zu blättern.

»Er hatte offenbar nur wenige persönliche Gegenstände bei sich. Ein Portemonnaie, eine Armbanduhr, den Führerschein. Ansonsten nur seine Kleidung und die Unterwäsche, nichts, was irgendwie auffällig gewesen wäre.«

Alle Anwesenden dachten an den Suizidversuch, der sich vor einem halben Jahr ereignet hatte. Der Sträfling, der versucht hatte, sich in seiner Zelle aufzuhängen, hatte das Ahnentäfelchen mit den Namen seiner Eltern bei sich gehabt.

Motohashi sog die Luft geräuschvoll ein.

»Dann will die Staatsanwaltschaft uns also auf den Arm nehmen.«

Keiner antwortete. Motohashi war als Leiter der JVA ein Beamter auf einem sehr hohen Posten, der schnell Karriere gemacht hatte. Es war allseits bekannt, dass er sich stark mit der Staatsanwaltschaft identifizierte. Deshalb waren alle unsicher, ob sie ihm in diesem Fall zustimmen sollten oder nicht.

»Im Grunde genommen ist doch völlig unklar, ob er nun vorhat, sich mit fünfzig das Leben zu nehmen oder wann auch immer. Ich wette, da ist noch etwas, was die Staatsanwaltschaft vor uns verheimlicht.«

Erst jetzt nickten alle.

Genau das hatte ja auch Koga stutzig gemacht. Der besagte Artikel aus der *Tōyō* beschränkte sich nämlich nicht bloß darauf, eine Erklärung für die »fraglichen zwei Tage« zu liefern. Vielmehr stand darin auch, dass die Präfekturpolizei von W und die örtliche Staatsanwaltschaft sich verschworen hätten und die Tatsache, dass Kaji sich ins Kabuki-Viertel begeben hatte, bewusst zurückgehalten und behauptet hätte, Kaji sei herumgeirrt, um einen passenden Ort zum Sterben zu suchen.

Dieser Artikel, zweifellos eine Exklusivmeldung ersten Ranges, war wie eine Fata Morgana verschwunden. Keine andere Zeitung brachte einen Artikel, der die Meldung aus der *Tōyō* wieder aufgegriffen hätte, und auch in den Fernsehnachrichten kam nichts. Selbst in den Unterlagen zum Fall Kaji und in den Gerichtsprotokollen, die hierhergeschickt worden waren, kam kein einziges Mal das Wort »Kabuki-Viertel« vor. Die Nachricht in der *Tōyō* konnte natürlich auch eine Falschmeldung sein. Aber in der Justizvollzugsanstalt M gab es, vom Anstaltsleiter bis hin zum einfachen Gefängniswärter, nicht einen Einzigen, der nicht der Meinung war, dass hier ein Vertuschungsversuch vorlag, so viel war auch klar. Denn alle hatten schon zwei- oder dreimal die bittere Erfahrung gemacht, dass ein Skandal vertuscht werden musste.

»Kaji hat eine Tochter, die aus einem Fehltritt hervorgegangen ist, den er in jungen Jahren begangen hat. Das Mädchen arbeitet im Kabuki-Viertel. Bevor er sich stellte, hat er sie getroffen und sie davon zu überzeugen versucht, dass sie einem anständigen Gewerbe nachgehen soll«, sagte Motohashi plötzlich und blickte einen nach dem anderen die anwesenden Kollegen an. Denen stand die Überraschung ins Gesicht geschrieben.

In die schweigende Runde sagte Karino, der Leitende Beamte, der anderen gerne schmeichelte: »Das ist durchaus möglich«, und nickte überzeugt.

Und was machen wir mit der Kalligrafie »Der Mensch lebt fünfzig Jahre«?

Innerlich schimpfte Koga wie ein Rohrspatz.

So als hätte er es gehört, korrigierte sich Motohashi: »Vielleicht ist es ja auch ein Sohn«, und fing an, mit seinem Wissen um sich zu werfen. »*Der Mensch lebt fünfzig Jahre.* Das ist ein Zitat von Nobunaga Oda. Eigentlich stammt es aus *Atsumori*, einem Stück des Kōwaka-Tanztheaters, das er so liebte. Es handelt sich hier um die Geschichte des Naotane Kumagai, der in der Schlacht von Ichinotani während des Krieges zwischen den Geschlechtern Taira und Minamoto den jungen Atsumori von den Taira getötet hat. Er packte Atsumori, der nicht schnell genug fliehen konnte, und warf ihn zu Boden. Als er aber bemerkte, dass der Gefangene genauso alt war wie sein eigener Sohn, bekam er Mitleid mit ihm. Er wollte ihn entkommen lassen, doch um ihn herum waren nur Standarten der Familie Minamoto zu sehen. So unterdrückte er seine Tränen und tötete den Jungen ...«

Motohashi hielt inne und reckte den Hals.

»Koga. Hauptkommissar Kaji hat doch seinen Sohn aufgrund einer Krankheit verloren?«

»Ja, so ist es.«

Noch während er antwortete, schob Koga seinen Stuhl nach hinten und erhob sich.

»Falls er noch am Leben wäre, wie alt wäre der Junge jetzt?«

»Er wäre genau zwanzig.«

Koga setzte sich wieder und spürte, wie ihm der kalte Schweiß ausbrach. Er hatte sofort antworten können, weil er genau dieses Szenario selber immer wieder durchgegangen war.

Motohashi sah nachdenklich aus. Karino sah aus, als wartete er nur darauf, dass Motohashi wieder den Mund aufmachte, um ihm sofort schmeichelnd beipflichten zu können, aber Motohashi schwieg.

Es gab also vielleicht einen Sohn von einer anderen Frau, der gerade volljährig wurde. Er versuchte, von dort aus weiterzudenken, aber selbst angenommen, es verhielte sich wirklich so, würde das auch keine rationale Erklärung dafür liefern, warum Sōichirō Kaji sich im Alter von fünfzig Jahren das Leben nehmen sollte.

Motohashi stieß einen leisen Seufzer aus, und es war ihm anzusehen, dass er das Grübeln aufgegeben hatte.

»Wie dem auch sei, morgen Abend ist der entscheidende Zeitpunkt.«

Wieder schob Koga seinen Stuhl nach hinten.

»Morgen Nacht werde ich auch hierbleiben und zusammen mit dem Wärter vom Nachtdienst Wache halten.«

»Sollen wir ihn in eine überwachte Zelle stecken?«

»Ich glaube, es ist besser, wenn wir keine Änderungen vornehmen und ihn nicht noch zu etwas anstacheln. Wir werden ihn weiterhin in der Einzelzelle für Neuankömmlinge behalten und ihn beobachten.«

»Verstanden. Passen Sie mir gut auf ihn auf. Kaji wird auf jeden Fall versuchen, sich das Leben zu nehmen. Schreiben

Sie sich das hinter die Ohren und treffen Sie entsprechende Vorkehrungen. Einen Vorfall wie einen Selbstmord darf es hier in unserer Justizvollzugsanstalt nicht geben. Zumal er ein Polizeihauptmeister war. Wenn wir zulassen, dass er stirbt, werden auch unsere Beziehungen zur Polizei sehr schwierig werden. Lassen Sie Menschenliebe und Humanismus walten. Führen Sie sich vor Augen, was der eigentliche Sinn des Strafvollzugs ist, und sorgen Sie dafür, dass der Hauptkommissar sich nicht das Leben nimmt. Das ist alles.«

Koga war voller Anspannung, als er den Sitzungsraum verließ.

Er kehrte nicht in sein Büro zurück, sondern ging direkt zum Prüfungszimmer. Denn was diesen Fall betraf, so wurde er das Gefühl nicht los, dass die gesamte Verantwortung ganz allein auf seinen Schultern lastete.

Da habe ich ja einen wirklich lästigen Zuchthäusler aufgebrummt bekommen, dachte er nicht zum ersten Mal.

Sōichirō Kaji saß im Prüfungszimmer und hörte sich die Unterweisungen für Neuankömmlinge an. Zusammen mit etwa zwanzig anderen Neuen folgte er aufmerksam den Erklärungen des Beamten, der die Oberaufsicht über die Unterweisung der Häftlinge hatte. Die drei strengen Verbote hatten sie offenbar schon gelernt. Grundsätzlich verboten waren der Kontakt mit anderen Gefangenen, der Blick in Nachbarzellen und das unerlaubte Verlassen des Platzes. Auch als Koga vorbeiging, blickte Kaji die ganze Zeit geradeaus und bewegte sich kein bisschen.

Koga beobachtete seinen Gesichtsausdruck in aller Ruhe.

Es gab keinerlei Veränderung zu heute Morgen. Vielleicht weil man ihm haufenweise Gefängnisregeln eingetrichtert hatte, wirkten seine Wangen ein klein wenig verkrampft. Doch sein klarer Blick wie auch sein entspannter Mund erinnerten an einen Mönch in der Ausbildung. Er schien völlig ruhig.

Koga stellte etwas Merkwürdiges fest. Er bemerkte, dass er sich, wenn er Kaji beobachtete, irgendwie erleichtert fühlte. Der Ärger, den er zuvor noch in sich gespürt hatte, war völlig verflogen.

Koga war schon immer davon ausgegangen, dass es zwei Arten von Sträflingen gab. Die einen waren in einem denkbar schlechten Milieu aufgewachsen oder hatten von Natur aus einen Charakter, der ihnen zum Verhängnis wurde; das waren Menschen, die irgendwann hier landen mussten und zu Recht hier waren. Die anderen waren diejenigen, die niemals hergekommen wären, wenn nicht irgendetwas vorgefallen wäre. Natürlich bestand zwischen den beiden Gruppen nur der Hauch eines Unterschieds. So gesehen könnte man sagen, dass für alle Menschen in der Gesellschaft die theoretische Möglichkeit bestand, dass sie irgendwann einmal hierherkamen.

Im Falle von Kaji aber musste man doch annehmen, dass er zu den Menschen gehörte, bei denen die Wahrscheinlichkeit, hier zu landen, mit am geringsten war. Das konnte Koga nach vierzig Jahren Erfahrung mit Gefangenen mit Sicherheit sagen.

Mit gemischten Gefühlen ging er zurück in sein Büro.

Dort wartete Karino mit den schmalen, schräg stehenden Augen auf ihn. Er war mehr als zwölf Jahre jünger als Koga, aber Zurückhaltung kannte er nicht.

»Passen Sie auf und lassen Sie die Effekthascherei lieber sein.«

»Wie bitte …?«

»Ich meine die Besprechung von vorhin. Bei der Bereitschaft morgens und abends bin ich derjenige, der darüber bestimmt, und es wäre an mir gewesen, dazu was zu sagen. Wagen Sie sich nicht zu weit vor. Sie brauchen nur zu tun, was
Ihnen befohlen wird.«

Der junge Schmeichler hatte mit schlichten Worten klar-
gestellt, wer hier das Sagen und wer zu spuren hatte.

3

In der Dienstwohnung war es kalt.

Koga stellte die Beilagen, die er noch übrig gehabt hatte, auf den Heiztisch und öffnete den Deckel von dem Sake, den er sich in Portionsbechern gekauft hatte. Seitdem vor neun Jahren seine Frau Misuzu an Gebärmutterkrebs verstorben war, pflegte er kein Abendessen mehr zu sich zu nehmen.

Neben dem Heiztisch auf den Tatami-Matten lag eine Postkarte. Koga hob sie auf und betrachtete sie. Eine grenzenlos weite, grüne Ebene aus Gras. Und ein strahlend blauer Himmel, der aussah, als hätte man ihn angemalt. Er drehte die Karte um. So hielt er es seit nunmehr zwei Jahren, als sie bei ihm angekommen war. Deshalb war auch die Tinte, mit der die Adresse darauf geschrieben war, schon fast verblasst.

Shizunai im Verwaltungsbezirk Hidaka auf Hokkaidō.

Es war ihm klar gewesen, dass er sich von Akihiko entfremden würde, wenn Misuzu nicht mehr da war. Sein Sohn wollte Rennpferde züchten. Koga hatte es einfach nicht über sich gebracht, ein solch weltfremdes Unterfangen zu unterstützen. Akihiko hatte die Tochter eines Viehzüchters geheiratet. Ihr Name war Haruka. Nur einmal hatte er sie und das Enkelkind gesehen … Auf der Karte kam sein Sohn ohne viel Umschweife zur Sache. »Wenn Du in Rente bist, komm doch her«, stand da. Jeden Tag nahm er die Karte zur Hand, nur um diese eine Zeile zu lesen. Doch wenn er sie gelesen hatte, dachte er immer, dass er sich dort doch nicht einfach so aufdrängen konnte. *Ich brauche kein Mitleid. Wenn ich jemandem lästig werden muss, dann ist es besser, gleich zu sterben*, ging es ihm durch den Kopf.

Koga schleuderte die Karte zurück auf den Boden.

Die eigentliche Beilage zu seinem Sake war aber weder das Essen noch die Karte; es waren das Gesicht und die Worte seiner Vorgesetzten. Heute war es also Karino gewesen. Gestern Unterabteilungsleiter Takeuchi. Vorgestern Abteilungsleiter Sakurai.

Koga schnalzte verächtlich mit der Zunge und stand auf. Er hatte vergessen, die Wäsche reinzuholen. Öffnete das Fenster und streckte seine Hand nach der aufgehängten Wäsche aus. Egal, ob er wollte oder nicht: Vor seinen Augen war die hohe Mauer. Gleich auf der anderen Seite der Straße ragte vor ihm die Betonmauer der Justizvollzugsanstalt M im Halbdunkel auf. Manchmal wurde er Opfer einer Sinnestäuschung. Er wusste dann für einen Moment nicht mehr, ob er sich innerhalb oder außerhalb dieser Mauern befand.

Den alten Koga können wir ruhig ignorieren. Ein Zuchthäusler, der sich vierzig Jahre lang nach oben gebuckelt hat ...

Die Worte von Asada, die ihm vor Kurzem im Umkleideraum zufällig zu Ohren gekommen waren, hallten in seinem Kopf wider. *Wer zufällig mitbekommt, was man im eigenen Nest von ihm hält, ist arm dran, das kann man nicht anders sagen.* So hatte Asada auf der anderen Seite der Schließfächer auf den neuen Gefängniswärter eingeredet. »Zuchthäusler«, das war Jargon unter den Kollegen, wenn man verächtlich von einem Insassen sprach. Asada hatte Koga, der seinen Vorgesetzten gegenüber immer gehorsam war, mit einem Sträfling verglichen, der versucht, sich beim Gefängnisleiter einzuschmeicheln, und sich so über ihn lustig gemacht.

Koga stürzte seinen Sake in einem Zug herunter.

Er hatte ein Leben ohne große Höhen und Tiefen durchlebt. Geboren war er in einer armen Bauernfamilie in einem kleinen Dorf. Er war der dritte Sohn und konnte nicht darauf hoffen, Felder zu erben. Also suchte er sich eine Arbeit außerhalb des Dorfes, doch war es nicht so, dass er von sich aus den Beruf eines Gefängniswärters gewählt hatte. Wenn nicht ein Absolvent seiner Oberschule aus dem Kendō-Club ihn darauf angesprochen und ihm diesen Job empfohlen hätte, dann hätte er wohl bis heute nicht gewusst, was der Unterschied zwischen einem Gefängniswärter und einem Polizeibeamten war.

Damals, bei seiner Ernennung, war er freudig erregt gewesen. Ein Humanismus, der auf Menschenliebe gründete. Es gab tatsächlich eine Zeit – damals war er noch jung gewesen –, da konnte er die haarsträubenden offiziellen Zuchthaus-Parolen noch aussprechen, ohne sich zu schämen. Er war tatsächlich davon überzeugt gewesen, dass er, wenn er nur aufopferungsvoll seinen Dienst tat, die Sträflinge zu einem neuen Leben führen könne. Ihm war es immer wichtig gewesen, ein Ansprechpartner für die Häftlinge zu sein, und sein ganzes Sinnen und Trachten war darauf ausgerichtet gewesen, wie ein »netter Onkel« für sie zu sein, jemand, dem sie vertrauen konnten. Ja, es hatte sogar Momente gegeben, in denen er sich über die Entlassung aus der Strafanstalt genauso freute wie der Häftling selbst.

Koga war gescheitert.

Oder nein, wer wirklich gescheitert war, war sein älterer Kollege, der Gefängniswärter Ushida. Er war immer fröhlich, voller Großmut und unerschrocken. Die jüngeren Kollegen mochten ihn alle, und auch bei den Häftlingen war er sehr beliebt. Ushida war das Idealbild des »netten Onkels« der Sträflinge, das Koga vorschwebte.

Und ausgerechnet Ushida löste eine Affäre aus. Er hatte sich als »Brieftaube« missbrauchen lassen. Der Inhaber einer kleinen Striptease-Bar, der gerade seine Strafe absaß, hatte ihn gebeten, für ihn den Kontakt zu seinen Leuten draußen zu halten. Dieser Barbesitzer war tief verflochten mit kriminellen Vereinigungen und hatte bei vielen Vorfällen in der Unterwelt seine Hand im Spiel; so kommunizierte er mit der Außenwelt über seine »Brieftaube« über Dinge, die er während der Besuchszeiten, die von Gefängniswärtern überwacht wurden, nicht ansprechen konnte. Ushida wurde mit Geld und Frauen entlohnt und hatte sich tief darin verstrickt.

Ushidas Fehlverhalten kam durch einen gefängnisinternen Verrat ans Licht. Ushida flehte den Leiter der Sicherheitsabteilung weinend und auf Knien an, ihn nicht an die Polizei auszuliefern. Koga konnte die Worte von Ushida, die aus dem Ermittlungszimmer nach außen gedrungen waren, nicht vergessen. *Bitte helfen Sie mir. Ich möchte nicht ins Gefängnis!*

Doch die Sache war mit der Entlassung Ushidas als Disziplinarstrafe nicht erledigt. Aufgrund einer Anordnung des Gefängnisdirektors begann man mit der gründlichen Suche nach Mittätern. Dabei wurde Koga am meisten verdächtigt. Das war auch nicht verwunderlich, denn Koga, der Ushida den größten Respekt entgegenbrachte, arbeitete immer 46 Stunden lang mit ihm zusammen. Das Verhör war hart. Er durfte weder schlafen noch essen, und das zwei Tage und zwei Nächte hindurch. Die Mittäterschaft, die tatsächlich nicht bestand, hatte er zwar hartnäckig abgestritten, doch kam heraus, dass er einen leisen Verdacht bezüglich Ushidas Tätigkeit als Brieftaube gehegt hatte. Als Strafe wurde sein Gehalt gekürzt. Dieser Zwischenfall war der Grund, weshalb Kogas Karriere so sehr ins Stocken geraten war.

Vor allem die Angst, die man ihm während des Verhörs eingejagt hatte, saß tief. Sie war so groß, dass sie fast zu einer psychischen Krise geführt hätte. Koga wurde am Arbeitsplatz schweigsam. Seine Arbeitsmotivation war dahin. Jeden Tag beobachtete er voller Angst seine Umgebung. Er dachte sogar an Rücktritt vom Amt. Doch in seinem Heimatdorf gab es weder ein Haus, in das er hätte zurückkehren können, noch Arbeit. Aber das war es nicht allein. Heute konnte er sich den wahren Grund eingestehen, weshalb er sich nicht eine andere Arbeit gesucht hatte.

Es war der Durst nach Macht. Ein unreifer Jüngling, der draußen in der Gesellschaft wie ein Grünschnabel behandelt wurde, konnte, wenn er erst einmal Mitarbeiter in der Justizvollzugsanstalt geworden war, über Hunderte von Menschen herrschen, die ihm unbedingten Gehorsam schuldeten. Koga hatte Gefallen gefunden an dem Lustgefühl, das dabei geweckt wurde. Er hing zu sehr daran, als dass er das hätte einfach aufgeben können. Die Ausübung seiner Herrschaft über die Sträflinge, wehrlos wie Schafe, war das Mittel, mit dem Koga nach und nach die Angst und die Demütigung während des Verhörs kurierte, bei dem man ihm, dem Beherrschten, gefühlt das Knochenmark aus dem Körper geprügelt hatte.

Und während er das tat, wurde mit einer erstaunlichen Geschwindigkeit eine Gefängnisreform durchgeführt. Um mit Brieftauben und Gewalt in der JVA gründlich und endgültig aufzuräumen, wurde der vollständig überwachte Strafvollzug eingeführt. Die Regeln wurden strenger, die Strafen härter. Das beste Beispiel hierfür war die Einhaltung des Verbots von Umgang. Die Strafvollzugsanstalt hatte den Sträflingen die Sprache und die Kommunikation geraubt. Und das erstreckte sich auch auf die Beamten der JVA. Indem man das private Gespräch mit den Gefangenen unterband, verhinderte man, dass einer der Wärter sich als »netter Onkel« hervortat. Für Koga war das ein Glück gewesen. Er ging ganz in der Ausführung des vollständig überwachten Strafvollzugs auf, und indem er sich dieser Aufgabe voll und ganz widmete, konnte er geheim halten, dass er in Wirklichkeit den Glauben an die mögliche Umerziehung der Gefangenen und an die Möglichkeit, sie zu einem besseren Leben zu führen, verloren hatte, und so weiter sein Amt als Vollzugsbeamter ausfüllen.

Koga nahm einen neuen Schluck Sake in den Mund, gurgelte kurz damit und ließ ihn dann die Kehle herunterrinnen.

Er hätte nie gedacht, dass Zeit so schnell und vor allem so unbemerkt vergehen konnte. Zwar hatte er durch das Verhör eine tiefe Wunde davongetragen und war danach in einer Art Schockzustand durch die Dunkelheit gelaufen, doch tief in seinem Innern hatte er irgendwo weiter an sein Leben geglaubt. An eine neue Entwicklung. Eine Wendung zum Besseren. Eine Kehrtwende. Doch nichts von alledem passierte. Es war ein ereignisloses, ausdrucksloses Leben ohne jede Abwechslung. Der Tod seiner Frau Misuzu und der Umzug seines Sohnes Akihiko nach Hokkaidō hatten Kogas Leben der Sprache und der Gefühle beraubt. So blieb ihm letztendlich nichts anderes übrig, als sich an die Arbeit zu klammern. Vierzig Jahre war er schon angestellt. Und was war ihm geblieben? Ein dürrer Körper, aus dem die Rippen hervorstachen, und ein Herz, das noch ausgetrockneter war als sein Körper; das war alles.

Er war betrunken.

Er hatte schon längst über den Durst getrunken. Der Grund lag auf der Hand.

Es war wegen Kaji Sōichirō.

Wie war wohl das Leben für diesen Mann? Zu leben, zu sterben, was bedeutete das wohl für ihn?

Das Telefon begann zu läuten, Koga erschrak. Er hatte das Gefühl, Kaji würde ihn anrufen, weil er ihm irgendetwas mitteilen wollte.

Zur Hälfte traf er damit auch ins Schwarze. Am Apparat war Hauptkommissar Shiki vom Polizeipräsidium der Präfektur W, der ihn auch frühmorgens im Büro angerufen hatte.

»Bitte entschuldigen Sie die Störung heute am frühen Morgen.«

In seinem vom Alkohol benebelten Kopf stellte Koga alles auf Alarmstufe Rot. Die private Telefonnummer eines Vollzugsbeamten wurde strikter geheim gehalten als das größte Staatsgeheimnis. Auch wenn der Anrufer ein Polizist war, konnte er die Nummer unmöglich innerhalb eines einzigen Tages herausgefunden haben.

»Was gibt's?«

»Es geht um Herrn Kaji Sōichirō. Ist heute tagsüber nichts Ungewöhnliches vorgefallen?«

»Einen solchen Herrn kenne ich nicht.«

»Man hat mir gesagt, dass Sie der Verantwortliche sind.«

Koga schnalzte mit der Zunge. Da hatte doch glatt jemand aus der Führungsriege etwas durchsickern lassen. Es gab da schließlich nicht wenige, die mit der Polizei zusammenarbeiteten. Das hing auch damit zusammen, dass bei der Einstellung von Justizvollzugsbeamten nach wie vor die Polizei damit beauftragt wurde, die Vergangenheit des Kandidaten zu beleuchten.

»Sie hängen sich da ja ganz schön rein. Ich habe gehört, dass bei der Polizei das Gefühl des Zusammenhalts sehr stark ist. Und offensichtlich stimmt das auch. Ich bin wirklich erstaunt.«

Er hatte das in ironischem Ton gesagt, doch die Antwort Shikis war in einem kühlen und sachlichen Ton gehalten.

»Was spricht denn dagegen? Wenn mit einem Mitglied unserer Organisation etwas vorfällt, dann ist es doch selbstverständlich, dass die Organisation sich um ihn kümmert.«

»Bitte ...?«

»Wenn jemand sich alle Beine ausreißt, um sich für seine Organisation einzusetzen, und wenn dann, wenn ihm etwas zustößt, dieselbe Organisation ihm nicht hilft, ist das etwa eine Organisation, in der Sie arbeiten würden?«

Koga hatte das Gefühl, Shiki sei nun zum Angriff übergegangen.

»Genau wegen solcher Sätze wird die Polizei dafür kritisiert, dass sie den Leuten aus den eigenen Reihen gegenüber zu viel Nachsicht walten lässt.«

»Sie können glauben, was Sie wollen, aber die Polizei ist keineswegs ihren eigenen Leuten gegenüber zu nachsichtig. Der Organisation kommt es immer in erster Linie auf den Schutz der eigenen Interessen an. Sobald davon auszugehen ist, dass eine Person der Organisation schadet, trennt man sich gnadenlos von ihr.«

Diese Aussage ließ sich auch als interne Kritik werten.

Koga war verblüfft, doch das bedeutete nicht, dass er für diesen Mann namens Shiki irgendeine Art von Interesse empfunden hätte.

»Jedenfalls ist es genau so, wie ich es Ihnen heute Morgen gesagt habe. In unserer JVA ist nichts Ungewöhnliches vorgefallen. Mehr kann ich Ihnen nicht sagen.«

»Hat Kaji denn nichts erzählt?«

»Wie schon gesagt, das darf ich Ihnen nicht sagen. Was soll das, Mann?!«

Koga wurde wütend.

»Wenn Sie von uns etwas wissen wollen, dann erzählen Sie gefälligst auch alles, was es zu erzählen gibt!«

»Was soll das heißen?«

»Sind Sie schwer von Begriff? Sie haben sich doch mit der Staatsanwaltschaft zusammengetan und verheimlichen alles Mögliche. Die zwei fraglichen Tage oder die Sache mit der Fahrt ins Kabuki-Viertel. Sie haben uns einen Mann aufgedrückt, über den wir gar nichts wissen, und uns damit in große Schwierigkeiten gebracht!«

Stille.

Dann: »Dafür möchte ich mich entschuldigen.«

»Ich brauche Ihre Entschuldigungen nicht. Ich vertraue der Polizei ohnehin nicht. Wir bringen die Häftlinge dazu, ein neues Leben zu beginnen, aber wenn sie bei uns raus sind, werden sie von Ihresgleichen verfolgt, und schließlich kommen sie wieder zu uns zurück. Auch ein Vorbestrafter ist ein Mensch, oder nicht? Warum lassen Sie sie nicht einfach in Ruhe?«

Während er so sprach, spürte Koga einen leichten Schmerz in der Brust.

»Natürlich haben sich nicht alle bei der Entlassung schon vollständig geändert. Aber es entspricht doch den Tatsachen, dass die Polizei ihrer erneuten Straffälligkeit Vorschub leistet.«

»Wer einmal straffällig geworden ist, bei dem besteht die Möglichkeit, dass er es auch ein zweites Mal wird. Und wer zweimal straffällig geworden ist, wird es garantiert auch ein drittes Mal. So ist das eben.«

Für einen Moment war Koga ganz im Bann von Shikis Worten. *Ein ehrlicher Mann.* Das war es, was ihm durch den Kopf ging.

Doch der Zorn, der in ihm aufgekommen war, war stärker.

»Es gibt doch aber auch Menschen, die gar nicht straffällig werden. Die Polizei macht einfach, was sie will. In den Fernsehserien oder den Romanen ist es der Kriminalbeamte, der den Verbrecher zur Umkehr bewegt und ihn dazu bringt, ein neues Leben zu beginnen. Aber wie ist das in der Wirklichkeit? Sie nehmen ihn fest, Sie schlagen ihn, Sie lassen ihn gestehen, und dann schicken Sie ihn zu uns und drücken uns den Rest auf. Dann warten Sie gespannt auf den Tag seiner Entlassung. Es gibt viele Menschen, die von solchen wie Ihnen verfolgt, bei der Arbeit entlassen wurden und dann Selbstmord begangen haben. Aber Sie geben vor, damit nicht das Geringste zu tun zu haben, und wenn dann mal ein Polizeibeamter auch nur einen kleinen Hinweis auf Selbstmordgedanken gibt, dann machen Sie so einen Aufstand. Sie und Ihresgleichen betreiben Geheimniskrämerei, aber uns setzen Sie zu, damit wir Geheimnisse verraten. Lassen Sie mich endlich in Ruhe!«

Koga wollte gerade den Hörer auflegen, da sagte Shiki:

»Er war ganz sicher im Kabuki-Viertel.«

Koga presste den Telefonhörer an sein Ohr.

»Aber warum, wissen wir nicht. Wir haben zwar einige Anhaltspunkte, aber bis heute ist unklar, wohin er genau ging und was er dort tat.«

Shiki sprach mit ruhiger Stimme.

»Das Einzige, was man sagen kann, ist, dass Kaji auch jetzt noch vorhat zu sterben. Anders gesagt, für Kaji gibt es keinen Grund weiterzuleben. Er hat alles verloren. Und nicht nur das, da ist noch die Reue darüber, dass er seine Frau mit eigenen Händen getötet hat. Außerdem steckt er in einem Dilemma, weil er ein Verbrechen begangen hat, obwohl er Polizist ist. Er ist ins Kabuki-Viertel gefahren, und da ist irgendetwas vorgefallen, was ihn vom unmittelbaren Selbstmord abgehalten hat, und er hat sich gestellt. Aber das ist nur vorübergehend. Es besteht kein Zweifel darüber, dass Kaji innerlich entschlossen ist zu sterben.«

»Wie können Sie da so sicher sein?«

Ohne es zu wollen, hatte Koga zurückgefragt.

»Irgendetwas ist im Kabuki-Viertel vorgefallen, und deshalb will er nun gar nicht mehr sterben. Das wäre doch auch denkbar.«

»Ich war derjenige, der Kaji verhört hat. *Nur noch ein Jahr.* Das hat Kaji gesagt, und er schien sehr darunter zu leiden. Und wenn man das mit der Kalligrafie vergleicht, die er geschrieben hat – fünfzig Jahre. Mit fünfzig wird er sich das Leben nehmen. So sieht es aus.«

»Na gut, dann lassen Sie mich auch sprechen. Ich beobachte nun schon seit vierzig Jahren Strafgefangene, und ich sage Ihnen, Kaji wird morgen keinen Selbstmord begehen. Sein

Blick ist nach draußen gerichtet. Das ist ein Blick, der ein Ziel hat.«

Durch den Hörer konnte Koga Erleichterung bei seinem Gesprächspartner wahrnehmen.

Nach einer kleinen Pause sagte Shiki in formellem Ton:

»Herr Koga, vielleicht hören wir ja erst nächstes Jahr wieder etwas voneinander, aber ich bitte Sie, achten Sie gut auf Kaji. Wir unsererseits bleiben dran an der Sache mit dem Kabuki-Viertel, und wir werden uns bemühen, Material zu finden, mit dem wir Kajis Selbstmord verhindern können.«

Koga wusste nicht, was er antworten sollte. Er konnte Shikis Äußerung nicht ohne Weiteres folgen. Bis nächstes Jahr. Das würde ja bedeuten, dass er bis zu seiner Pensionierung in seiner Aufmerksamkeit nicht nachlassen durfte.

»So wie es aussieht, schert sich die Präfekturpolizei ja nicht besonders um Kaji. Warum bemühen Sie sich dann so um ihn?«

»Weil ich nicht möchte, dass Sōichirō Kaji stirbt. Und ...«

Es folgte ein unerwartet langes Schweigen.

»Vielleicht hat es ja etwas mit der Kritik an der Polizei zu tun, die Sie vorhin geäußert haben. In diesem Fall habe ich es ganz besonders so empfunden. Wenn in einem Fall der Verdächtige ein volles Geständnis ablegt und alle Unterlagen in Ordnung sind, kommt er quasi wie mit einem Freifahrtschein durch das Polizeiverhör, durch die Ermittlungen der Staatsanwaltschaft und durch das Gerichtsverfahren. Etwa so, als säße er auf einem Fließband. Gefährlich finde ich daran, dass das auch dann so läuft, wenn man überhaupt nichts darüber weiß, wie es im Innern des Verdächtigen aussieht. Kaji ist ein Musterbeispiel dafür. Bis heute hat er kein vollständiges Geständnis abgelegt. Noch bevor irgendjemand irgendetwas Konkretes wusste, war er schon im Gefängnis.«

Koga hatte das Gefühl, eine schwere Bürde aufgetragen zu bekommen. Als ob die Haftanstalt der Ort wäre, einen Gefangenen zum Reden zu bringen.

Shiki schien leise zu lachen.

»Entschuldigen Sie. Ich habe viel erzählt, aber vielleicht kümmere ich mich ja auch nur deswegen um den Fall, weil ich mit mir selbst zufrieden sein will.«

Mit sich selbst zufrieden? Sollte das heißen, er bereute es, Kaji in die Haftanstalt geschickt zu haben, bevor er alles herausgefunden hatte?

»Wenigstens mit einem Fall möchte ich selber auch zufrieden sein. Das ist es wohl.«

Das hörte sich nicht so an wie die Worte eines Kriminalbeamten. Die hatten doch das Patent aufs Prahlen mit den eigenen Leistungen. Bestimmt hatte er Hunderte von Fällen, mit denen er angeben könnte.

Koga streckte sich auf seiner Matratze mit dem lange nicht gelüfteten Bettzeug aus.

Er war nun vollkommen nüchtern. Ein leichter Schmerz durchzuckte seine Schläfe. Als er aufgelegt hatte, schien Shiki auf einmal sehr weit weg zu sein. Letzten Endes hatte er das Gefühl, zwischen Shiki und Kaji gab es keine Lücke, in der er selber Platz gefunden hätte.

Mit seinen schwieligen Händen tastete Koga nach der Postkarte, die auf dem gewohnten Platz lag.

4

Mit Kogas Augen war so weit alles in Ordnung.

Am nächsten Tag herrschte in der Justizvollzugsanstalt M eine angespannte Atmosphäre, doch an der Haltung von Sōichirō Kaji ließ sich nicht die geringste Veränderung feststellen. In der Nacht hatten drei Wächter, darunter Koga, abwechselnd die Zelle 5 im Parterre des Gebäudes Nr. 2 bewacht. In einem Abstand von weniger als fünf Minuten hatten sie Kaji die ganze Nacht lang durch das Beobachtungsfenster für die nächtliche Überwachung, das mit einem »Zauberspiegel« ausgestattet war, kontrolliert, doch ereignete sich bis zum Morgen nichts, was Koga und seinen Kollegen Anlass zur Beunruhigung gegeben hätte.

Es vergingen drei Tage, dann fünf und schließlich eine Woche, ohne dass sich an Kajis Gesichtsausdruck oder an seinem Verhalten etwas änderte. Die höchste Alarmstufe wurde aufgehoben, und Kaji wurde von seiner Einzelzelle in eine Gemeinschaftszelle verlegt, in der sechs Personen zusammen inhaftiert waren. Zur Sträflingsarbeit wurde er nach einem Test der Druckerei zugewiesen. Kaji kannte sich mit vielerlei Dingen aus. Er hatte beispielsweise sein Talent für die Kalligrafie dadurch unter Beweis gestellt, dass er bei einer Ausstellung der Präfektur W einen Preis gewonnen hatte. Der Beamte, der ihn getestet hatte, war zwar der Ansicht, dass Kaji besonders geeignet sei für den Umgang mit Dokumenten und

Büchern, doch Kaji selbst wollte unbedingt in der Druckerei arbeiten.

Mitte April hatte Kaji sich dann in das Anstaltsleben völlig integriert. Auch mit seinen Zellengenossen war er bis zu einem gewissen Grad warm geworden. Dass Kaji ursprünglich Polizist gewesen war, wurde streng geheim gehalten. Denn wenn sich das Gerücht davon unter den Sträflingen verbreitet hätte, stünde zu befürchten, dass er Opfer von Lynchjustiz oder hinterhältigem Mobbing wurde.

Aufstehen. Inspektion. Verlassen der Zelle. Körperliche Durchsuchung. Sträflingsarbeit. Die immer wiederkehrende tägliche Routine ließ Kaji einfach schweigend über sich ergehen. Nicht ein einziges Mal verstieß er gegen die Anstandsregeln, und Anträge auf Genehmigung von Besuchen von draußen oder von Gesprächsterminen stellte er auch nicht. Die Aufseher für die Zellen ebenso wie die für die Druckerei stellten unisono fest: »Ein ehemaliger Polizeibeamter ist eben etwas ganz anderes.«

Die Vollendung des fünfzigsten Lebensjahres. Es war klar, dass dieser Zeitpunkt, der die erste unmittelbare Gefahr darstellte, vorüber war. Doch konnte man nicht wissen, ob bis zum einundfünfzigsten Geburtstag nicht weiterhin eine Gefahr bestand.

Kaji hatte immer noch vor zu sterben. Er hatte keinen Grund, weiterzuleben …

Wollte man Shikis Aussagen Glauben schenken, dann dürfte man ab sofort Kaji ein ganzes Jahr lang, bis er 51 wurde, nicht einmal einen Tag aus den Augen lassen.

Koga richtete es so ein, dass er mindestens einmal am Tag danach schaute, wie es Kaji ging. Das war eine Pflicht, die ihm auf der Seele lastete. Es war schließlich das letzte Jahr vor seiner Pensionierung. Er konnte nicht anders, als es als Ungerechtigkeit zu empfinden, dass er nur wegen eines einzigen Sträflings Tag für Tag einer solchen Anspannung ausgesetzt war. *Nur keine Zwischenfälle!* Immer öfter sagte Koga seine Beschwörungsformel auf, sie entwickelte sich zu so etwas wie einem Gebet.

Anfang Mai kam ein Besucher zu Kaji.

Es war Yasuko Shimamura, Kajis Schwägerin. Sie war der einzige Mensch, den Kaji, als er eingeliefert wurde, als Verwandten angegeben hatte. Yasuko Shimamura war die leibliche Schwester der Ehefrau, die Kaji eigenhändig getötet hatte. Am Tag der Verhandlung erschien sie als Zeugin der Verteidigung und sagte aus, dass sie keinen Groll hege. Doch Koga fragte sich, was die beiden während der Besuchszeit besprachen, und war die ganze Zeit über unruhig.

Als die Besuchszeit zu Ende war, ließ Koga sich vom zuständigen Beamten das Besuchsprotokoll geben und las es sich durch. Der festgehaltene Gesprächsinhalt war enttäuschend. Kaji selber hatte allzu wenig gesprochen. »Tut mir leid für die Unannehmlichkeiten, die ich bereite«, »Es geht mir gut«, »Bitte denke an die Grabbesuche«. Die einzige Äußerung, die Koga nachdenklich machte, war die an Yasuko gerichtete Frage: »Ist denn keine Post gekommen?« Denn dies war die einzige Frage, die Kaji gestellt hatte.

Von wem sollte denn Post kommen? Die Sache ließ ihm keine Ruhe, und er kontaktierte Shiki. Als Koga ihm von Kajis Frage berichtete, kam die Antwort: Es stehe außer Frage, dass Kaji auf Post von irgendwem warte. Auch hierzu führten sie Ermittlungen durch.

Aber danach ließ Shiki überhaupt nichts mehr von sich hören. In den Zeitungen und im Fernsehen drehten sich nun alle Berichte um die Oberschülerin, die in der Präfektur W getötet worden war. Koga dachte sich, dass die Polizei bestimmt Besseres zu tun hatte als Ermittlungen zu Kaji, der nicht als aktuelles Problem, sondern als abgeschlossener Fall gelten konnte.

Es war der Tag der Besprechung der Justizvollzugsbeamten in der letzten Maiwoche.

Wie immer stand Koga zeitig auf und trat seinen Dienst in aller Frühe an, beobachtete Kaji, notierte, dass nichts Ungewöhnliches zu bemerken war, und betrat den Besprechungsraum.

Ein Tagesordnungspunkt, der von der Vollzugsabteilung kam, war der Hungerstreik eines Häftlings namens Takanashi, der wegen des Raubs einer buddhistischen Altarlaterne einsaß. Der Anlass war offenbar, dass er sich beleidigt fühlte, weil Aufseher Asada zu ihm gesagt hatte: »Sie sind nicht vertrauenswürdig.« Takanashi hatte seine Strafe schon fast abgesessen, deshalb konnte man ihn auch nicht damit unter Druck setzen, dass man drohte, die Möglichkeit einer vorzeitigen Entlassung auf Bewährung zu streichen, was sonst für alle Sträflinge der wunde Punkt war. Schließlich wurde beschlossen, Takanashi aus der streng überwachten Einzelzelle in eine betreute Zelle zu verlegen und dem Leiter der medizinischen Abteilung, der eine Zulassung als Arzt hatte, aufzutragen, Takanashi einmal am Tag zu untersuchen.

Auch sonst gab es noch zahlreiche Tagesordnungspunkte, sodass die Sitzung sich in die Länge zog.

Erwartet man heute denn keinen Bericht über Kaji? Gerade

als Koga dies durch den Kopf ging, rief Justizvollzugsanstalts-leiter Motohashi plötzlich Kogas Namen auf.

»Heute Morgen kam ein Anruf, dass die Polizei der Prä-fektur W Polizeihauptmeister Kaji verhören will. Sie werden morgen zwei Kriminalbeamte herschicken, also kümmern Sie sich um die.«

Koga erschrak zutiefst. Er war so verdutzt, dass er sogar ver-gaß, sich zu erheben, als er zurückfragte:

»Sie meinen … ein Verhör?«

»Ja. Sie sagen, die Videokamera, die der Polizeihauptmeis-ter hatte registrieren lassen und die zur Ausstattung der Ab-teilung für Allgemeines gehörte, sei verschwunden oder so. Sie wollen ihn deswegen verhören. Die Polizei nimmt es aber ganz schön genau – wenn auch nicht so wie wir.«

Koga fragte zögernd: »Wie heißen denn die Personen, die hierherkommen?«

Motohashi blickte auf den Notizblock in seiner Hand.

»Der eine ist Shiki. Er kommt vom Dezernat I der Kriminal-polizei der Präfektur W. Kazumasa Shiki.«

Koga war innerlich völlig aufgewühlt.

Zwei Dinge waren klar.

Shiki versuchte, Kaji zu treffen.

Und die Sache mit dem Verhör war eine glatte Lüge.

Aber was Shiki wirklich beabsichtigte, blieb unklar. Wieso musste er einen Vorwand erfinden, um hierherzukommen? Wenn er einen ordentlichen Antrag an Kogas Vorgesetzten stellte, müsste er doch eine Besuchserlaubnis erhalten kön-nen, die vertraulich behandelt wurde. Schließlich war es ihm ja auch gelungen, von Kogas Vorgesetzten die private Telefon-nummer seiner Dienstwohnung zu erhalten.

Als Koga in sein Büro zurückkam, rief er das Hauptquartier der Präfekturpolizei von W an. Zwar wurde er zum Dezernat I durchgestellt, doch hieß es, Shiki sei nicht da.

Koga senkte die Stimme, da Karino gerade den Raum betrat.

»Wohin ist Herr Shiki denn gegangen?«

»Das kann ich Ihnen nicht sagen.«

»Ich rufe aus der Justizvollzugsanstalt M an. Ich möchte dringend mit Herrn Shiki sprechen. Hat er vielleicht eine Handynummer?«

»Es ist egal, wer sich danach erkundigt; wohin ein Beamter, der Ermittlungen durchführt, gegangen ist oder wie er zu erreichen ist, können wir nicht rausgeben.«

Es war fast dasselbe Gespräch wie damals, bloß mit vertauschten Rollen.

»Gegen wie viel Uhr wird er denn zurück sein?«

»Das kann ich Ihnen nicht sagen. So lauten die Regeln, bitte nehmen Sie es mir nicht übel.«

Koga schmiss den Hörer auf die Gabel. Sofort klingelte das Telefon.

»Hier ist Shiki.«

Er hatte es geahnt. Aber trotzdem …

»Ich bin am Bahnhof M. Können wir uns jetzt treffen?«

Koga wurde kreidebleich.

»Sie sind schon hier? Das Verhör ist doch erst morgen?«

»Es gibt etwas, was ich vor dem Verhör dringend mit Ihnen besprechen muss. Können Sie kommen?«

Shiki gab nicht nach.

Koga konnte nicht, wie in einem einfachen Rathaus, in der Mittagspause nach draußen verschwinden. Also wartete er bis

Büroschluss, 17 Uhr, und fuhr dann mit dem Wagen vom Gefängnisgelände.

Dreißig Minuten später war er am Bahnhof von M, stellte den Wagen auf dem Parkplatz ab und betrat mit schnellen Schritten das Gebäude.

Da stand Shiki.

Er erkannte ihn sofort. Ein Mann mit einem stechenden Blick, der eindeutig als Kriminalbeamter zu erkennen war, stand neben der Fahrkartensperre.

Allein wenn man ihn begrüßen musste, wurde man schon nervös. Sie nannten einander schlicht ihren Nachnamen, dann ergriff Koga gleich die Initiative.

»Was soll das Ganze eigentlich? Warum arbeiten Sie mit Lügen wie der vom angeblich notwendigen Verhör?«

»Um Ihnen das zu erklären, bin ich hier. Lassen Sie uns da rübergehen.«

Shiki blickte hinüber zu dem Café in dem Gebäude vor dem Bahnhof und ging sofort los. Koga lief ein paar Schritte, dann war er wieder gleichauf. Er studierte Shikis Gesicht.

»Dann stimmt es also: Ihresgleichen pflegt beim Laufen über wichtige Angelegenheiten zu sprechen.«

»Ja. Denn wenn man sich fortbewegt, fällt man nicht auf«, sagte Shiki, wobei er unverwandt geradeaus blickte.

»Dann antworten Sie mir bitte. Warum beantragen Sie nicht einen normalen Besuchstermin?«

»Weil ein solcher Besuch nicht genehmigt werden wird.«

»Aus Prinzip, oder wie?«

Shiki fiel ihm sofort ins Wort.

»Auch wenn ich Kaji treffen könnte, dürfte ich nicht mit ihm sprechen, und dann hätte es keinen Sinn.«

Koga erinnerte sich an das, was Anstaltsleiter Motohashi gesagt hatte: *Sie werden zwei Kriminalbeamte herschicken ...*

»Doch, doch. Das geht. Auch der andere könnte mit Kaji sprechen. Er ist ja auch Kriminalbeamter. Das würden die da oben genehmigen.«

Shiki antwortete nicht. Stattdessen versuchte er, die automatische Eingangstür des Cafés mit dem rechten Fuß dazu zu bringen, sich zu öffnen. Dann wies er Koga mit den Augen an, in das Café einzutreten.

Koga blieb stehen.

Seine Füße erstarrten. Der Schrecken, der ihn übermannte, ließ jegliches Blut in seinen Adern gefrieren. Es war so ähnlich. So ähnlich wie damals, als er als möglicher Mittäter verhört worden war. Jetzt verspürte er eine ähnliche Angst.

»Dann stimmt es also nicht ...?«

Seine Stimme zitterte leicht.

»Dann ist die andere Person also gar kein Kriminalbeamter. Richtig?«

Shiki antwortete nicht.

Koga war bass erstaunt. Er starrte Shiki von der Seite an.

»Haben Sie etwa vor, ihn unter Vorspiegelung falscher Tatsachen und Amtsanmaßung hineinzuschleusen?«

Shiki blickte Koga ernst an.

»Reden wir drinnen.«

Im Café war es halbdunkel. Man hatte das Gefühl, von einem Abgrund verschluckt zu werden.

Koga presste die Zähne aufeinander.

»So etwas kann ich nicht tun. Das tue ich auf keinen Fall.«

In Shikis Blick war kein Wanken; er schien fest entschlossen.

Koga legte Nachdruck in seine Worte.

»Ich bin ein Staatsbeamter, der für juristische Angelegenheiten zuständig ist. Und Sie sind ein Ermittler der Kriminalpolizei. Wir können weder das Gesetz noch irgendwelche Regeln brechen. Das dürfen wir nicht.«

»Drinnen.«

»Ziehen Sie mich nur nicht jetzt noch im Alter in etwas hinein! Ich gehe nächstes Jahr in den Ruhestand. Ich möchte nicht wegen so etwas meinen Job verlieren, den ich vierzig Jahre lang gemacht habe.«

In dem Moment geschah es. In einer Sitzecke in der Mitte des Raumes erhob sich jemand.

Ein Junge ... Ein Jugendlicher ... So dazwischen vielleicht. Er lächelte schüchtern. Er verneigte sich höflich vor Koga.

Die Verbindung nach draußen ...

Gerade als ihm dies durch den Kopf schoss, trübte sich Kogas Sicht. Rettungsuchend beschrieben seine Hände einen großen Bogen in der Luft und klammerten sich dann mit aller Kraft an Shikis Brust.

5

Es war ein regnerischer Morgen.

Koga hatte sich in der Lobby im Parterre des Gebäudes der Justizvollzugsanstalt M imposant aufgebaut.

Im Eingangsbereich erschien eine Person. Um Punkt 9 Uhr, zur ausgemachten Zeit, tauchte Kazumasa Shiki auf. Er schüttelte seinen nassen Schirm aus und durchschritt die Lobby, während er Koga unverwandt anschaute.

Direkt hinter ihm war Kazushi Ikegami zu sehen. Das Lächeln, das er am Vortag im Café gezeigt hatte, spielte heute nicht um seine Lippen, sein Gesichtsausdruck war äußerst angespannt. Auch sein Gang wirkte irgendwie unnatürlich.

Koga und Shiki standen sich wortlos gegenüber.

Shiki holte Papiere aus seiner Brusttasche. Es handelte sich um das Schreiben des Direktors der Polizeizentrale von W, gerichtet an den Leiter der Justizvollzugsanstalt M, in dem darum gebeten wurde, dass Sōichirō Kaji verhört werden durfte. Der Verdacht lautete auf Unterschlagung im Amt.

»Ihren Polizeiausweis bitte.«

Shiki holte den Ausweis aus der Brusttasche seines Jacketts, klappte den Deckel auf und zeigte auf der ersten Seite die Spalte mit den Angaben zu seiner Person vor.

Familienname. Untereinheit. Foto. Koga sah auf, und nachdem er Shiki flüchtig gemustert hatte, blickte er auf den danebenstehenden Ikegami.

Sein Gesichtsausdruck war erstarrt. Doch wie freundlich sah er aus! Er hatte angegeben, 19 Jahre alt zu sein. Er arbeitete in einem Nudelrestaurant im Kabuki-Viertel von Tokio. Später wollte er ein eigenes Restaurant eröffnen. Er hatte gesagt, er wolle die beste Nudelsuppe von ganz Japan anbieten.

Shiki sah ihn an, Koga gab den Blick zurück. Er ging davon aus, dass das Rätsel nun gelöst sei.

Immerhin gab es eine Sache, auf die er stolz sein konnte …

Jawohl. Ein Mann, der nichts geleistet hatte, worauf er stolz sein konnte, war arm dran; besonders im Alter konnte der einem leidtun. Die Postkarte hatte er inzwischen in einen Briefsammler gesteckt. Es war nicht mehr nötig, sie auf den gewohnten Platz auf den Boden zu legen.

Koga drehte sich postwendend um.

»Ich werde Sie hinführen. Bitte folgen Sie mir.«

Mitgefangen, mitgehangen.

Sie passierten die Rezeption. Dem diensthabenden Beamten am Schalter, der sie verwundert ansah, rief er zu: »Die Formalitäten sind alle erledigt!«, und ging weiter den Gang entlang, der zu dem Gebäude mit den Zellen führte. Er hatte das Gefühl, der Hall ihrer Schritte sei ungewöhnlich laut. Koga öffnete das Tor mit dem Generalschlüssel und führte die beiden in das Innere des Gebäudes. Sie stiegen die Treppe hinauf. All das kostete ihn seinen gesamten Mut.

Er trat ins Büro. Die Hand, mit der er die Tür aufstieß, war schweißnass. Alle Blicke waren auf ihn gerichtet. Abteilungsleiter Sakurai, Unterabteilungsleiter Takeuchi und Karino. Sie liefen durch die gesamte Etage. Er bedeutete Shiki und Ikegami, auf dem Sofa Platz zu nehmen, und ging auf den Verhörraum Nr. 3 zu.

Der Raum war etwas anders als die Verhörzimmer der Polizei. In die Tür war eine völlig durchsichtige Glasscheibe eingebaut, und insgesamt mochte der Raum auch doppelt groß sein wie bei der Polizei.

Koga betrat das Zimmer.

Sōichirō Kaji saß an dem Stahltisch in der Mitte des Raumes. Links und rechts wurde er bewacht von zwei Mitgliedern der Sonderschutztruppe. Kaji blickte Koga verwundert an, denn man hatte ihn hierhergebracht, ohne ihn vorher darüber zu informieren, worum es ging.

Koga wies die Mitglieder der Sonderschutztruppe an abzutreten. Als die beiden sich zurückgezogen hatten, rief er die Besucher auf dem Sofa: »Bitte, kommen Sie doch herein.«

Als Erstes trat Shiki ein.

Kaji riss die Augen auf.

Dann trat Ikegami ein.

Kajis Gesichtsausdruck erstarrte.

Auch der Gesichtsausdruck Ikegamis veränderte sich von einem Moment auf den anderen. Im Gegensatz zu Kaji breitete sich bei Ikegami ein Strahlen auf dem ganzen Gesicht aus, begleitet von einem überbordenden Lächeln.

Koga setzte sich nicht an den Tisch, sondern blieb stehen, die Tür im Rücken. Er verdeckte so die Sicht durch die Scheibe. Kaji und Ikegami waren von draußen nicht zu sehen. Koga war dazu weder genötigt noch unter Drohungen gezwungen worden. Aus seinem eigenen freien Willen heraus hatte er beschlossen, es so zu machen.

Shiki und Ikegami setzten sich Kaji direkt gegenüber. Der Ausdruck in Kajis Gesicht ließ sich nicht deuten. Er hatte den

Kopf so tief gesenkt, dass sein Nacken zu sehen war; so versteckte er den größten Teil seines Gesichts.

Ikegami sagte mit munterer Stimme: »Dann stimmte es also. An dem Tag, als du in den Laden kamst, habe ich es irgendwie geahnt. *Ah, das ist er bestimmt,* habe ich gedacht.«

Kaji schwieg.

»Ich freue mich sehr, dass ich dich treffen kann. Das mag vielleicht ein Verstoß gegen die Regeln sein, aber ich wollte es einfach wissen. Und ich wollte dich treffen und mich bei dir bedanken, wie es sich gehört.«

Kaji lehnte sich noch weiter nach vorne. Seine Schultern zitterten kaum wahrnehmbar.

Koga seufzte lautlos.

Was für ein unglücklicher Mann!

Seinen einzigen Sohn Toshiya hatte er an die akute myeloische Leukämie verloren. Seine Frau Keiko wurde in noch jungen Jahren von der Alzheimer-Krankheit heimgesucht. Sie hatte nach und nach ihr Gedächtnis verloren und konnte sich nicht einmal mehr an den Todestag ihres Sohnes erinnern. Es hieß, Keiko sei halb wahnsinnig geworden. Sie soll gesagt haben, sie wolle sterben, solange sie sich noch an Toshiya erinnern könne. Und Kaji hatte auf ihren aus tiefster Seele kommenden Hilfeschrei reagiert.

Was war Kaji wohl durch den Kopf gegangen, als er die Kälte des Leichnams seiner Frau an seiner Hand spürte? War ihm danach zumute loszuheulen? War er verzweifelt? Fasste er in dem Moment den Entschluss, selber in den Tod zu gehen? In dieser verzweifelten Lage hatte er sich wohl auf diese eine Verbindung, die ihm zur Gesellschaft noch blieb, konzentriert.

Zweifellos war dieser Junge für Kaji, der alle nahen Verwandten verloren hatte, der größte Schatz, den er sich vorstellen konnte. Bestimmt wollte er ihn noch einmal sehen, bevor er sich vom Leben verabschiedete. Er wollte ihn spüren. Auch wenn es nur für einen kurzen Augenblick war, so wollte er sich doch vergewissern, dass es noch einen Menschen gab, mit dem er verbunden war. Das war der Grund, weshalb Kaji ins Kabuki-Viertel gefahren war. Er wollte Kazushi Ikegami treffen.

Er ging zu dem Nudelrestaurant im Kabuki-Viertel. Es gab Umstände, die ihn daran hinderten, sich mit Namen vorzustellen. Ebenso wenig konnte er Ikegami mit Namen ansprechen. Aber in der Hand hatte er den einzigen Anhaltspunkt, der es ihm gestattet hatte, Ikegami zu finden.

Ein Zeitungsausschnitt. Ein Artikel aus der *Tōyō* vom 23. Oktober des vergangenen Jahres. Er war aus der Sparte »Die Spalte für alle«. Hier war ein Leserbrief von Ikegami veröffentlicht worden.

Der Titel lautete: »Vielen Dank für das Leben, das Du mir geschenkt hast«.

In diesem Leserbrief schilderte Ikegami, der im Alter von 13 Jahren an akuter myeloischer Leukämie erkrankt war, sein Leben bis zu dem Punkt, an dem er angefangen hatte, »im kleinsten Nudelrestaurant des Kabuki-Viertels« zu arbeiten. Er hatte seinerzeit eine Knochenmarktransplantation bekommen und konnte geheilt aus dem Krankenhaus entlassen werden.

Das also war Kajis Verbindung zur Außenwelt. Kaji war der Spender für das Knochenmark gewesen.

Für Kajis Sohn Toshiya hatte sich kein Spender gefunden, der den passenden Typ von Stammzellen hatte. Deshalb hatte er sterben müssen. Wie bitter war das für Toshiya und mehr noch für den Vater! Shiki hatte gesagt, nach seiner Festnahme habe Kaji nur ein einziges Mal Gefühle gezeigt. Das war während der Verhandlung. Als Kaji vom Rechtsanwalt gefragt wurde: »Hätte ein geeigneter Spender ihn retten können?«, antwortete Kaji mit großem Nachdruck: »Ich bin sicher, dass er hätte gerettet werden können.« Verständlich, dass Kaji sich als Spender beim Zentralen Knochenmarkspender-Register registrieren ließ. Er wollte, anstelle seines Sohnes, dem er nicht hatte helfen können, einem unbekannten Menschen das Leben retten.

Zwei Jahre nachdem er sich hatte registrieren lassen, bekam er die Chance zu helfen. Bei Transplantationen war es die Regel, dass nicht offengelegt wurde, wer wem etwas gespendet hatte. Doch das Alter des jeweils anderen, das Geschlecht und die Präfektur, in welcher der Spender und der Empfänger lebten, konnte man offenbar in Erfahrung bringen. Man konnte, auch wenn es dafür gewisse Grenzen gab, die Formalitäten über die Stiftung für die Förderung von Knochenmarktransplantationen erledigen. In Ikegamis Leserbrief standen außerdem Einzelheiten über den Zeitpunkt der Transplantation und seine Familie. Es dürfte für Kaji nicht schwierig gewesen sein, herauszufinden, dass Ikegami der Empfänger seiner Spende war, wenn er den Zeitungsbeitrag mit dem Inhalt der Briefe verglich, die er von der Stiftung erhalten hatte. Im Oktober letzten Jahres war Kaji dann klar, wer das von ihm gespendete Knochenmark bekommen hatte.

Das kleinste Nudelrestaurant des Kabuki-Viertels. Nachdem er seine Frau getötet hatte, war Kaji mit diesem Anhaltspunkt im Kopf durch die Straßen gelaufen, um das Restaurant zu suchen, in dem Ikegami arbeitete. Ikegami hatte angegeben, intuitiv gespürt zu haben, dass er seinem Spender gegenüberstand, als er Kaji erblickte, der sich an die Bar gesetzt hatte. Auch Kaji hatte es zweifellos gewusst.

Bei einer Knochenmarkspende teilt man quasi sein Leben mit jemand anderem, es ist das äußerste Limit, bis zu dem man als freiwilliger Spender gehen kann. Der Patient, bei dem die Transplantation vorgenommen wird, hat dieselbe Blutgruppe wie sein Spender. Es verwundert nicht im Geringsten, dass beide nur dem »Ruf des Blutes« folgen mussten.

Kaji hatte sich namentlich nicht vorgestellt. Auch wenn es eine solche Regel für Transplantationen nicht gegeben hätte, hätte er seine Identität nicht preisgeben wollen. Auch nach seiner Festnahme dachte er so. Wie sehr ihm Polizei und Staatsanwalt auch zusetzten, die Verbindung zu Ikegami gab er nicht preis.

Damit hatte er Rücksicht auf Ikegamis Gefühle nehmen wollen. Der hatte Knochenmark erhalten von jemandem, der einen Mord begangen hatte. Wenn er dies erführe, wie würde er da wohl reagieren? Es stand außer Frage, dass er für eine lange Zeit leiden und sich quälen würde. Zweifellos hätte er das Gefühl gehabt, dass sein Körper, sein Blut, schmutzig seien. Deshalb war seine Verbindung zu Ikegami das Einzige, was er um jeden Preis geheim halten wollte. Dazu hatte Kaji sich fest entschlossen.

Und Kaji hatte noch eine weitere Entscheidung gefällt.

Die Szene im Café am gestrigen Tag stand Koga wieder vor Augen. Er hatte Shiki, der ihm gegenübersaß, seine Zweifel genannt. Kaji dürfte damit, dass er Ikegami gesehen hatte, sein Ziel doch erreicht haben. Er müsste doch zufrieden sein, weil er sich hatte vergewissern können, dass es dem jungen Mann, mit dem er sein Leben geteilt hatte, gut ging und er sein Bestes im Arbeitsleben gab. Warum sollte Kaji dann den Entschluss gefasst haben, Hand an sich zu legen? Zur Beantwortung dieser Frage hatte Shiki aus seiner Tasche blassgelbe Formulare herausgezogen. Es waren die Erklärungen des Zentralen Knochenmarkspender-Registers für die Spender. Mit einem Finger zeigte er ungeschickt auf einen der aufgeführten Punkte. Der Schock, den Koga verspürt hatte, als er diesen Punkt sah, saß ihm noch immer tief in den Knochen.

Mit dem Tag der Vollendung des 51. Lebensjahres wird Ihr Name aus dem Spender-Register gestrichen.

Jetzt erst war der wahre Grund klar, weshalb Kajis Kalligrafie *Der Mensch lebt fünfzig Jahre* lautete. Es war der grausame Beschluss, den Kaji am Abgrund des Todes gefasst hatte.

Er wollte noch jemandem das Leben retten.

Das war das heftige Verlangen, das er verspürte, als er Ikegami dabei beobachtete, wie der munter seiner Arbeit nachging.

Er selber hatte kein Recht mehr zu leben. Sein Herz war schon lange tot. Doch wie sah es mit seinem Körper aus? Der lebte weiter, ohne Bezug zum Herzen. Sein Körper hatte noch einen Wert. Es war ihm möglich, anderen Menschen Leben zu geben. Tagtäglich starben Kinder, weil sie keinen geeigneten Knochenmarkspender fanden. Also wollte er leben. Bis zum einundfünfzigsten Geburtstag, an dem er aus dem Spender-Register gestrichen werden würde. Das war der Grund, weshalb er nicht den Freitod gewählt, sondern sich selbst angezeigt hatte. Dabei hatte er in Kauf genommen, mit Schmähungen überhäuft zu werden. Er hatte in Kauf genommen, als Mensch, als Polizist auf Respekt und Stolz zu verzichten.

In einsamem Schweigen wartete Kaji auf den Brief, in dem stand: »Sie wurden als Knochenmarkspender ausgewählt.« Tag für Tag wartete er darauf, dass aus dem Bezirksbüro der Stiftung für die Förderung von Knochenmarktransplantationen ein Schreiben mit diesem Inhalt kam. Das war der einzige Grund für Kaji weiterzuleben.

Shiki war hinter die Wahrheit gekommen, als die Enkeltochter seines Vorgesetzten mit Knochenmarkkrebs ins Krankenhaus eingeliefert wurde. Sie fand einen geeigneten Spender, und die Knochenmarktransplantation konnte durchgeführt werden. Der sechzigjährige Vorgesetzte hatte kein Lächeln gezeigt. *Ich bin unnütz. Wenn ich zehn Jahre jünger gewesen wäre, hätte ich durch eine Knochenmarkspende helfen können.*

Ein prasselndes Geräusch war zu hören. Der Regen trommelte ans Fenster des Verhörraumes. Möglicherweise war Wind aufgekommen.

Koga blickte zu Kaji hinüber. Immer noch schaute er nach unten.

Er blickte zu Shiki. Er sah fast andächtig aus. Wahrscheinlich hing er denselben Gedanken nach wie Koga.

Es ist doch nicht nötig, so edelmütig zu sterben!

Er hatte auf Kazushi Ikegami gesetzt.

In dem Nudelrestaurant im Kabuki-Viertel hatte Kaji bestimmt genauso dagesessen wie jetzt im Verhörraum – den Rücken gekrümmt, nach unten blickend, hatte er seine Nudelsuppe geschlürft. Und dabei hatte er in Ikegami seinen eigenen Sohn Toshiya gesehen. Bestimmt hatte er in Ikegami seinen Sohn gesehen, wie er hätte heranwachsen können, wenn sich nur ein geeigneter Spender gefunden hätte. Deshalb hatte er beschlossen, noch einmal ein Leben zu retten.

Aber war das wirklich das einzige Gefühl, das sich in Kajis Herz regte?

War es nicht so, dass Ikegami, der von Kaji das Leben geschenkt bekommen hatte, umgekehrt einen Moment lang Kaji das Leben zurückgegeben hatte? Diese Verbindung, die über das Leben entstanden war, hatte sie nicht bewirkt, dass Kaji doch noch einen Sinn im Leben gesehen hat?

Das war ein Gebet. Ein Gebet aller Menschen, die Sōichirō Kaji kannten.

Koga blickte Ikegami an.

Wie konnte er nur so freundlich dreinblicken? War es, weil er solch einen anstrengenden Eingriff hatte über sich ergehen lassen müssen? Oder weil er dem Tod von der Schippe gesprungen war? Weil er wusste, dass der Mensch nicht in der Lage war, ganz alleine zu leben?

Zweimal wurde hinter Kogas Rücken an die Tür geklopft. *Es ist langsam Zeit*, hieß das.

Ikegami beeilte sich, noch etwas zu sagen.

»Nächstes Mal koche ich selber.«

Ikegami lehnte sich weit über den Tisch. So als wollte er hinüberkriechen, schob er sein Gesicht ganz nah an das von Kaji.

»Eine Nudelsuppe, die so lecker ist wie keine andere. Deshalb kommen Sie bitte unbedingt noch einmal vorbei.«

Kajis Kopf sank immer tiefer. Seine Schultern hoben und senkten sich heftig.

Wieder wurde an die Tür geklopft.

Koga rührte sich nicht. Er verdeckte die Öffnung in der Tür mit seinem Rücken.

Ikegami streckte seine Hand nach Kajis Schulter aus. Vor Aufregung wirkte er, als würde er gleich abheben.

»Wirklich, ich danke Ihnen von Herzen. Ich werde gut aufpassen auf das Leben, das Sie mir geschenkt haben. Sehr gut aufpassen.«

Eine raue Stimme war zu hören. Es war die Stimme von Kaji.

»… Nein. Es stimmt doch gar nicht. Es war doch nicht ich …«

Shiki blickte zur Zimmerdecke auf. Koga sackte in sich zusammen. In dem Moment geschah es.

Ikegami schüttelte Kajis Schulter und sagte: »Vater!«

Wie von der Tarantel gestochen hob Kaji ruckartig den Kopf.

»Zu Hause nenne ich Sie immer so. Ich sage immer, ich habe zwei Väter.«

Die Gesichter von zutiefst bewegten Menschen gleichen denen von Neugeborenen, die gerade erst das Licht der Welt erblickt haben. Das war der Gesichtsausdruck von Kaji in dem Moment.

Ikegami ergriff Kajis zitternde Hände.

Mit beiden Händen drückte er sie fest.

So als wollte er Kaji neues Leben einflößen.

Shiki sah Koga an. Mit seinem Blick bedankte er sich bei ihm.

Überlass den Rest mir, sagte der Blick, den Koga zurückgab.

Ich lasse ihn schon nicht sterben.

Man darf diesen Mann auf keinen Fall sterben lassen.

Kogas Sicht war getrübt. Die Sicht eines »alten Sacks«. Heute waren Tränen der Grund.

ENDE

Ahnenleiste: In traditionell eingerichteten Räumen werden oben auf die Leiste der Schiebetüren die Bilder von Ahnen gestellt.

Ahnentäfelchen: ein Täfelchen mit den buddhistischen Namen, die Menschen nach ihrem Tod erhalten.

Arrangierte Ehe: noch in den Siebzigerjahren üblich, besonders bei der Polizei und anderen traditionellen und Berufen mit langen Arbeitszeiten

Astro Boy, Tetsujin: Astro Boy (in Japan bekannt unter dem Namen »Atomu«) ist ein freundlicher und selbstständig handelnder Roboter; Tetsujin (wörtlich »Eisenmensch«) ist ein von Menschen gesteuerter Kampfroboter.

Atsumori: Kōwaka-Tanztheaterstück von Zeami Motokiyo über einen jungen Samurai aus dem Geschlecht der Taira (1169–1184)

Bubble-Economy: Zeit vor Platzen der Spekulationsblase 1990

Convenience Store: Tag und Nacht geöffneter Mini-Supermarkt

Dienstwohnung: von großen Betrieben und Behörden für ihre Mitarbeiter günstig bereitgestellte Wohnung

Grabpflege: Nach buddhistischen Totenritualen müssen Gräber in regelmäßigen Abständen besucht werden. Man nimmt auf diese Weise Kontakt mit den Verstorbenen auf.

Gruppenverantwortung: Nach dem japanischen Verständnis von Gruppenverantwortung wirkt sich der Fehltritt eines Individuums auf das Ansehen der gesamten Organisation aus.

Juristisches Staatsexamen: Eine der schwersten Prüfungen in Japan überhaupt. Im Rechtswesen arbeiten viele Menschen als Anwaltsgehilfen, die zwar das Jurastudium abgeschlossen, diese Prüfung jedoch nicht bestanden haben.

Kabuki-Viertel: traditionelles Rotlichtviertel im Tokioter Bezirk Shinjuku

Knochenmarkspender-Register: Per Stand 2019 bleiben die Spender in Japan bis zum Alter von 55 Jahren im Zentralen Knochenmarkspender-Register registriert.

Kōban: rund um die Uhr besetzte Polizeihäuschen in urbanen Gegenden

Kōwaka: Traditionelles Tanztheater zur Unterhaltung der Samurai in der Edo-Zeit mit dramatischer Erzählung. *Atsumori* ist das bekannteste Tanzstück darunter.

Kurzzeit-Uni: Universitäten mit ein- oder zweijährigen Kursen, die besonders von Frauen frequentiert werden

Nobunaga Oda: Lehnsfürst (1534–1582), einer der drei Reichseiniger Japans. Ihm gelang es erstmals, die sich untereinander bekriegenden kleinen Lehnsfürstentümer unter einer Herrschaft zu vereinigen. Sein Werk wurde von Hideyoshi Toyotomi und Ieyasu Tokugawa vollendet, was in eine mehr als 250-jährige Friedenszeit mündete.

Quereinsteiger: Person, die nicht, wie in japanischen Firmen und Organisationen üblich, direkt aus der Universität rekrutiert wurde, sondern bereits woanders gearbeitet hat

Rangregister: Auch heute noch werden Hofränge vergeben, beispielsweise für Staatsangestellte oder Professorinnen und Professoren mit besonderen Verdiensten.

Rotationsprinzip: In der japanischen Verwaltung und auch der Polizei wechseln die Angestellten jährlich, zweijährlich oder mindestens alle drei Jahre die Positionen und Einsatzorte.

Senioritätsprinzip: In den meisten japanischen Firmen steigt man mit zunehmendem Alter in höhere Positionen auf.

Shinkansen: Hochgeschwindigkeitszug

Tatami: Matte aus Reisstroh

Tee: Es bringt Glück, wenn der Stiel eines Teeblatts oder ein Zweig zufällig mit ins Glas geraten ist und vertikal schwimmt.

Volljährigkeit: Zum 20. Geburtstag veranstaltet man in Japan eine Feier, bei der die nun Volljährigen in festlicher Kleidung fotografiert werden.